良史与良师

学生眼中的十位著名史家

（增订版）

李埏　李伯重　著

北京大学出版社
PEKING UNIVERSITY PRESS

图书在版编目(CIP)数据

良史与良师：学生眼中的十位著名史家：增订版 / 李埏，李伯重著. —2 版. —北京：北京大学出版社，2022.9

ISBN 978-7-301-33285-6

Ⅰ. ①良… Ⅱ. ①李… ②李… Ⅲ. ①回忆录—作品集—中国—当代 Ⅳ. ①I251

中国版本图书馆 CIP 数据核字(2022)第 153248 号

书　　名　良史与良师——学生眼中的十位著名史家(增订版)
LIANGSHI YU LIANGSHI——XUESHENG YANZHONG DE SHIWEI ZHUMING SHIJIA (ZENGDING BAN)

著作责任者　李　埏　李伯重　著

责 任 编 辑　张　晗

标 准 书 号　ISBN 978-7-301-33285-6

出 版 发 行　北京大学出版社

地　　址　北京市海淀区成府路 205 号　100871

网　　址　http://www.pup.cn　新浪微博：@北京大学出版社

电 子 信 箱　pkuwsz@126.com

电　　话　邮购部 010-62752015　发行部 010-62750672
编辑部 010-62755217

印 刷 者　三河市博文印刷有限公司

经 销 者　新华书店

890 毫米×1240 毫米　32 开本　9 印张　194 千字
2022 年 9 月第 2 版　2022 年 9 月第 1 次印刷

定　　价　64.00 元

目　录

增订版序

十年前，我把先父和我写的九篇回忆文章以及若干信件编辑成一本书——《良史与良师——学生眼中的八位著名学者》，由清华大学出版社刊出。书出来之后，受到社会的好评。在中国教育新闻网主办、旨在“鼓励广大教师阅读经典教育书籍，感悟教育的核心价值和目标”的评选活动中，本书也入选，成为2012年“影响教师的100本书”中的一本（《基础教育论坛》2013年第Z1期）。由那时到今天，不觉十年过去了。在这十年中，我也从花甲年代“升级”进入古稀年代了。人到了这个年纪，有时不免会回顾自己大半生走过的路，回忆过去那些难忘的人和事。

五代时人王定保在《唐摭言·贤仆夫》中讲了这样一个故事说：“李敬者，本夏侯谯公之佣也。孜久厄塞名场，敬寒苦备历。或为其类所引曰：‘当今北面官人，入则内贵，出则使臣，到所在打风打雨。你何不从之？而孜孜事一个穷措大，有何长进！纵不然，堂头官人，丰衣足食，所往无不克。’”如果按照这个说法，我也不过是一个“穷措大”而已，或者说得比较客气一点，是一个普普通通的“读书人”。除了不堪回首的“文革”十年外，我一辈子都在高校和研究机构里，教书训徒，写一些社会大众不读的文字，因为实在太过于平凡，因此可以说一生乏善可陈。不过尽管如此，从我个人的内心体验而言，我仍然感到我这一生很幸运，因为我遇到一些最好的老师，他们不仅教给我如何追求我所热爱的学问，而且也教给我在风云变幻的时代中怎么做人。他们留给我的东西，不仅对于我无比珍贵，而且我觉得对于一些像我一样不谙世事的“措大”，可能也会有所启发。因此，把这些已经逝去了的经历写出来呈现给世人，应当说也是有意义的。但是，我虽然有幸得到多位良师的教诲，但是因为自幼记忆力甚差，又没有写日记的习惯，许多往事难以记住，加上文笔呆滞，因此除了本书初版所刊载的三篇文章外，一直没有能够写出更多的回忆文章。这次增订版的出版，就是为了部分地弥补这个缺憾。

初版所收入的是先父回忆他的五位老师钱穆、张荫麟、吴晗、闻一多和方国瑜先生，和我回忆自己的三位老师傅衣凌、李埏和吴承明先生的九篇文字。这些文章，增订版依然保留，未作改动。增订版增加了我回忆我的老师韩国磐、傅衣凌、吴承明、何炳棣先生的六篇文章。韩先生和傅先生是我读研究生时的导师，是他们手把手地把我这样一个没有读过大学的青年带入了史坛。吴先生和我的交往，我在本书初版前言里已经谈到，兹可不赘。何炳棣先生 1986 年到昆明故地重游时，我有幸拜识了他，此后即保持着联系，特别是 1988 年我在美国加州大学洛杉矶分校讲学时，他已移居加州尔湾（Irvine），从而得以与他有密切的往来，他给了我很多指教，使我受益良多。

除了这几位老师外，还有几位实实在在地给我宝贵指导的老师，其中最主要的三位是方行先生、斯波义信先生和费维恺(Albert Feuerwerker)先生。方行先生，我在读研究生时就已学习过他的多篇著作，自1986年在中国经济史学会成立大会上拜识之后，一直保持密切联系，从他那里受教便更直接了。方先生对后辈的关爱，令我深为感动。我在杭州工作时，出国或者回国有时要经过北京，方先生即令我住在方府，热情款待，并谆谆赐教，使我如坐春风。我到中国社会科学院经济研究所工作后，更经常得方先生面教，因此我确实是方先生的私淑弟子。斯波义信先生的大名，我在读研究生时就已从傅衣凌师处闻知，1986年我在杭州工作时，斯波先生到浙江考察浙东古代水利遗迹，我有幸得以拜识，并陪同他一行到绍兴、宁波进行考察。斯波先生虽是国际中国史学界享有盛名的史学大师，但对待后辈谦和关爱，令我深感其人格的魅力。他回日本之后，寄了一些他在浙江水利史研究方面的论文给我，我从中获益良多。1990年，他向日本学术振兴会申请了一笔奖助金，邀请我到东京大学东洋文化研究所任为期一个月的客员研究员，这是我第一次到日本。到了东京后，他不仅为我在东洋文化研究所安排了专用的研究室，而且还为我预定了在白金台的公寓，非常舒适。那时他甫卸任该研究所所长之职，但依然每天到自己的研究室里进行研究工作，风雨无阻。每天午饭时，我们都见面，讨论学术问题。他还安排我到东京大学图书馆、东洋文库、静嘉堂文库等著名汉学典籍中心，使我眼界大开，复制了大批文献，供回国后使用。此外，他还邀请我去他位于距东京 30 多公里的埼玉县寓所做客，盛情款待。他那时每周为研究生开宋代经济史的研讨课，专门研读《宋史·食货志》。上课的方式，是逐条研读《宋史·食货志》的原文，每个研究生讲解一条，从该条的术语到内容，都要讲到，然后大家一起讨论，老师最后做总结。在东大的一个月，我参加了这门研讨课的每次课，虽然我的日语听说能力很差，但也从中学到不少东西。特别令我印象深刻的是，斯波先生在教学中体现出的严谨学风和给学生的严格训练。虽然我旁听这门课只有一个月，但这是我在日本上的唯一课程。1996 年，我被剑桥大学圣约翰学院聘为海外研究员，在那里住了半年。此间斯波先生到剑桥大学讲学，课程题目是“近代东亚经济的形成：15、16 世纪东亚的货币与国家发展”（The formation of the modern East Asian economy：Currency and national development in East Asia during the 15th and 16th century），我又有幸去旁听了。我听了他的两门课，因此斯波先生确实是我的老师。此外，斯波先生还为我在中国台湾和英国出版的江南经济史研究专著惠赐序言，对我予以大力鼓励。斯波先生和我的联系，从 1986 年到今天，一直没有中断。2019 年斯波先生八秩大寿，我特地到他在东洋文库的办公室去拜谒祝寿。他此时还担任东洋文库的理事长，虽已高龄，但依然每天从埼玉县家中乘坐火车到东洋文库办公，进行自己的研究。这种精神，令我深感敬佩。费维恺先生是我在密歇根大学做博士后研究的接待教授（Host Professor），我国通常称为指导老师。我在“文革”中失学，1978 年以同等学力考上研究生，因此没有上过本科课程。1991 年，我申请密歇根大学中国研究中心的博士后研究员奖学金，当年申请者共 47 人，名额只有 1 个，而我幸运地中选了。我没有学过本科历史课，史学知识不系统，特别晚清以来的近代史，几乎是“史盲”，因此亟须补课。同时，我的英文是自学的，听说能力很差，亟须提高。于是我选了费维恺的本科课程“中国近代史”，作为旁听生，和那些年轻的美国学生坐在一起，完整地听完了这门课，这也成为我至今唯一修过的本科生课程。费先生对我这个年过四十岁、英文不好的异国学生非常关爱，特别为我在密大中国研究中心安排了一个单间办公室，让我专心工作，并经常过问我的学习，解答我的问题。他和夫人梅仪慈教授还数次请我到费府吃饭畅聊，让我感受家庭的温暖。我完成博士后研究后，一直和费先生保持着联系，特别是我于 2004、2005 和 2006 年去密大任教，又能和他见面并请教。费先生的一本重要著作是《中国的早期工业化：盛宣怀（1844—1916）和官督商办企业》（*China's Early Industrialization*：*Sheng Hsuan-huai* ［*1844-1916*］ *and Mandarin Enterprise*），我在做博士后研究时认真学习了。后来我写了《江南的早期工业化，1550—1850》一书，2000 年出版。我 2004 年去密大教书时，带了一本敬呈费先生，他很高兴。方先生和费先生，确实都是教过我的老师，师生感情都很深，我一直把他们的殷殷教诲和音容笑貌保留在心里。但是，由于手头资料所限，回忆他们的文章，我到现在还未能写出，深感歉疚。由于希望把他们和我的交往更好地呈现出来，我还需要做进一步的努力。

以上老师，都是我遇到的命中贵人，没有他们，我不可能成为今天的我。虽然我天资鲁钝，没有达到他们对我的期望，但是我确实在治学上已经尽力了，由此而言可以说没有辜负他们的教诲和关爱。

最后，增订版和初版有两点差别，在此说明一下：

一、增订版中新增的几篇文章都已发表，收入本书时也未作大的改动。现将其出处列出如下：

《永久的思念——追忆韩国磐恩师》，《中国社会经济史研究》2020 年第 3 期。

《哲人虽去，教泽长存——深切缅怀衣凌恩师》，《中国社会经济史研究》2021 年第 2 期。

《良师难遇——回忆吴承明先生》，《中国经济史研究》2012 年第 2 期。

《以学术为天下公器：吴承明先生学术上的大智大勇》，《中国经济史评论》2017 年第 1 期。

《中国学术史上一个时代的结束——追忆何炳棣先生》，《中华读书报》2012 年 6 月 20 日。

《“做第一流的学问”——浅谈何炳棣先生治史的特点》《文汇报 · 学人》2017 年 12 月 8 日。

二、本书增订版所收回忆文章所涉及的史家，因为增加了韩国磐先生和何炳棣先生两位，所以本书的副标题，也相应更改为“学生眼中的十位著名史家”。此外，各篇文章的排列顺序，也根据这些老师出现在学生生活中的先后，进行了调整，并将先父的五篇文章和我的五篇文章，分别编为上编和下编，以方便读者阅读。

三、我的几位老师均和我有书信往来。其中韩国磐、傅衣凌两位恩师，因为我在厦大求学时可以常见，毋庸通信；我毕业离开厦大后，衣凌师不久即仙逝，国磐师处，则因后来有电话可资通话，因此通信也渐稀。和何炳棣先生的联系，也多依靠电话，信件不多。唯与先父和吴承明先生的通信，长期不断，即使我在海外时，也时有书信往来，因此我保留的先父与吴先生的来信最多。先父手书，在本书初版中已有一封，现补上吴先生的手教一通，以资纪念（见《良师难遇——回忆吴承明先生》）。

李伯重

2021 年 9 月 1 日于燕园

初版前言

本书收入了先父李埏先生写的六篇文章和我写的三篇文章，都是回忆自己老师的文字。这些老师有八位，都是20世纪中国学坛上的重要人物。从这些文章中，不仅可以看到学生对老师的尊敬和爱戴，老师对学生的教诲和关爱，而且也可以看到中国学者在风云变幻的20世纪中的复杂经历，以及他们对生活的热爱、对学问的追求和对信念的坚守。

一

尊师重道是中国传统文化的核心价值观之一。汉代《白虎通义》说："人有三尊，君、父、师。"也就是说，老师在中国人心中的地位，仅次于国君和父亲。实际上，天高皇帝远，父亲、老师却天天见。对于绝大多数人来说，父亲和老师才是他们日常生活中最尊敬的人。由此之故，我国最古老的治家格言《太公家教》说："弟子有束脩之好，一日为师，终身为父。"中国民间，老师也被称为师父，溯其源，可能就在于此。

在漫长的历史长河中，中国人民心中最值得尊崇的人，不是那些权势显赫的帝王将相和富可敌国的富商巨贾，而是被称为“素王”的孔子①。“千年礼乐归东鲁，万古衣冠拜素王。”这位生前在政治上郁郁不得志的学者，因其教书育人的杰出成就，被后代尊为“万世师宗”，两千多年来，一直受到上至至尊天子，下至普通百姓的顶礼膜拜。

五四运动提出“打倒孔家店”的口号，抹去了汉代“罢黜百家，独尊儒术”后历代统治者加在孔子头上的政治光环，但是以孔子为象征的尊师重教的传统依然延续，并被注入了西方近代人文主义的教育理念。两者的结合，导致一种建立在“以人为本”基础之上的新师生关系的出现。老师的责任，不再仅是传统的“传道、授业、解惑”，而且也注重学生的身心和谐和全面发展，使学生在学习知识的同时，也感受到人的尊严，形成正确的价值观。

1950 年代中期以后，情况发生了很大变化。在 1957 年的反右运动中，大批教师被批判，其中一部分更被打成“右派分子”，从此成为社会贱民。随后在 1958 年的“拔白旗”“批白专道路”运动中，很多高校里的著名学者成为被批对象。在这些运动中，学生对老师的“反动”思想和“落后”言论大揭大批，老师也不得不在公开场合“脱裤子”、自曝“内心阴暗世界”。这些运动使得传统的“师道尊严”扫地以尽，老师也对

---

① 张守节在《史记正义》中说：“孔子无侯伯之位，而称世家者，太史公以孔子布衣传十余世，学者宗之，自天子王侯，中国言六艺者宗于夫子，可谓至圣，故为世家。”因孔子“有王者之道，而无王者之位”，故称“素王”。

学生心存戒备。1962—1965年间情况有所改善，但是到了“文化大革命”，教师又被推上了“阶级斗争”的风口浪尖，成了人所不齿的“臭老九”。作为中国尊师重教传统象征的孔子，不仅被掘墓砸庙，而且被荒唐地与先前的“无产阶级司令部副统帅”和后来的“资产阶级野心家、阴谋家、反革命两面派、叛徒、卖国贼”林彪捆绑在一起，成为全民大批判的对象。

改革开放以后，教师的社会地位逐渐恢复。但是近年来随着社会日益商业化，情况又发生了变化。扬雄说：“师者，人之模范也。”启功先生也为北京师范大学提出了“学为人师，行为世范”的校训。然而，在今天对于许多教师来说，教书不过是一种谋生的职业，甚至是一种发家致富的手段。① 在这种风气之下，师生关系也发生了重大变化。你既然把我看成是可以随便糊弄的傻瓜或者可以任意拔毛的呆头雁，我当然也不会把你当作可与父亲相提并论的尊敬对象。尔既虞，我必诈；你以不仁之心对我，我亦以不义之举报之，正所谓“往而不来非礼也”。《礼记·学记》云：“凡学之道，严师为难。师严然后

---

① 据新华网（http：//news. xinhuanet. com/politics/2011-05/25/c_121452830. htm，http：//news. xinhuanet. com/society/2011-05/22/c_121443870. htm，访问时间：2011年8月7日）载，2011年5月，在全国高等学校教学研究中心主办、中南财经政法大学武汉学院召开的“全国独立学院工商管理专业案例教学创新研讨会”上，某大学工商管理与旅游管理学院的一位副教授在作报告时“善意提醒”同行：大学教师全心投入教学是种毁灭。这位副教授曾3次获该大学青年教师课堂教学比赛一等奖，被某网站授予“2009经济及管理专业最受欢迎十大教授”。但是他告诉记者，他用在教学上的精力约占1/3。另外，他对MBA课堂上以堵车为迟到借口的学生说：“我开宝马就不遇堵车吗？”对课堂上接打电话者说：“把你的破手机扔掉……我的电话号码有7个8，你买得起吗？”

道尊，道尊然后民知敬学。”由于师道不再尊严，因此在有的大学里，学生甚至公然威胁老师，索要高分，有权势者也公然要教师为其子女拔高成绩。[①]于是校园丑闻层出不穷，甚至师生大打出手这种旷古奇观（用今天的话来说叫作“肢体冲突”），也在今天的课堂里精彩上演。荀子说：“国将兴，必贵师而重傅；贵师而重傅，则法度存。国将衰，必贱师而轻傅；贱师而轻傅，则人有快；人有快则法度坏。”司马迁说：“君不君则犯，臣不臣则诛，父不父则无道，子不子则不孝。此四行者，天下之大过也。”如果师不师，生不生，那么教育也就完了。

---

① 据《中国青年报》2011 年 8 月 1 日文章《南京一大学生威胁老师给高分校领导称管不了》报道，南京一所教育部直属重点大学的教师杨华（化名），今年 7 月 16 日给学生打完“测量学”的考试分数，第二天上午即收到手机短信：“杨华你这样给分，小心遭报应啊，每天这么累，测量实习只给个及格，考试考高了还用平时分给拉下来，祝你全家早死哦，特别是你儿子。”这天下午，杨华又收到 3 条短信，来自同一位发信人，说：“我要你把六十分到七十五分这档的所有学生的分数提到九十，实习成绩提到优秀。否则我绝对会报复你或者你儿子的。我既然有胆量威胁你，也有本事让你痛苦，毕竟你的信息我已经全部掌握了。”后来查出发信人是一位名叫李明（化名）的男生，他做过学生会干部。事实上，这种事每个学期都会出现。这次期末考试后第二天，杨华就接到不少电话，“七拐八拐地走关系要求提高成绩”。有人希望及格，有人希望把成绩拔高，以免影响保送研究生。“更生气的是这已经成了一种风气，每个学期考试结束，都会接到类似电话若干。”杨华说。有时还没考试，“要分”电话就来了。打招呼的多是同事和各级领导，“这是某人的孩子，帮忙提一提分”。在接受《中国青年报》记者采访时，李明承认给杨华发过那些短信，但他觉得很委屈，认为自己比较努力，考了七十多分，却因为平时成绩不好而被拉到六十多分，“当然不公平了”。关于杨华老师指出的李明平时旷课，李明解释：“有时候上课没去，但是学习还是学的。”此事曝光后，有学生评价杨华老师：“太缺少你这样正义的老师了”；也有人以同行的名义劝杨老师：不要给学校抹黑，“你要为你的将来着想”。

这种世风日颓、人心不古的情况，已经引起许多人的担忧。对许多希图重建良好的师生关系的有志之士来说，历史不失为一种可贵的思想资源。毕竟在20世纪的中国，也曾经存在最值得赞佩的师生关系。或许到了未来的某个时候，这种关系会以新的形式重现于中国。

二

我国近代有不少学生追忆老师的文章，其中有许多非常感人。例如鲁迅先生在他脍炙人口的散文《从百草园到三味书屋》和《藤野先生》中，对他在家乡绍兴读私塾时的老师寿镜吾和在日本仙台读医专时的老师藤野严九郎，都有深情的回忆。本书所收集的，就是先父李埏先生和我本人对自己亲炙过的老师的回忆。先父早年在北京师范大学、西南联合大学和北京大学文科研究所求学时，有幸亲炙陈寅恪、姚从吾、钱穆、张荫麟、向达、吴晗、邓广铭以及闻一多先生等多位著名史家①，后来到云南大学任教，又曾得到方国瑜先生的指点。我本人在读书和工作时，也有幸得到先父和韩国磐、傅家麟、王仲荦、吴承明、方行先生等学者的精心指导。这些硕学名宿都

① 闻一多先生虽然是著名诗人和文学家，但是他对中国古代神话和古典文学都有精湛的研究。他对《周易》《诗经》《庄子》《楚辞》四大古籍的整理研究，成就卓著，被郭沫若称为“前无古人，后无来者”。他对中国古代神话和古典文学的研究，从广义上来说，属于文化史和文学史的范畴。在此意义上而言，他也是一位杰出的史家。更何况中国本有“文史不分家”的传统，因此把像闻先生这样的古典文学专家称为史家，是一点也不过分的。

是集良史和良师为一体的杰出学者，他们教给学生的，不仅是如何做一流的学问，而且是如何做一个好人。

先父和我自己在过去二三十年中，出于各种原因，写了一些回忆自己老师的文章。本书所收的文章，就是先父回忆他的五位老师钱穆（宾四，1895—1990）、闻一多（友三，1899—1946）、方国瑜（瑞臣，1903—1983）、张荫麟（素痴，1905—1942）、吴晗（辰伯，1909—1969）先生和我回忆自己的三位老师傅家麟（衣凌，1911—1988）、李埏（幼舟，1914—2008）和吴承明（之光，1917—2011）先生的九篇文字。这八位学者不仅都是20世纪中国史坛上的第一流学者，而且也都置身于当日中国大学中最好的老师之列。在他们身上，我们可以看到“良史”和“良师”的完美结合。

在过去几十年中，已有不少人关注和研究这些学者，出版了各种形式的传记、研究论文、纪念文章，对这些学者的生平、学术、为人等作了多方面的介绍和研究。本书所收的文章是先父和我两人从学生的角度去回忆自己的老师，其中许多内容都是以往其他已刊发的文字中所没有的。虽然本书所收的文章都已发表过，但是分散在不同的杂志或者文集中，搜寻起来颇不易，现在结集刊出，将为大家更多地了解这些学者提供方便。

三

在上述八位学者中，钱穆、闻一多先生生于19世纪末，其他六位生在20世纪初，他们都见证了20世纪中国社会的剧变，以及现代中国史学（以及古典文学研究）的演进变迁。在中国历史上，20 世纪是一个非常特殊的时代。在这个世纪中，“新”与“旧”、“土”与“洋”、“传统”与“现代”、激进与保守、革命与反动、暴力与和平，各种相互对立的因素同时并存，成为这个时代的特征。在这个动荡和剧变的时代中，这八位学者和全国大多数知识分子一样，经历了 20 世纪的风雨雷霆，也体验了这个时代的人世冷暖。钱穆、闻一多、方国瑜、张荫麟、吴晗五位学者看到了两千年帝制的覆灭；钱穆、方国瑜、吴晗、傅家麟、李埏和吴承明六位学者目睹了民国的兴亡；方国瑜、吴晗、傅家麟、李埏和吴承明五位学者见证了中华人民共和国成立以来的曲折历程；李埏和吴承明两位学者更生活到了 21 世纪，看到了震撼世界的“中国经济奇迹”。

在 20 世纪很长时间里，中国天灾频繁，瘟疫流行，人民生活在极度贫困之中，同时人祸不断，充满了战火、暴力、迫害，无人能够幸免。在险恶的社会环境中，学者本来就很难找到容身之所，即如杜甫所云：“纨袴不饿死，儒冠多误身。”更何况“峣峣者易折，皦皦者易污”；“木秀于林，风必摧之；堆出于岸，流必湍之；行高于人，众必非之。”这些学者都是一时之选，“文章憎命达，魑魅喜人过”，成为各种政治运动的靶子是很自然的。因此，这些学者的遭遇就是很可以理解了：张荫麟先生英年早逝于贫病交加，闻一多先生因抨击黑暗势力而殒于暗杀者的子弹，吴晗先生受尽酷刑之后惨死于牢狱之中，钱穆先生年过半百只身远离故土。方国瑜、傅家麟、李埏和吴承明先生在反右运动和“文化大革命”中饱受磨难，到了偌大的中国终于可以放下一张平静的书桌时，都已年逾花甲，垂垂老矣，其中方国瑜、傅家麟先生也未能更多享受改革开放以后的平安生活。

但是，尽管坎坷波折，这八位学者依然坚守着“做第一流的学问，做最好的老师”的信念，真正做到了“学为人师，行为世范”。作为深受传统文化和西洋文化熏陶、恪守对国家和民族责任的20世纪中国优秀知识分子，他们在这个风云变幻的时代中，内心世界也充满矛盾，努力探索人生和学问的真谛。对传统的缅怀和对光明的向往、对学术的信守和对人类共同理想的追求，使他们能够在这个复杂的世界上坚守做人和治学的原则，成为学问人品均为人景仰的一代良史和良师。因此，更多地了解这八位学者的为学与为人，对于那些在今天纷扰浮躁的社会中仍然有志于追随先贤遗踪，努力去做一个好学者和好老师的青年学人，肯定是很有意义的。

先父和他的老师们有非常深厚的感情，这种感情伴随着他走完了他的人生历程。到了晚年，随着改革开放的到来，他也能够用充满感情的笔墨，把以往尘封在内心深处的记忆写成文章，追忆当年与老师们相处的美好时光，寄托自己对这些老师的无尽哀思。我自己虽然不善写作，但是在老师生前身后，也写了一点文字。这就是本书所收入的九篇文章。从先父和我写的这些文章中，可以看到这些学者和他们的学生之间的那种建立在道义之交基础上的亲密关系。

四

虽然先父和我自己有幸遇到多位名师，而且师生之间感情深厚，但是由于各种原因，关于老师的文字，我们写得很少。本书所收的九篇文章，写作都是出于一些特别的原因。

先父与他曾亲炙过的多位老师都有非常亲密的关系。这种关系在后来的历次政治运动中，往往成为他被审查、被批判乃至被关押、斗争的重要原因。特别是他与吴晗先生的关系，更使他成为“文化大革命”中云南省第一个被批斗的对象，几乎为此赔上了性命。但是即使如此，他对吴晗先生的感情依然如故。到了“文革”结束后，苏双碧、王宏志先生积极奔走，要求为吴晗先生申冤平反。他们到昆明见到了先父，先父非常感动，于是动笔写了追忆吴晗先生的文章，把这位“中国头号牛鬼蛇神”的真实形象展现给世人。尔后，他又写了张荫麟先生的传略，高度评价这位在1949年之后默默无闻的中国史坛天才的学术贡献，并记述张先生对自己的教诲。在追忆闻一多先生的文章里，先父记述了闻先生在抗战和之后的战争期间的艰苦生活，以及他的铮铮风骨。钱穆先生赴港后，师生联系被完全斩断，但是先父在“文革”中，依然因为是“反动文人钱穆”的学生而遭到严酷批斗。到了改革开放初期，钱先生托人带来一本在境外出版的回忆录《师友杂忆》送给先父，先父方知钱先生尚健在。在该回忆录里，钱先生对当年他和先父之间深厚的师生情谊有细致的记述，先父读后非常感动。自此之后，门户渐开，师生之间也鸿雁始通。但是不久钱先生即仙逝，先父悲痛之余，写了一文追忆当年的交往，表达他对钱先生的深切思念。先父虽然并非出于方国瑜先生门下，但是自先父 1943 年到云南大学任教后，时常向方先生请益，因此也一直视之为师。在“文革”中，他们又一起成为“牛棚”中的“黑帮”。这种共患难的经历，使得他们之间的情分又进一步加深。到方先生辞世后，先父也撰文记述自己与方先生交往，悼念这位共事四十年的老师和朋友。

我自己虽然有幸得到多位良师的教诲，但是因为自幼记忆力甚差，又没有写日记的习惯，许多往事难以记住，加上文笔呆滞，因此一直没有能够写出回忆老师的文章。本书收入的三篇文章是例外。关于恩师傅家麟（衣凌）先生的文章写于 1985 年，那时我刚刚从厦门大学毕业。毕业前，英国《世界名人录》将傅先生收入该书，这在当时的中国是极为罕见之事，因此《福建日报》记者来到厦大，请历史系写一篇报道。作为傅先生的弟子，我非常高兴地接受了这一任务。虽然由于报纸篇幅所限，这篇文字写得很短，但这是“文革”以后第一篇在省报上介绍衣凌师的文章，因此也有一定意义。今年是衣凌师百岁冥寿之年，将此文重新刊出，也可略表我对恩师的思念。我自 1980 年在厦大初次拜识吴承明先生，之后三十年一直私淑于他，并得到了他的精心指导。今年六月，我从香港回京后，听说吴先生身体欠佳，于是立即去探望。彼时他已十分衰弱，但是见到我非常高兴，交谈达半个小时之久。不意这竟是与吴先生的最后一面。两周之后，我在上海得到噩耗，吴先生已驾鹤西去。1997 年吴先生八十大寿时，我写了一篇文章，向大众介绍这位学界的传奇人物，就是现在收入本书的这篇文章。在我的一生中，有幸遇到多位名师。他们都给了我宝贵的教诲和深切的关爱，我对他们永远感激不尽。但是，把我培养成一个学者的关键人物是先父。正如我在拙著 *Agricultural Development in the Yangzi Delta, 1620–1850* 的“鸣谢”中所说的那样，先父不仅是我在“文革”苦难岁月中开始学习中国历史的第一位老师，而且也是我一生中最好的老师。先父于 2008 年去世后，我陷于无尽的哀思。夜深人静，以往先父对我谆谆教诲的情景，一幕幕浮现在眼前。我随后将其付诸笔墨，写出来给自己和兄弟姐妹的子女看。后来云南大学出先父纪念文集，也将此文收入。

以上所述，就是本书所收的九篇文章的由来。

从这些文章不仅可以看到这八位学者的为学与为人，而且也可以体会到他们与学生之间的亲密关系。从某种意义上来说，老师和学生之间存在一种缘分。荀子说：“人虽有性质美而心辩知，必将求贤师而事之。”有鉴于此，王符说：“人不可以不就师。”一个人能够遇到好老师，是他一辈子的福气。同样，一个好老师遇到好的学生，使得自己的学问和人品能够传承下去，也是极大的幸福。因此孟子把“得天下英才而教育之”视为君子的三种至乐之一①。如果好老师和好学生相遇，那就是彼此的至乐了，也将是一段学坛佳话。然而，如佛家所

① 孟子语原文是：“君子有三乐，而王天下不与存焉。父母俱存，兄弟无故，一乐也；仰不愧于天，俯不怍于人，二乐也；得天下英才而教育之，三乐也。”

云：世间万物皆因缘而生，因缘聚则物在，因缘散则物灭。这种佳话是可遇而不可求的。而且现实是，这种佳话在我们生活中不常见，而且似乎越来越少见。因此这些文章结集刊出后，可能会使一些人士体会到，在中国也曾有过令人向往的师生关系，而并非如我在前面所提到的那种师生“交征利”的乱局。①

五

除了上述九篇文章外，本书还收入了名师致我们父子的书札 19 通的影印件。这些信札包括家父的六位老师（钱穆、张荫麟、吴晗、顾颉刚、姚从吾、方国瑜先生）写给他的信 18 通和家父写给我的信 1 通。

家父与老师们的关系亲密，彼此间通信甚多，他都一一珍藏。但是到了 1950 年以后，由于政治运动不断，这些信件成了大问题。1955 年 5 月 13 日，《人民日报》公布了胡风过去写给舒芜的被掐头去尾的信件，成为把胡风及与胡风有过接触的文学友人们定性为“反党小集团”（后升级为“反革命集团”）的主要证据。不久，《人民日报》又发表了第二、三批胡风及友人的私人通信，这三批通信后被编为“关于胡风反革命集团的材料”刊出，供全国人民进行大批判。作家绿原在 1944 年

① “交征利”之语出于《孟子·梁惠王上》。孟子对梁惠王说：“王，何必曰利？亦有仁义而已矣。王曰：‘何以利吾国？’大夫曰：‘何以利吾家？’士庶人曰：‘何以利吾身？’上下交征利，而国危矣。”

致胡风的信也在胡风家中被搜出，成为把绿原打成“美蒋特务”的“证据”。由于私人通信会成为定“反革命”罪的证据，而家父过去的老师钱穆和姚从吾先生分别去了香港和台湾，在大陆成了被口诛笔伐的“反革命文人”，向达先生在北大成了右派分子，方国瑜先生以及家父自己在云大也险些被划右派，保存这些老师的信件，不啻为自己留下里通外国、勾结右派的“罪证”。在此情况下，家父不得不把他们的来信销毁，以求自保。但是有一些完全是谈学问的，实在舍不得销毁，便冒着危险，悄悄藏了起来。孰知逃得了初一逃不过十五，到了1966年，吴晗先生被定为反革命分子，成为“文革”开刀的祭旗羔羊。顾颉刚先生则在1949年以后一直备受两个“重大案情”的责问：他与胡适的师徒关系，以及他与鲁迅的“恩怨”。早在1950年代中期，他与胡适的师徒关系就使得他备受批判，以至于他说：“到京八年，历史所如此不能相容，而现在制度下又无法转职，苦闷已极”；而后到了“文革”，他与鲁迅的“过节”再次将他推向“反动文人”的行列。在此情况下，家父不得不再次销毁那些有可能带来麻烦的信件。果不出所料，到了1966年，家父被云大校、系领导抛出，作为“云南三家村”成员，在党报上被公开批判，成为云南省最早被批斗的“牛鬼蛇神”。他与这些老师（特别是吴晗先生）的师生关系，更使得他成了北京“‘三家村’黑帮”在云南的代理人。随后，我家被抄多次，家父所有私信、日记均被抄走，供那些“革命师生”拿着显微镜，从中尽力发掘“反党反社会主义”言行和与吴晗、钱穆、姚从吾等“反革命黑帮”和“海外国民党残渣余孽”“勾结”的“证据”。收入本书中的18封信，被抄走后，作为家父的“罪证”被放在档案里。“文革”后平反，有关部门发现部分信件尚在，于是退还家父，家父将其装订在一起，起了个名字叫作《春风化雨集》，作为对当年老师们的深切怀念。

家父与我也有不少通信，在“文革”中也招致了灾祸。1969年，我高中尚未毕业，被送到云南省德宏傣族景颇族自治州瑞丽县农村插队。我带去了一部《资治通鉴》，劳动之余细细研读。在读的过程中，有不少不懂的地方，却无人解答。于是我冒险写信向家父求教。在当时那种政治氛围中，信中只是问了一些古文的字义和对史事的解释，绝无涉及政治的言辞。但万万没有想到的是，处于“群众专政”之下的家父，一举一动都受到云大历史系“革命教师”的严密监管。此信寄到后，立即被对他进行日常搜身的“革命教师”搜出。他们就此对家父展开了新一轮批斗，同时还以云大历史系革命委员会的名义，致函我所在的瑞丽县姐勒公社革命委员会，说“老小牛鬼蛇神还在搞封资修”，公社革委会应对小“牛鬼蛇神”严加管教。公社革委会主任宋某某收到此函后，立即把我传唤到公社里严厉训斥，没收了我的全部个人往来书信。到了1978年以后，我一直在外地求学和工作，与家父经常通信，直到1994年家里有了电话后，通信才基本停止。在这十六年中，父子之间有大量书信往来，基本上都保留了下来，珍藏在北京家中。因为目前我在香港，一时无法整理挑选，因此仅将在手头的家父手书中选出一通，置于此书中（见《父亲把我培养成材》)。此书主体是家父追念老师的文章，因此通信也应以家父老师来信为主。

六

此次将这些文章结集刊出，除了对原文中的个别字词作了改正之外，一概照旧，保持原貌。这些文章的原始出处如下（依照写作时间先后为序）：

《心丧忆辰伯师》，原刊于《思想战线》1981年第6期。

《张荫麟先生传略》，原刊于《史学论丛》1987年第2辑。

《记闻一多先生在昆华中学》，原刊于《云南日报》1988年11月30日。

《记吴晗先生的路南之游》，写于1989年10月，收入李埏：《不自小斋文存》，云南人民出版社，2001年；后又收入王宏志、闻立树主编：《怀念吴晗：百年诞辰纪念》，中国社会科学出版社，2009年。

《昔年从游之乐，今日终天之痛——敬悼先师钱宾四先生》，原刊于《社会科学战线》1991年第4期（标题略异）。

《教泽长存　哀思无尽——悼念方国瑜先生》，原刊于《云南文史丛刊》1999年第1期。

以上六篇文章，后来均收入李埏先生撰《不自小斋文存》（云南人民出版社，2001年）。

《〈世界名人录〉中的人物——傅家麟》，刊于《福建日报》1986 年 8 月 20 日。

《吴承明先生学术小传》，收于吴承明：《市场·近代化·经济史论》，云南大学出版社，1996 年。

《父亲把我培养成材——深切怀念先父李埏先生》，收于武建国、林文勋、吴晓亮主编：《永久的思念——李埏教授逝世周年纪念文集》，云南大学出版社，2011 年。

此外，本书所收《春风化雨集》中的信件，包括：

钱穆致李埏　民国二十八年八月廿六日

钱穆致李埏　民国二十九年一月八日

钱穆致李埏、王玉哲　民国二十九年一月廿日

钱穆致李埏　民国二十九年四月十六日

张荫麟致李埏　民国二十九年九月八日

张荫麟致李埏　民国二十九年十一月十五日

张荫麟致李埏　民国三十年二月五日

张荫麟致李埏　民国三十年三月三日

张荫麟致李埏　民国三十年三月四日

张荫麟致李埏　民国三十年五月廿日

张荫麟致李埏　民国三十年七月廿八日

吴晗致李埏　民国二十九年八月

吴晗致李埏　民国二十九年九月十三日

吴晗致李埏　民国二十九年九月或十月

吴晗致李埏　民国三十年三月廿八日

顾颉刚致李埏　民国二十九年一月八日

姚从吾致李埏　民国三十年二月廿七日

方国瑜致李埏　民国三十年二月十五日

最后，我想借此机会，对这八位学者以及我们父子有幸遇到的其他良师，对他们给予的教诲和关爱，表达发自心底的感激，并衷心希望这本小书能够把这八位学者为人为学的一些鲜为人知的侧面重现出来，有心人将可从中对这些已经逝去的良史和良师有更多的了解，从而接过他们的事业并发扬光大，薪尽火传，期于永远。

上编

李埏

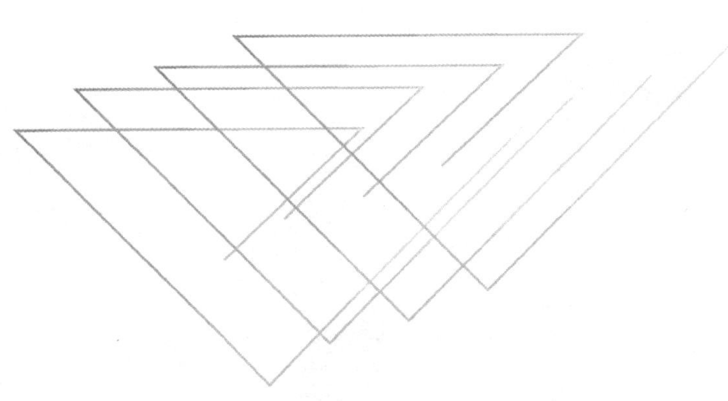

张荫麟先生传略

一　生平述略

20世纪三四十年代间，一颗光芒四射的彗星，从中国史坛上倏焉升起，又倏焉消逝。这在当时曾使许多人感到震惊和哀痛，在以后很久，也还有不少人为之叹息和思念。这颗彗星是谁？他就是现代著名史学家张荫麟先生。

张荫麟先生

张荫麟先生是广东东莞石龙镇人，清光绪三十一年（1905）十一月生于镇上的一户“书香人家”中。他还幼小时，母亲便去世了；父亲把他抚育长大。他的父亲既是一位慈父，又是一位严师。从他开蒙受书，便给他以严格的旧学训练，要他把“五经”“四书”“三传”“史汉”、《通鉴》、诸子书、古文辞……一一熟读成诵。他天赋很高，有异乎常人的记性和悟性，对读书又特别爱好。因此，课业虽重，不惟不以为苦，且常常愉快地超过了规定的课程。到十六七岁他辞家赴北京时，他的旧学根底已经很坚实，知识颇为广博了。

然而，这还不是他少年时所学的全部。另一方面的学习，也许对他是尤为重要的，那就是对新学新知的追求。石龙镇这个地方，濒东江下游南岸，当广州惠州中权；广九铁路建成后，又为广州香港间一大站[①]。从这里西往广州，南下港九，舟车都很方便，因此常得风气之先，不似内地的闭塞。荫麟先生之生，上距戊戌变法七载，下距辛亥革命六年。变法的首倡者为南海康有为和新会梁启超；革命党的领导人为香山孙文。南海、新会、香山和广州、东莞，都属珠江三角洲，相距咫尺。以乡里壤地相接之故，这些地方的知识界多稔知康、梁、孙诸人的活动、言论、学术……受其影响也特别深。童年的荫麟先生，用心理学的术语说，是个“超常儿童”。他和许多成年人一样，争着传诵进步书刊，比许多年长的朋辈常有更好的理解。新思潮的洗礼使他很早就能出入旧学，不受传统局限。他特别喜好那“笔锋常带情感”的辟蹊径开风气的饮冰室主人的学术著作，每得一篇，都视作“馈贫之粮”，细加玩索，可以说，早在清华亲炙之前很久，他已经私淑任公先生了。

1923 年秋，荫麟先生年十七，负笈北上，考入清华学堂中等科三年级。那时梁任公正在清华主讲“中国文化史”课，

---

① 新化曾鲲化所著《中国铁路史》（1924 年燕京印书局印行）页 639 有云：“……石龙为东江惠州等处往来总汇之区，极称繁盛。而广州首站僻在东隅，九龙与香港又一水相隔，不能及焉。”

所以他一入学便得亲受业为弟子。他素不喜交游，在校中惟与贺麟、陈铨相友善。贺麟先生回忆说："他是一个天天进图书馆的学生……他给我的第一个印象是，一个清瘦而如饥似渴地在图书馆里钻研的青年。"[①]贺先生还讲了一个故事，大意是：一天晚上，梁任公讲课，"从衣袋里取出一封信来，问张荫麟是哪一位。荫麟立即起立致敬。原来他写信去质问梁任公前次讲演中的某一点，梁任公在讲台上当众答复他"。贺先生又说："他那时已在《学衡》杂志上登过一篇文章，批评梁任公对于老子的考证。那时他还是年仅十七、初进清华的新生。《学衡》的编者便以为他是清华的国学教员。哪知这位在学生时代质问梁任公、批评梁任公的荫麟，后来会成为承继梁任公学术志业的传人。"就我所知，荫麟先生确乎是"最向往追踪"梁任公的，但在学术研究上他真是"吾爱吾师，吾尤爱真理"，做到了"当仁不让于师"。而梁任公呢，不惟不因此有慊于心，反而对他更加器重、奖掖。他们之间的师徒高谊，真是现代学术史上的一篇佳话啊。

荫麟先生在清华求学历时七年（1923—1929），这是他学术生涯中最重要的时期。北京，毕竟是中国的文化名城。当时，尽管军阀混战不休，但清华、北大等学术重镇仍能屹立不坠。在清华园里，有许多第一流学者和一批优秀青年，学术空气和各种思潮很活泼。荫麟先生生活其中，学业大为精进。他

---

① 荫麟先生逝世的噩耗方传开，贺先生便立即写了一篇悼念回忆的文章，述荫麟先生的生平最详。本文在很多地方依据它，不一一注明。文章题为《我所认识的荫麟》，载《思想与时代》，1943 年，第 20 期。

先后在《学衡》杂志、《东方杂志》《清华学报》《燕京学报》《大公报·文学副刊》等刊物上发表论著四十余篇，甚得学术界的称誉。他苦攻英语，入清华才三年，已能纯熟地阅览英人典籍，翻译英文英诗。他的英语译文之典雅，曾受当代名家吴雨僧先生的嘉许。而此时的他，才是一个年方弱冠的青年呢。

以一个青年学生而著述如此之富，主要当然是由于他学力深厚，才思敏捷；但也有别的原因，那就是他太贫寒了。据说，他幼时，家道已经中落。他到北京的川资，他的父亲几经筹措才勉强足数。入清华后，因为家庭供给微薄，常常是靠烧饼度日。为了解除经济上的困难，他不得不为文求售。1926年夏，他的父亲去世了。他是长男，所以此后还得兼负教养诸弟之责。这样，卖文不足，只好到城里兼课，给一些广东学生补习英语。学生中有知名学者东莞伦明的女儿伦慧珠。后来，他们间发生了爱情，结为伉俪。

1929年，荫麟先生在清华毕业。这年初秋，以公费出国留学，东渡太平洋，赴美，入斯坦福大学，攻哲学和社会学。他之所以选择这所大学，原因是这所大学僻处美国西部，费用较低，可以节省出一部分公费供给弟弟们上学。至于他之所以选习哲学和社会学，则是为了将来能更好地研究祖国历史，这是他研究史学的一种战略计划。1933年，他在给友人的一封信中说："国史为弟志业。年来治哲学、治社会学，无非为此种工作之预备。从哲学冀得超放之博观与方法之自觉；从社会学冀明人事之理法。"可见他的研究规模是非常宏远的。在美四年，他按照自己的计划修完了课程。于是不待五年期满，取得博士学位，便束装归国。归程横贯美国，游览了东部地区，然后渡大西洋，游历英伦欧陆，经地中海、印度洋，于 1933 年冬抵香港；旋即北上，年底到北平。去程与归程合计，恰好绕地球一周。贺麟先生认为，荫麟先生之所以提前归国，原因有三：一是“九一八”事变后忧国情殷；二是希望回来专心致志于国史研究；三是与伦女士完婚。但婚礼因伦女士患肺病，直延至 1935 年 4 月初乃举行于北平。

荫麟先生一回到北平，即应清华之聘回母校任历史和哲学两系专任讲师，同时兼北京大学“历史哲学”课。1935 年暑期后，应当时教育部之聘，编撰高中历史教科书（后来改为专著，即《中国史纲》），于是向清华告假，专事著述。1937 年“七七事变”爆发，他南下浙江，在天目山小住，为浙江大学作短期讲学。冬间，一度到清华、北大、南开合成的长沙临时大学。因学校又将西迁，遂回东莞故乡住了些时。到 1938 年夏初，西南联大已迁昆明，乃自粤入滇，向清华销假，仍任历史和哲学两系教授。初到昆明，正值暑假，暂住安宁温泉小憩。学期开始，回城中住吴晗先生家。每周为历史系讲宋史，为哲学系讲逻辑各一次。寒假间（1939 年初），忽然接到重庆军委政治部部长陈诚的一个电报，请他立即命驾飞渝。他去了。原以为此去或能对抗战大业有所贡献，哪知去到以后不过备顾问、资清谈而已。他觉得事无可为，乃不辞而别，仍回联大授课。回校不久，伦夫人奉母携幼至自东莞。不幸，来未一载，琴瑟失调，伦夫人一行又回粤东。恰当此时，荫麟先生不容于学校某当轴，遭受不公正待遇，不得已离开联大，到遵义浙江大学任教。那时的遵义还是一个古老的、闭塞的山城，医药条件甚差。荫麟先生，由于积劳和连遭拂逆之故，到遵义不过一年，便染上肾脏炎症；延至 1942 年 10 月 24 日，竟与世长辞，终年才三十七岁。

二　历史哲学

1923 年 9 月,《学衡》杂志第 21 期刊出荫麟先生的第一篇论文《老子生后孔子百余年之说质疑》。从那时起，到 1942 年 10 月先生逝世止，为时共十九年，发表论著近两百篇，百余万言（详见同门徐规先生所编的《张荫麟先生著作系年目录》及增补)。这些论著，十之有九为史学的或与史学有关的。涉及的范围很广，从先秦到近世，从社会经济到科技文艺、学术思想、风俗习惯……都有所考究。当时的学术界多惊叹于这位青年学者的渊博，但不甚明了他为什么要考究那些问题。对他有所了解的朋友和门人都知道，他不是一个以记览为工、喜和人夸多斗靡的学者，也不是一个全凭兴会、信手拈来、卖弄雕虫小技的文人。他所志者甚大，早在留美期间，已郑重声言：国史是他的志业。从后来他对《中国史纲》之高度重视，可知他所说的“国史”就是《中国史纲》那样的著作。为了专心致志撰写这书，他宁可向清华告假，而且以他才思之敏捷，还花上五年工夫才成其“上古篇”，其严肃认真可以想见。在浙大和他时相过从的谢幼伟教授说：“在遵义，作者曾看他写《中国史纲》上关于宋史部分的几章。他的原稿涂改之处甚多。他每对作者说：‘写这种文章是很费苦心的。’”[1] 为什么这样费苦心呢？因为这是时代的要求，祖国的需要。他在青年书店版的《中国史纲》里，冠有一篇《自序》[2]，一开头便说：

> 现在发表一部新的中国通史，无论就中国史本身的发展上看，或就中国史学的发展上看，都可说是恰当其时。就中国史本身的发展上看，我们正处于中国有史以来最大的转变关头，正处于朱子所谓“一齐打烂，重新造起”的局面；旧的一切瑕垢腐秽正遭受彻底的涤荡剜割，旧的一切光晶健实正遭受天捶海淬的锻炼，以臻于极度的精纯；第一次全民族一心一体地在血泊和瓦砾场中奋扎以创造一个赫然在望的新时代。若把读史比于登山，我们正达到分水岭的顶峰，无论回顾与前瞻，都可以得到最广阔的眼界。在这时候，把全部的民族史和它所指向的道路，作一鸟瞰，最能给人以开拓心胸的历史的壮观。

又说：在这个时候，

> 写出一部新的中国通史，以供一个民族在空前大转变时期的自知之助，岂不是史家应有之事吗？

这篇自序是1940年2月在昆明写的。那时正是汪伪政权即将在南京成立、国民党已经掀起第一次反共高潮、抗战处于极端危急的时候。可是，荫麟先生不惟对祖国的前途依然充满信

---

① 见谢著《张荫麟先生言行录》。

② 《中国史纲》有一个青年书店版，1940年6月刊于重庆。这篇自序，以下省称为《自序》。

心，而且深刻地预见到这是“中国有史以来最大的转变关头”，是“一个赫然在望的新时代”。后来的历史发展证明正是这样。

在这篇《自序》里，他说：写一部通史，“显然不能把全部中国史的事实，细大不捐，应有尽有的写进去”；也不能“凭个人涉览所及，记忆所容，和兴趣所之，以为去取”。要有一个判别史事重要程度的“笔削”标准。他列举过去通史家们部分地、不加批判地或不自觉地采用过的标准有五：

一是“新异性的标准”。所谓新异性就是史事“内容的特殊性”，也就是每一史事具有的“若干品质，或所具若干品质的程度，为其他任何事情所无者”。关于这个标准，他特别着重指出：“历史不是一盘散沙，众史事不是分立无连的；我们不仅要注意单件的史事，并且要注意众史事所构成的全体；我们写一个民族的历史的时候，不仅要注意社会局部的新异，并且要注意社会之全部的新异；我们不仅要注意新异程度的高下，并且要注意新异范围的大小。”

二是“实效的标准”。所谓实效即是“史事所直接牵涉和间接影响于人群的苦乐者”。

三是“文化价值的标准”。“所谓文化价值即是真与美的价值。”

四是“训诲功用的标准”。“所谓训诲功用有两种意义：一是完善的模范，二是成败得失的鉴戒。”

五是“现状渊源的标准”，即“众史事和现状之‘发生学的关系’”。

他认为“以上的五种标准，除了第四种外，皆是今后写通史的人所当自觉地、严格地，合并采用的”。他说：“我们的理想是要显出全社会的变化所经诸阶段和每一阶段之新异的面貌和新异的精神。”那些“对文化价值无深刻的认识的人不宜写通史”,“知古而不知今的人不能写通史”。当然，应用这些标准去权衡史事的轻重是不容易的，因为要使“权衡臻于至当，必须熟习整个历史范围里的事实”。

接着，他进一步指出：除标准外，“还有一个同样根本的问题”，就是“我们能否用一个或一些范畴把‘动的历史的繁杂’统贯?”他认为可以用四个范畴去统贯：

第一个是因果的范畴。这个范畴指的是“因果关系”，而不牵涉因果律，因为历史事实是不能复现的。

第二个是发展的范畴。所谓发展“是一个组织体基于内部的推动力而非由外铄的变化”。这个范畴又包括三个小范畴：

一是定向的发展，即循一定方向分阶段而变化的历程。二是演化的发展，即进化的或退化的渐变的历程。三是矛盾的发展。这“肇于一不稳定组织体，其内部包涵矛盾的两个元素，随着组织体的生长，它们间的矛盾日深日显，最后这组织体被内部的冲突绽破而转成一新的组织体，旧时的矛盾的元素经改变而消纳于新的组织中”。

这四个范畴，他认为“应当兼用无遗”。但即使如此，也不能统贯全部重要的史实。其不能统贯的就属偶然了。每个历史家应当尽量减少那种本非偶然，只因知识不足，而觉其为偶然者。

以上所述是《自序》的提要。这篇《自序》，对了解荫麟先生的史学是极为重要的。在《自序》的末了，他有这样两句话："到此，作者已把他的通史方法论和历史哲学的纲领表白，更详细的解说不是这里篇幅所容许。"事实上，《自序》所讲的，不仅是他写作《中国史纲》时所遵循的纲领，也是他治史的总则。他写那么多论文，若问为何那样选题，那样论述，读了这篇《自序》就大致可以理解了。回想40年代之初，当《自序》初问世时，史学界所受的影响是很大的。尤其是一般有志于史的青年，为《自序》的新颖理论和进步思想所吸引，争相传诵。他们敬佩这位追求真理、前进不已的学者和老师。①

历史哲学是荫麟先生治史的一个重要方面。早在1932年留美时，他已撰成《传统历史哲学之总结算》一文（翌年一月刊于《国风》二卷一期），列举以往的各种史观，一一加以评价。他认为生产工具和经济制度的变迁"对文化其他方面恒发生重大的影响"，但不必尽然。这篇文章可以代表他留美时期的历史观点。他回国后，不只一次开出"历史哲学"课。最后一次开于西南联大，所讲内容已与此文颇不相同，特别是对唯物史观的评价。假若我们以此文和前述《自序》对读一下，就可看见他前后观点变化之大了。到遵义后，他曾着手写一篇《马克思历史观的晚年定论》，可惜未竟而卒。他殁后半年，

---

① 1941年，浙江大学史地教育研究室石印《中国史纲》五百册，翌年又重印，这篇《自序》均未收入。作者另作短序冠篇首，亦名《自序》。其所以如此，乃因作者欲以青年书店版《自序》为主，另成《通史原理》一书，故不复收入《史纲》。或谓因《自序》中有唯物史观的观点，研究室执事感不便，故尔删削。以荫麟先生之耿介，若非己意，盖不可能，今不取。

《思想与时代》又把他的《总结算》一文重新登出，但这不是他的遗愿，他已不能修改了。

三 《中国史纲》

自西学东渐，中国的史学家们采用章节体裁撰写通史以来，要在旧史学林中找一部既深邃而又通俗、既严谨而又富趣味的，像英人韦尔斯（H. G. Wells）的《世界史纲》那样的著作，是从未曾有的；若有之，那就是荫麟先生的《中国史纲》了。遗憾的是，这部优秀作品的命运，并不比它的著者好一些。它是一部未完之作，到东汉便终止了。1949 年以前，它始终没有一个好的版本，也没有在全国流传过。直到 1955 年，始由三联书店出版一个较佳的本子，印行万余册，流布于国内外。

国内和国外的读者对这本著作都给予高度的重视。它赢得了许多赞誉，当然也受到一些批评。据我所见，一位苏联历史学者鲁宾（В. Ррубин）的书评是颇为全面而中肯綮的。书评作者在文末如此概括地写道：

> 这位历史学家的全部论述给人以这样独特的印象——可以说，从本书的字里行间也会感觉到他不但是位历史学家，而且是一个人。

接下去继续写道：

> 处理史料时感情丰富，能激发读者对于以自己劳动创

> 造伟大中国文化的普通人命运的热烈关怀，这是此书最吸引人的特点之一。
>
> 把科学的解释和通俗性成功地结合起来也是《中国史纲》的一个突出的优点。在张荫麟的笔下，中国古代的历史是鲜明生动的、容易了解的，对现代的读者是亲切的。同时书中没有一点庸俗化的地方，也没有因简述一些问题而使论述降低到非专家水平，更没有否认别人的成果。如果估计到中国古代史料的复杂性以及几千年形成的儒家的历史编纂学的影响——有时甚至于那些努力运用马克思主义的观点来阐明中国古代史的历史学家们也还不容易从它们的影响之下出来——那么就应该大为赞扬著者的才能已达到了高度科学水平，同时又能生动地、引人入胜地、简洁地讲述古代中国历史的变迁。①

我很敬佩这位异邦的学者，他能透过我们艰难的汉文，深刻地理解这本书，热情地赞赏这本书，并对辞世已久的著者给予如此崇高的评价。不过，他对本书特点的概括，虽说允当扼要，但仍有未尽。因此，下面再就本书着重的方面略说几点。

一是特出的写作方法。

《中国史纲》青年本《自序》写于“上古篇”定稿之后，其中所表白的笔削标准和统贯范畴，不仅是荫麟先生写作时遵循的理论和所悬的鹄的，而且也是他的实践和实际成就的经验总

---

① 鲁宾：《评张荫麟著〈中国史纲〉》，原载苏联《古代史通报》1957 年第 1 期，许克敏译。

结。依据这篇《自序》去读《史纲》，大致可以理解他笔削取舍的命意所在。但是,《史纲》所包括的年代，自殷商至东汉，上下几两千年。这期间，按标准可以选取的史实还很多，而《史纲》不过十一章，共十六万言。以这样少的篇幅去写那么长时间的“社会组织的变迁，思想和文物的创辟，以及伟大人物的性格和活动”，照理就得十分精简、高度概括。但这样写，往往又会流于空洞抽象，与通史的要求——具体生动、有血有肉，成为一种不易统一的矛盾。这矛盾在荫麟先生的笔下，很巧妙地统一起来了。怎样统一呢？用他自己的话说就是,“选择少数的节目为主题，给每一所选的节目以相当透彻的叙述，这些节目以外的大事，只概略地涉及以为背景”①。不用说，这种选择是极费苦心而又难得妥适的。但他的选择和叙述使许多人都叹赏不已。

二是对重大人物的处理。举一个例。全书共十一章，春秋时代占两章：一章为“霸国与霸业”；另一章为“孔子及其时世”。在前一章中又以一节专属郑子产。这样，对整个春秋时代他只写了争霸一大事和子产、孔子两个人物。争霸是这时代的第一大事，那是任何通史都不能不写的，虽然论断各有不同；至于人物，这时代堪称伟大的人何止十数，而以专节专章叙述的唯有这两人，那就是《史纲》独具的特色了。乍看起来,《史纲》似乎太突出这两人了；待细读之后就会觉得，这样笔削是匠心独运的。请看“郑子产”这一节。子产这个人确

---

① 石印本《中国史纲·自序》。

实是一个了不起的大人物。他道德高尚，态度开明，有善于处理内政外交的才干和开创革新的精神。虽然他的功业不如管、晏的那样大，但他处境的艰难却非管、晏所能比。假若要在这时代的政治家中找一个人格最完美的，恐无人能出其右。因此，荫麟先生把他选出来给予专节叙述，是妥适的。但是还不只此，节目在“子产”之上加一“郑”字，而且把这一节作为“霸国与霸业”一章之殿，也是有深意的。我们知道，郑是一个小国而位于大国争霸的焦点，其处境的艰危为诸小国之最，具有典型性。把它写了进去，读者不仅可以看到大国争霸的活动，也可以看到小国求存的挣扎，对局势有一个全面的了解。而写郑国又以子产为主题，这就能够更具体地、集中地揭示郑国所面临的种种问题。因此，这一节是这一章的重要组成部分，是著者精心安排的。

“孔子及其时世”一章对孔子的一生作了较详的叙述，给予崇高的评价，占去颇大的篇幅。有人因此以为荫麟先生是“尊孔派”，对孔子有特殊的情感。其实这是误解。若论情感，他爱好墨子恐更甚于爱好孔子。“墨子”一节中，他把孔墨作了对比。他说：“春秋时代最伟大的思想家是孔丘，战国时代最伟大的思想家是墨翟。孔丘给春秋时代以光彩的结束，墨翟给战国时代以光彩的开端。”又说：“在政治主张上，孔子却是逆着时代走的。”“孔子是传统制度的拥护者，而墨子则是一种新社会秩序的追求者。”他还把墨子推到世界史的范围里去评价，说：“在世界史上，墨子首先拿理智的明灯向人世作彻底的探照；首先替人类的共同生活作合理的新规划。”从上面所引可知，虽然荫麟先生认为孔墨都是“最伟大的思想家”，都给各自的时代以光彩，但他的思想感情无疑更多地倾注于墨子。那么，为何他在《史纲》中给孔子以一大章，而墨子才占两节呢？原因是，墨子的历史作用不如孔子，按照他的笔削标准，不能不有所轻重。他指出：墨学在汉以后无嗣音；而孔子，在我国教育史上，是好几方面的开创者。“这些方面，任取其一也足以使他受后世的‘馨香尸祝’。”若再论到奉他为宗师的儒家，那么，他对后世的影响就更非古代任何思想家所可企及。这样的重大人物，不以足够的篇幅，给予相当透彻的叙述，不仅不能把他们很好地呈现于读者之前，也很不利于阐述尔后历史发展的某些特征。汉代的司马迁心好道家之言，但在他的《史记》里却以孔子入“世家”，以老庄入“列传”，这种不以情感定褒贬的客观态度和优良作风，荫麟先生是继承了的。

三是对于社会变迁的论述。

社会的变迁是《史纲》的重要内容之一。它贯串于全书之中，随处可见。但第二章“周代的封建社会”，全书最大的一章，是集中讲述西周社会的。为什么特详于西周的社会？原因是，著者认为物有本末，事有终始，古代社会是后世社会所从出；知道了古代，然后才能追寻递嬗之迹，明白后世社会的由来。但是，文献不足征，商以前已无法详考。只有到了西周，历史资料才可能提供一个较全面的社会概况。《史纲》说：西周“这个时期是我国社会史中第一个有详情可考的时期。周代的社会组织可以说是中国社会史的基础”。事实确乎如此。

这章一来便从土地占有状况出发，对周代社会加以等级和阶级的分析。在第一节之始，它就昭告我们："严格地说封建的社会的要素是这样：在一个王室的属下，有宝塔式的几级封君；每一个封君，虽然对于上级称臣，事实上是一个区域的世袭的统治者而兼地主；在这社会里，凡统治者皆是地主，凡地主皆是统治者，同时各级统治者属下的一切农民非农奴即佃客，他们不能私有或转卖所耕的土地。照这样说，周代的社会无疑地是封建社会。"接着，第二节便讲"奴隶"；第三节便讲"庶民"。在"庶民"节中，首先叙述土地占有状况，然后进而叙述庶人（农夫）的地位、负担和反抗斗争。土地占有分两种：一种是侯伯大夫占有，由农夫或奴隶代耕的公田；另一种是农夫占有并自行耕种的私田。农夫的负担很沉重，不堪痛苦乃起而暴动叛变。这些论述在当时是很新颖的，和今天的西周封建论者的说法几乎没有什么不同。特别应当指出的是，荫麟先生对土地问题非常重视。当他正写《史纲》的同时，撰写了另一篇论文。[①] 其中说："在一个'农业经济'的社会里，土地分配几乎可以说是'生产关系'的全部。所以拿经济因素做出发点去研究中国社会史的人，首先要注意各时代土地分配的情形。"他在《史纲》中正是这样做的。

西周以后的社会变迁，《史纲》特别着重战国秦汉时期商品经济的发展。它几乎把现存的有关当时商品经济的记载，如《史记·货殖列传》等，都笔而不削，全写进去了。但它不是

---

① 《北宋的土地分配与社会骚动》，载《中国社会经济史集刊》1939 年第 6 卷第 1 期。

照录原书，而是用自己的语言，天衣无缝地纳入于自己的创见，重新加以表述。它指出："自从春秋以来，交通日渐进步，商业日渐发达，贸迁的范围日渐扩张，资本的聚集日渐雄厚，'素封之家'（素封者，谓无封君之名，而有封君之富）日渐增多，商人阶级在社会上日占势力。"这些现象的出现确实是社会的重大变迁。特别是"商人阶级"，作为一个"新兴的阶级"，此时登上历史舞台，应是我国古代史上的头等大事。在我国史学史上，荫麟先生是指出这件大事的第一人；而且直到今天，几乎是唯一的人。（这件大事的重大意义，凡读过恩格斯的《家庭、私有制和国家的起源》一书的人，应该是更为理解的。可是很奇怪，我们今天的通史著作中却只见商人，而不见"商人阶级"。是商人在我国历史上始终未能形成阶级呢，还是已形成而没有被见及？恐怕原因不是前者而是后者。）《史纲》还说，战国时代有"用奴隶和佣力支持的大企业"和"大企业家"，如白圭、猗顿等人。为什么这时候的工商业有这么大的发展呢？《史纲》指出有许多"因缘"。综合起来，一是"自战国晚期至西汉上半期是牛耕逐渐推行的时代，农村中给牛替代了的剩余人口，总有一部分向都市宣泄"。二是"秦汉之际的大乱，对于资本家，与其说是摧残，毋宁说是解放"。三是汉初实行放任的政策，"一方面废除旧日关口和桥梁的通过税，一方面开放山泽，听人民垦殖；这给工商业以一个空前的发展机会"。这些"因缘"当然都是重要的，但似有未备，《史纲》没有展开申论。此时的工商业的发展水平是很高的，《史纲》估计"为此后直至'海通'以前我国工商业在质的方面大致没有超出过的”。

在商品经济如此高度发展起来后的社会是什么社会呢?《史纲》没有明言，但不以为仍是封建社会。它说：“在中国史里只有周代的社会可以说是封建社会。”显然，这论点现今是不可能被我国史学界所接受了。但是，当年的史学界，除少数马克思主义者而外，一般都不要求对每段历史的社会性质定性。即在马克思主义史学者之间，对中国历史各阶段的社会性质也看法不一。直到现在，我们对西周社会性质、对两汉社会性质还莫衷一是。荫麟先生当年没有给秦汉的社会定性，虽属缺陷，但不失“多闻阙疑”之旨。

四是科学内容的文学表述。

《史纲》是一部科学著作。科学著作的要求是准确明晰，而不必具备文学的优美。但《史纲》兼而有之。它的文字之美是读者所公认的一大特点。荫麟先生本有很好的文学修养，并且主张历史应为科学与艺术的结合，加之受梁任公先生的熏陶，“笔锋常带情感”，所以他的著作，即使是很枯燥的考据文章，也能令人读之忘倦。《史纲》是他的精心之作，他更是字斟句酌，力求给读者以艺术的享受。但他不让情感超越理智，不以辞害意，他的文学乃是为他的史学服务的。可以说，他是文以载史、文为史役的，这里，让我们举两个例子。

一个是他写“楚的兴起”一节，首先讲江汉一带的地理特征，及其嘉惠于楚人的政治上和经济上的安全感。接着指出这两种得天独厚的安全感对楚人的深刻影响。早在周时已在文学上反映出楚人和北人的显著差异了。他这样写道：

> 这两种的安全使得楚人的生活充满了优游闲适的空气，和北人的严肃紧张的态度成为对照。这种差异从他们的神话可以看出。楚国王族的始祖不是胼手胝足的农神，而是飞扬缥缈的火神；楚人想象中的河神不是治水平土的工程师，而是含睇宜笑的美女。楚人神话里，没有人面虎爪、遍身白毛、手执斧钺的蓐收（上帝的刑神），而有披着荷衣、系着蕙带、张着孔雀盖和翡翠旍的司命（主持命运的神）。适宜于楚国的神祇的不是牛羊犬豕的羶腥，而是蕙肴兰藉和桂酒椒浆的芳烈；不是苍髯皓首的祝史，而是身衣姣服的巫女。再从文学上看，后来战国时楚人所作的《楚辞》也以委婉的音节，缠绵的情绪，缤纷的辞藻而别于朴素、质直、单调的《诗》三百篇。

这读起来，简直是一篇无韵的史诗。然而它没有诗人的虚构与夸张，而是无一句无来历的史家之作；当然也不是排比寻章摘句得来的史料，而是“作者玩索所得”的自然表述。

再举一例。

《史纲》第七章“秦始皇与秦帝国”是很有生气的一章。假若我们在阅读这一章之前，先掩卷想一想，秦始皇这样的大人物，秦帝国这样的大事件，应该从何写起？不用说，这是一个不易处理好的问题；若要使它能和所写的人物和事件的气势相应，那就更难了。荫麟先生巧妙地引李白的一首《古风》①

① 这首《古风》，自《史纲》引用后，已为读者所熟知，并多次被转引，所以这里不再转录了。

作为楔子，接着写道："这首壮丽的诗是一个掀天揭地的巨灵的最好速写。"然后从子楚在赵说起，回溯"这巨灵的来历"，逐步展开这段波澜壮阔的历史。这样的开端是前无古人的。它一下子把一幅壮丽的图景注入读者心中，同时把他们的注意力和兴趣吸引到书里，使他们欲罢不能地读下去。

《史纲》是一部史学著作，也是一部文学著作。它的艺术魅力使很多读者以未能读到后续部分为憾。为了普及历史知识，增强爱国主义精神，这种兼具文学特色的通史著作是最可贵的。

《史纲》的特点不止这些。这里，不过是在鲁宾所已经指出的以外，再增益几点而已。

四　考据与论评

（一）考据

荫麟先生的史学著作，用心最多的是《史纲》，而分量最大的却是考据论文。他所考究的问题极为广泛，要一一介绍那些论文不是这篇传略所能办到的。这里只概括地指出几点。

首先要指出的是，考据不是荫麟先生治史的目的，而只是他的手段。他的主要目的，前面已经说过，是撰写"国史"，即《中国史纲》那样的著作。而那样的著作涉及面广，只靠史学界已有的研究成果是不够的，若干问题还得自己去探索。他的大部分考据论文即为此而作。当然，那些论文也有其独立的价值，不只是备通史之采择而已。

展开著作目录，首先跃入读者眼帘的是那些发前人所未发的论文。第一是中国科技史的考索。他虽无意专治中国科学技术史，但他很早已著文考索中国古代科技的成就。1923 年他开始发表论文，第二篇就是关于科技史的[①]。自此以后直至赴美留学之前的六七年间，每年都要发表这方面的论文一篇或两三篇[②]。归国以后，又续有著译，先后发表了有关沈括、燕肃、古铜镜的论文数篇[③]。我国史学传统，一方面有许多优秀遗产，另一方面也有不少该批判的积习。对科技史的忽视就属于后一方面。荫麟先生在其著名的论文《中国历史上之“奇器”及其作者》中，曾慨然指出：“自秦汉以降，新异之发明，不绝于史。其间亦有少数伟大之‘创物’者，至少亦足与西方亚奇默德、法兰克林之流比肩，而于世界发明史上占重要之位置焉。”可是旧日的中国，“艺成而下，儒士所轻；奇技淫巧，圣王所禁”；奇器的作者、源流、记录、内部构造……都难以详考。近世西方科学输入，一些浅学迂儒，又穿凿附会，说是我们的先民早已前知，以致为通人所厌听。在这种情况下，我们的科技史实是一片空白。然而要写一部完善的通史又不能任其阙如，那怎么办呢？只有负起史家的责任，以科学的态度，去进行考察。他这样做了，取得许多创获。可惜《史纲》未能继续写下去，来不及收入。但是，那些论文因有其独立价值，仍产生了很好的影响。事隔多年后，还得到刘仙洲、袁翰青、

---

① 这篇论文是《明清之际耶稣教士在中国者及其著述——近三百年学术史附表校补》，载《清华周刊》第 300 期。

② 见徐规编《张荫麟先生著作系年目录》；又见徐规、王锦光合著的《张荫麟先生的科技史著作述略》，载《杭州大学学报》1982 年第 12 卷第 4 期。

③ 同上注。

胡道静等科技史专家的赞扬。在国外，执中国科技史研究的牛耳的李约瑟博士，其研究后于荫麟先生十余年，也参考了荫麟先生的论文。荫麟先生确是我国科技史早期研究的先驱①。

荫麟先生自美归国后，学术思想有了颇大变化，注意力渐集中于两宋史事。从1936年起直到逝世，写了不少考订宋代历史问题的文章。那些文章多是发覆拓荒之作，产生了很深远的影响。如宋初四川王小波、李顺的武装起义，荫麟先生认为，那是“在中国民众暴动史中，创一新旗帜，辟一新道路”，“有裨于阶级斗争说之史实”，可是，“世尚无道及者，今故表而出之”，乃撰为《宋初四川王小波李顺之乱（一失败之均产运动）》一文②。此文一出，王小波、李顺的英雄业绩才为世人所知，史学界才加以注意。1949年以后，农民战争史受到空前重视；王小波、李顺的斗争被公认为划时代大事，中国历史教科书和各种中国通史都大书特书（这是完全应该的），现在，连初中的少年学生都熟知了。在这篇论文之前，荫麟先生还发表了《南宋初年的均富思想》；之后，又发表了《北宋的土地分配与社会骚动》《宋代南北社会之差异》等论文。这些论文所考究的问题多是首次提出来的。其中的许多创见，给宋史研究增添了宝贵的财富。

除以上外，还有考索其他朝代史实的许多论文。从著作目

---

① 关于荫麟先生研究中国科技史的影响，详见徐规、王锦光的论文外，又见王锦光、闻人军的《史学家张荫麟的科技史研究》（载《中国科技史料》1983年第4卷第2期），兹不备录。

② 载《清华学报》1937年第12卷第2期。

录可见，从老子生年到甲午海战，从社会经济到哲学思想……他都有所探究。但是，范围既如此之广，难免有失误的地方。如徐规先生指出并补正的李顺广州就逮之说即与实际相违。又如科技史的某些论文，“因发表时间较早，以今天的学术水平来看，似尚不够详备深入”①。这就有待于后起者的补充和修正了。可是从史学发展上看，前修已作出的贡献，特别是那种筚路蓝缕的开创之功，仍然是极可贵的。

（二）论评

荫麟先生的史学著作，还有很大部分是属于论评的。这类文章多是因当时史学研究中的某些问题有感而发，对当时的史学研究起到了补偏救弊的作用。下面略举其要。

（1）论史学的学风。在20世纪20年代前后，支配中国史学界的风气是所谓的“新汉学”。它崇尚考据，重视资料，标榜“以科学方法整理国故”。对“言之无文，行而不远”的传统，不加措意。荫麟先生认为这是偏向，特著文给予批评。他在1928年发表的《论历史学之过去与未来》一文中，一开头便说：

> 史学应为科学欤？抑艺术欤？曰：兼之。斯言也，多数绩学之专门史家闻之，必且嗤笑。然专门家之嗤笑，不尽足慑也。世人恒以文笔优雅，为述史之要技。专门家则否之……然仅有资料，虽极精确，亦不成史。即更经科学的综合，亦不成史……

① 见前引徐规、王锦光文。

当然他并非以为资料可以忽视。相反，他认为“资料必有待于科学的搜集与整理”。这篇文章主要就是谈论这个问题的。他对当时的资料整理工作亦深致不满，在《洪亮吉及其人口论》一文的“引言”中曾慨乎言之。他说：

> 迩来“整理”旧说之作，副刊杂志中几乎触目皆是。然其整理也，大悉割袭古人之文，刺取片词单句，颠倒综错之，如作诗之集句；然后加以标题，附会以西方新名词或术语，诩诩然号于众曰：“吾以科学方法董理故籍者也。”而不知每流于无中生有，厚诬古人。此种习气，实今后学术界所宜痛戒……

（2）对重要史实的发现和评价。这里举两篇为代表。一篇是《洪亮吉及其人口论》（1926年刊于《东方杂志》第2号）。“引言”说：“清乾嘉间之汉学大师，其能于汉学以外，有卓然不朽之贡献者，惟得二人：在哲学上则戴东原震，在社会科学上则洪稚存亮吉。”戴氏之学，当时已大显于世；洪氏之学则犹湮没不彰。荫麟先生深为之不平，特为文介绍洪亮吉其人及其人口论。他指出洪氏的人口论与英人马尔萨斯之说不谋而同；二人完成学说的时间又都在18世纪90年代。可是马尔萨斯之说在西方产生了至深且巨的影响；而“洪氏之论则长埋于故纸堆中，百余年来，举世莫知莫闻”。他深有感慨地说：“不龟手之药一也，或以伯，或不免于洴澼洸，岂不然哉。”到现在，因人口问题受到空前重视，洪氏的人口论已多为人知。上距荫麟先生揭橥阐扬其说已六十年了。

另一篇是《跋水窗春呓》[①]。《水窗春呓》这部书，不著撰人，前此盖无人知。荫麟先生偶然看到，知其为记咸同史事的重要史料，特嘱学友李鼎芳考出作者为欧阳兆熊。此人与曾国藩有故，深知曾的为人。跋说：书中“所记曾事，虽寥寥数则，实为曾传之最佳而最重要资料”。跋文专就这几则曾事，加以论说，所以特加附题：“记曾国藩之真相”。这真相是什么？是一副凶残、阴险、善弄权术的狰狞面孔。跋说：“自曾氏之殁，为之谱传者不一，而皆出其门生故吏手，推崇拜之心，尽褒扬之力，曾氏面目遂在儒家圣贤理想之笼罩下而日晦。”应该指出，荫麟先生写这篇跋时，民国已成立二十四年了，但因历任执政军阀的吹捧，许多文人学士的颂扬，曾氏的真面目仍“在儒家圣贤理想之笼罩下”隐晦着。因此，跋对曾氏真相的揭露就不仅是史学上的一个求真问题，而且是个现实中的政治问题。它的影响所及就不仅局限于史学领域之内了。

“诛奸谀于既死，发潜德之幽光。”韩昌黎的这两句名言，我们在荫麟先生的笔下看到了。

（3）书评。荫麟先生喜欢与人讨论问题，他发表的第一篇论文就是批评梁任公关于老子生年的说法的。由于他有渊博的学问和过人的识力，所以常能通过批评给人以帮助。如对冯友兰先生的《中国哲学史》上下卷，他都写了书评，提出许多有价值的意见，有助于这部著作之更臻完善。（冯先生最近出版的《三松堂学术文集》还把这两篇书评收入。）但是，荫麟先

① 这篇跋始刊于1935年3月出版的《国闻周报》第12卷第10期上。

生的书评，有的还兼有更重大的意义。例如他对顾颉刚先生的批评，其意义就不止于所讨论的那些具体问题。他写了《评近人顾颉刚对于中国古史的讨论》《评顾颉刚〈秦汉统一的由来和战国人对于世界的想像〉》等文章。在那些文章中，他除对若干具体问题的考订和解释，提出自己的不同看法外，还批评到当时流行的疑古之风。他是最关心学风问题的。前面我们已经举出他为此而写的专文。但他的关注不止见于那些文章而已。当时的疑古派对古代传说和记载多所否定。顾先生是古史专家的巨擘，影响很大。因此，荫麟先生对顾先生的批评也就是对怀疑一切的疑古学风的批评。在《评顾颉刚〈秦汉统一的由来和战国人对于世界的想像〉》一文中他说：

> 信口疑古，天下事有易于此者耶？吾人非谓古不可疑，就研究之历程而言，一切学问皆当以疑始，更何有于古；然若不广求证据而擅下断案，立一臆说，凡不与吾说合者则皆伪之，此与旧日策论家之好作翻案文章，其何以异？而今日之言疑古者大率类此。世俗不究本原，不求真是，徒震于其新奇，遂以打倒偶像目之；不知彼等实换一新偶像而已。

上举的前一篇文章是对顾先生的《与钱玄同先生论古史书》的批评。他以为顾先生关于尧舜禹的论断是错误的，错误的一个主要原因，是由于误用默证。因此，特别在这篇文章的开头专设“根本方法之谬误”一节，引法国史学家色诺波（Ch. Seignobos）之说，着重指明默证适用的限度。当时用默证以否定古人古事的不止顾先生一人。因之，对这问题的批评也就是对当时史学界的针砭。

一个二十多岁的青年学生，能够在疑古的风潮中，砥柱中流，不随风而靡，其独立思考的智力和理论勇气是罕见的！

荫麟先生的史学论著，除上述几种外，还有许多别的文章。如对古代史料的考释与辑录，对国外史学著作的翻译与介绍，对历史人物的传述……散见报章杂志，迄未裒辑完全（伦伟良编《张荫麟文集》，收各类文章五十六篇，共五十余万言，实际是一个选本）。在这种情况下，我在这里的叙述自然不能是完备的。

五　讲席侧记

荫麟先生不唯是一位良史，而且是一位良师。自 1934 年归国后，就在清华大学、西南联大、浙江大学等校任教。他对教学很认真，对学生很热情，凡亲沐其教泽者没有不思念他的。贺麟先生回忆说："他初任教时，最喜欢与学生接近……一点也不知道摆教授的架子。"其实，不仅初任教时，就是以后，他也一直是和蔼可亲，深受学生敬爱的。在西南联大，我从他学宋史，常送习作请他指教。每次他都是立即当面批改，边改边讲，不仅改内容，而且改文字，教我怎样做文章。有时候改至深夜，一再请他休息他也不肯。宋史课一开始，他就教我们读《宋史纪事本末》，并从其中自选六十篇作"提要"。每篇提要不得过百字，须按时完成。听课者几十人，他都一一批阅。课上只讲专题，很富启发性。他总是每两三周，提出一个问题，指定几卷书，要我们从那几卷书中找材料，去解决那个问题。以后，问题越来越难，指定的书越来越多；最后，他不再指定，要学生自己提出问题，自己找书看。他用这样的方法，训练我们一步步地学会独立做研究工作。他很重视选题和选材，常警告我们，不善于选题的人就只能跟在别人后面转；不善于选材的人就不能写出简练的文章。由于他诲人不倦，我感到课外从他得到的教益比在课堂上还多。因为在课堂上他是讲授专题，系统性逻辑性强，不可能旁及专题以外的学问；在课外，则古今中外无所不谈。从那些谈话中，我们不唯学到治学之方，而且学到做人的道理。回想起来，那情景真是谊兼师友，如坐春风，令人终身难忘。到遵义后，因为那是一个小小的山城，师生聚居在一起，学生得到他的陶冶更多。现今在宋史的研究和教学上很有贡献的徐规教授，就是那时在他的作育下而踏上毕生研究宋史的道路的。那时的遵义又是一个白色恐怖笼罩下的地方，学生们对时政稍有不满的言论，便受到迫害。在倒孔运动中，有的学生被追捕，荫麟先生挺身而出，给予保护，使得脱险，表现了很高的正义感和勇敢精神。

荫麟先生在清华和联大，除在历史系开课外，还在哲学系开历史哲学、逻辑、哲学概论等课程。他常常介绍历史上重要哲学家的学说，最能引人入胜。他以史学家应有的客观态度，原原本本地如实讲述那些学说；所写的这类文章也是这样。因此，假若只听他一堂课或只读他的一篇文章，便可能以为他是所讲所写的那一派哲学的同调。例如，你只读《中国史纲》讲孔子的那章，你可能以为他是孔门信徒；但若你只读讲墨子的那两节，你又可能以为他是墨家的崇拜者。又若你读他的《陆学发微》，你可能以为他是一个唯心主义者；但若你读的是他关于戴东原的文章，你又可能以为他是一个唯物主义者。其实都不是。他常这样说过："我不想做哲学家，也不想做文学家，只想做一个史学家。"在我国历史上，他最崇敬的人物是司马迁。

还有一点应该说明的是他的政治态度。他说过："知古而不知今的人不能写通史。"出于这样的认识，他对现实政治是很关心的。从他的著作看来，留美归国以前，他是一个爱国主义和民主主义者，对国内的政治派别没有显著的倾向性。回国以后，他的政治思想有了显著的变化，日益倾向于人民民主革命，逐渐转变成为中国共产党的同情者。这一转变在他文章中是有流露的。例如在《中国史纲》中讲述墨子时他写道：

> 总之一切道德礼俗，一切社会制度，应当为的是什么？说也奇怪，这个人人的切身问题，自从我国有了文字记录以来，经过至少一二千年的漫漫长夜，到了墨子才把它鲜明地、斩截地、强聒不舍地提出。墨子死后不久，这问题又埋葬在二千多年的漫漫长夜中，到最近才再被掘起！

这些话写于20世纪40年代初。请问那时谁把那"人人的切身问题"再度掘起呢？除了中国共产党人外还有谁人？答案不是像太阳一样明白吗？

又如在《宋初四川王小波李顺之乱（一失败之均产运动）》一文的"引言"中说：王小波、李顺的暴动和钟相、杨幺的暴动，是"皆可助阶级斗争说张目者"。因为王小波、李顺的事迹，"世尚无道及者，今故表而出之"。此文写于1937年初。

那时持阶级斗争之说的不正是中国共产党人吗？荫麟先生要把“可助阶级斗争说张目”的、“在中国民众暴动史中，创一新旗帜，辟一新道路”的史事“表而出之”，他的政治态度和同情所在，不也是像太阳一样明白吗？实际上，从这篇文章灼然可见，为阶级斗争说张目的也正是荫麟先生自己。“引言”中还指出：《宋史》《宋会要》《续资治通鉴长编》对王小波、李顺的暴动，皆有记载，“惟其特质，即‘均贫富’之理论与举动，皆绝不泄露，谓非有阶级意识为祟焉，不可得也”。这更可见荫麟先生对中国共产党的理论持何态度了。他在昆明寓居欧美同学会时，赁房一小间，是书斋也是卧室。去拜访他的人都看到，在案头或枕边常放着一部“人人丛书”（Everyman’s Library）本的《资本论》。在离别昆明前数日，他假同学会的会议厅邀宴友好十余人。席间，谈及时局，人人都以抗战前途为虑。他乐观而兴奋地说：“抗战是长期的、艰苦的，但最后是必胜的。只是到胜利之后，国旗上的‘青天白日’已不存在，只剩一个‘满地红’了。”他在《中国史纲》的青年本《自序》中说：“我们正处于中国有史以来最大的转变关头。”听了上面那番谈话，这“最大的转变关头”何所指，不是也很明白吗？遗憾的是，他享年不永，当1949年10月1日全中国的人民欢庆这个“最大的转变”胜利出现的时节，他已凄凉地长眠遵义荒郊七年了！

1986年国庆节

昔年从游之乐，今日终天之痛！

——敬悼先师钱宾四先生

一

钱宾四先生

1936年，我在北师大历史系上学。这年的下半年，学校聘请钱宾四（穆）先生来系兼课，讲授秦汉史。宾四先生是北大的名教授，同学们早就想望风采，希望得亲炙受业。因此，课程表一公布，大家便奔走相告，莫不雀跃。始业前夕，一位高年级同学对我说："明天上秦汉史，咱们可得早点儿去，否则便没有座位了。"第二天，我们提前半小时进了教室，但前十几排座位已无虚席了。那时，北师大文学院在石驸马大街，最大的一个教室只能容二百人。而听讲者，除本校学生外，别校一些学生也闻风而来，所以把教室挤得水泄不通。这种状况直到学期末课程结束时犹然。

宾四先生讲课，从未请过一次假，也没有过迟到早退。每上课，铃声犹未落，便开始讲，没有一句题外话。学生们感受最深的是，他一登上讲坛，便全神贯注，滔滔不绝地讲，以炽热的情感和令人心折的评议，把听讲者带入所讲述的历史环境中，如见其人，如闻其语，永远留在我们的脑海中。我在中学时已阅读过《通鉴》《史记》和《汉书》；在读私塾时代，还背诵过《史记菁华录》以及《古文观止》中所选的秦汉文章如《过秦论》《治安策》《贵粟疏》等等。因此，初上课时还自以为有点基础，并非毫无所知。不料，听了几次课后，我便不禁爽然自失。我简直是一张白纸啊！过去的读书，那算是什么读书呢？过去知道的东西不过是一小堆杂乱无章的故事而已。我私自庆幸：有机会遇到这样一位良师。闻所未闻，茅塞顿开，能多听到一句教言也好。所以每当下课，一些高年级同学陪着先生边走边质疑请益，我也跟在后面倾耳而听。在这种时候，先生不仅解答疑难，而且还常常教人以读书治学之方。我觉得这比之课堂听讲得到的益处，有过之而无不及，真是难得的机会。

一天下课后，质疑的人不多，我便鼓起勇气上前求教。先生诲人不倦，而且能导人使言，所以走到校门，意犹未尽。平常，先生一出校门便雇车回寓。这天，因话未讲完，便不雇车，徒步沿林荫道边谈边走，一直走到西单。在西单，先生踌躇了一下，问我：“你下面有课吗？”我回答：“没有。”于是先生说：“那我们到中山公园去坐片刻吧。”到了中山公园，在今来雨轩坐下，先生平易地教导我说：“你过去念过的书也不能说是白念。以后再念也不是一遍便足。有些书，像《史》《汉》《通鉴》，要反复读，读熟，一两遍是不行的。你现在觉得过去读书是白读，这是一大进境。可是后之视今，亦犹今之视昔。古人说：学然后知不足，教然后知闲。学无止境呀！现在你应当着力的，一是立志，二是用功。学者贵自得师。只要能立志、能用功，何患乎无师。我就没有什么师承呀！……”这番教言，真可谓金石良言。去今虽已五十多年，但每忆及，仿佛还在耳际。我自愧未能如先生的期许，成为栋梁之材，所幸也未曾违背师教，成为不可雕的朽木。先生的教导，真使我一生受用不尽啊！

大约这以后不久，我到北大去访友。谈及宾四先生的教诲，那友人说：“我们北大有所谓‘岁寒三友’，你知道吗？所谓三友就是钱穆、汤用彤和蒙文通三位先生。钱先生的高明，汤先生的沉潜，蒙先生的汪洋恣肆，都是了不起的大学问家。你不来听听他们讲课，真太可惜了。”我回校后，反复考虑，决心转学北大。于是次年暑期北师大南苑军训，我抗命不去，为的就是要应转学考试。

可是，“人生不如意事十之八九”。转学考试前夕，卢沟桥炮声响了。我仓皇南归，与诸师友相失。心想，要能再见宾四先生一面可多好啊！然而，何时又才能见到宾四先生呢？

二

卢沟桥事变使我转学北大从宾四先生问学的愿望成为泡

影。万料不到，一年之后我转入西南联合大学，和宾四先生重相见了。宾四先生开“中国通史”课。按规定，我可以免修，但我仍选修了，而且把它定为自己着重努力的一门功课。

那时的西南联大，播迁未定，没有自己的校舍，临时租借昆明大西门内外的几所中学供文、理、法三个学院使用。城外的省立昆华农业学校和城内的省立昆华中学是上课的地方。宾四先生的通史课便排在农校主楼上的一个大教室。这是西南联大当时最大的教室，有一百多套桌椅，可坐二百多学生。为何要用这么大的一个教室？因为教务处凭经验料到，这个课的听课者一定是为数甚多的。

果然不出所料，听课人数确乎不可胜数。那时，先生住宜良岩泉寺撰《国史大纲》。每星期四乘滇越火车赴昆明。当晚即讲授通史课，共两小时。星期六晚又续讲两小时，都是七点到九点。其所以排在晚间，原因是听课者众，昼间没有共同时间以满足大众的要求。西南联大继承北大自由讲学之风，允许校内校外人士旁听，而且尽可能兼顾其便。因此其他大学的学生、中学的教师以及社会上有志于史的人皆来听讲，以致教室虽甚宽敞，仍不能使人各得其所。一张两人并用的课桌，总是三个人挤着坐。椅子坐满了，许多人便席地而坐。室内外的地上坐满了，便坐到窗台上。有的人连窗台也挤不上去，便倚墙而立。常见许多同学去上课时，都拿着一张报纸，为的是用以代席。这种状况，自开学以迄学年结束，始终一样，真是猗欤盛哉！

宾四先生早已蜚声史坛。在史林中，即使是持论不同者，也莫不承认他是卓越的史学家。但是，我们这些亲受业者对他的崇敬则尚有另一个方面——同等重要的一个方面，那就是他首先是一位人师，一位好老师。关于这一方面，就我的管见所及，至少有以下几点可得而言。

其一，宾四先生对教学有高度的责任感。在我随侍讲筵的日子里，我没有见他缺过一堂课。他总是在上课前几分钟便进入教室；而下课则要等答完学生的疑难才离开。出了教室，总还有一些学生陪着他边走边谈，直到出了校门他上了车而后已。那时，他住在宜良城郊西山岩泉寺。宜良在昆明东南，距昆明七十余公里，有铁路和公路可通。但当时公路无客车行驶，旅客只能乘滇越火车。火车自宜良开往昆明，一日二次：第一次太早，从岩泉寺动身无法赶上；第二次自开远来，中午十二时（今北京时间下午一时）过宜良，下午五时半抵昆明。宾四先生即乘此次车到昆明，上当晚七时的通史课。可是火车站在昆明城外东南角，联大在城外西北角，乘人力车约需一小时乃能达，而火车照例晚点，晚二三十分钟乃属常事。这就使宾四先生每次刚下火车，便上洋车，直趋课堂，连宿舍也不能进去一下，晚饭也顾不上吃。联大在东城财神巷（后改为才盛巷）租一院房子作单身教授宿舍，宾四先生来昆明时即下榻彼处。其所以如此紧张，当然是不愿迟到。实际上也只有一次，火车晚点几乎一小时，宾四先生迟到约二十分钟。可是尽管如此，听讲者仍等候着无一人离去。（这是很少见的现象。当时一般情况是，上课铃响后几分钟教师还未来，学生便走了。）我多次看见宾四先生满面通红，大汗淋淋地走进教室，从人缝中甚至踩着课桌登上讲台。

有同学请问：何不早一天来，免得如此紧张？宾四先生说：他正为这个课程写讲义。一切用书和资料都在宜良，来早一天便停写一天，所以不能早来（那讲义即后来由商务印书馆出版的《国史大纲》）。由此可见，他把全部精力和心血都付与这个课程，其负责和认真的态度实在不可多得。当时学校共开出三门中国通史课，学时学分一样。有一门只讲到王莽；另一门讲到南北朝；惟有宾四先生担任的这一门讲到清代，按计划完成。

其二是宾四先生的有教无类、诲人不倦的教学态度。先生讲课很严肃，不苟言笑；虽思如泉涌，但没有一句题外语。因此，初侍讲者常对先生有一种道貌岸然的印象，心存敬畏，不敢率尔发问。可是，课后一经先生接谈，无不感到"即之也温"，和蔼可亲，敬畏之心顿时变成了敬爱之情。于是许多学生都无拘束地于每星期五、六的下午到才盛巷宿舍去拜谒请益。宿舍为一斗室，室内唯一榻、一桌、一椅。学生们或坐床上，或倚壁而立。一些人方辞出，一些人又进去，常常络绎不绝。但先生毫无倦怠不胜烦之意，必使来者人皆餍足而后已。

来拜谒求教的并不全是联大学生。据我所见，有的是其他大学的学生，有的是中学教师，有的是在报馆、在银行、在机关工作的人，有的是读过先生所著书而未听过讲课的人……多数人是二三十岁的青年，但也有一些年逾不惑或知天命的中年人。对这一切来谒的人，先生是极少问其姓名职业的。因此，若非其人自陈，先生便不知其为何许人。但不论知与不知，先生都一样和颜悦色地接待，真是一视同仁，有教无类。同时，有些问题也很浅近，殊不必烦先生一一作答，但先生还是认真地解答。因此，我尝请问："有些人似是慕名而来，欲一瞻风采而已。何以先生也很认真地赐以教言?"先生说："你知道张横渠谒范文正公的故事吗？北宋庆历间，范文正公以西夏兵事驻陕西。横渠时年十八，持兵书往谒。文正公授以《中庸》一卷，说：'儒者自有名教可乐，何事于兵?'横渠听了，翻然而悟，遂成一代儒宗。可见有时话虽不多，而影响却不小。孔子说：'知者不失人，亦不失言。'我宁失言，不肯失人。"我听后感到，先生之所以诲人不倦是对求教者有厚望、有深意的。

其三是言教身教，感染学生敬爱祖国历史。当时教授们讲课，例有所谓"开场白"，就是头一次课不讲课程内容，而讲一些与这门课程有关的问题，如本课程的重要性和教学计划，教本及参考书，作业与考试……宾四先生所讲有异于是。他主要讲：祖国历史有其独特之处；作为一个中国人，应感到它是可敬可爱的；大家读史治史应取的正确态度（不应当以古非今，也不宜厚今薄古；不可崇洋，也不可自大……）；应认识统一和光明是中国历史的主流，分裂和黑暗只是中国历史的逆流（若非如此，中国历史岂能绵延数千载而不绝）……（凡此所述，具见于后来出版的《国史大纲》书首所载"凡读本书请先具下列诸信念"及"引论"中）。回忆先生作此讲演时，感情是那样奔放，声音是那样强而有力，道理是那样深切简明。那时正是国难方殷，中原陷没，学校播迁甫定，师生们皆万分悲愤之际。因此先生的讲演更能感人动人，异乎寻常。两个小时的课，自始至终，人皆屏息而听，以致偌大一个教室，挤得满满的人，好像阒无一人似的。从先生的讲授中，学生们不惟大大增加了对国史的知识和兴趣，而且强化了爱国主义思想和民族自信心。有的人受历史虚无主义和全盘西化等思想的影响，对国史不甚重视，听后也有转变而大异往昔。这样的课堂讲授，岂止授业解惑而已。

但给听讲者以深刻印象和影响的，不只是这始业的第一堂课，以后的每一堂课亦莫不如是，甚至更为深巨。因为随着课程的进展，从每章每节的讲授中，我们不仅具体地、活生生地看到中国历史的可敬可爱之处，而且从先生讲授时所表现的、所流露的对国史的无限深情和崇高敬意，看到了榜样，感到了更大的感染力。但是，就我而言，大概由于鲁钝之故，一个学期之后，领悟才大为提高。这期间有一件最堪回忆的事，那就是先生的石林之游。当第一学期最末一周的星期五下午，我到才盛巷去看望先生时，先生说“最近我写一篇文章《国史大纲》‘引论’，即将脱稿。拟脱稿后休息一下，看看滇中山水。听说石林很奇，就在你们路南。你寒假回家吗？能否陪我一游？”我听了喜出望外，于是约定行期，由我接送导游。到约定时间，我先一日到宜良，次日中午乘滇越火车南行两站至狗街子站下车，然后先生换乘滑竿，我则与随先生同往的一中年人骑马，山行四十华里，傍晚抵路南县城。次日游石林，又次日游芝云洞，第三日游大叠水瀑布，第四日上午送先生复经狗街子返宜良。此行经过，先生《师友杂忆》中有记述，我不过略为之注。我这里要说的是，当我去宜良迎候先生时，一见面，先生便以《国史大纲》“引论”原稿授我，说：“此稿于前二日写完，是我南来后最用力之作。等从石林回来，我便要送昆明《中央日报》去发表。你可在此数日内先读一读。”我于当夜即挑灯快读一遍，到路南后又细诵一遍。我何幸成了读此宏文的第一人！

“引论”要旨，通史始业第一课本已讲及，但课堂上迫于进度，为时间所限，先生只能简要地讲述，我的笔记又不免有脱漏讹误，所以领会极为不足。今获睹先生手稿，口而诵，心而维，认识乃有所加深，有所加广。同时，又得随侍左右请益，许多问题乃涣然冰释，学业大进一步。例如，尝与同学议论，对祖国历史当存敬爱之说，用于盛世固宜，也可用于衰乱之世吗？现在我明白了：我国数千年历史，屡经衰乱而不灭绝，而且每经一次衰乱，文明反而更进一境，足征我国家我民族有强大的、坚韧不拔的生命力。作为这个国家民族的一分子自应有自豪感；对这个国家民族的历史当然应有敬意和感情。在送先生返宜良途中，我以这一体会质诸先生。先生遂乘便指教我，大意是：“治史须识大体，观大局，明大义。可以着重某一断代或某一专史，但不应密闭自封其中，不问其他。要通与专并重，以专求通，那才有大成就。晚近世尚专，轻视通史之学，对青年甚有害。滇中史学同仁不少，但愿为青年撰中国通史读本者惟张荫麟先生与我，所以我们时相过从，话很投机。你有志治宋史，但通史也决不可忽。若不知有汉，无论魏晋，那就不好，勉之勉之！”先生的这番教导，我一直以为座右之铭，虽不能至，但总是心向往之。

第二学期开学后不久，《国史大纲》“引论”在昆明《中央日报》上刊布了。大西门外有一个报纸零售摊，未终朝，报纸便被联大史学系师生争购一空。一些同学未能买到，只好借来抄。下午，同学们开始三三两两地聚集在小茶馆里或宿舍中讨论起来。此后数日，大家都在谈论这篇文章。有的谈这个问题，有的谈那个问题。据闻，教授们也议论开了，有的赞许，有的反对，有的赞成某一部分而反对别的部分……联大自播迁南来，学术讨论之热烈以此为最。一天，先生对我说：“一篇文章引起如此轩然大波是大佳事。若人们不屑一顾，无所可否，那就不好了。至于毁誉，我从来不问。孔子说得好：不如其善者好之，其不善者恶之。说到毁誉，不妨取王荆公《与杜醇书》一读。”我回校后，即到图书馆借《王临川集》读之。原来《与杜醇书》中有如下几句话：“夫谤与誉，非君子所恤也，适于义而已矣。不曰适于义，而唯谤之恤，是薄世终无君子。唯先生图之！”我由是而知，在对待毁誉问题上，先生与荆公虽悬隔千载，却是很相契合的。

大概一是由于诵读“引论”得到的启发，二是由于上学期听讲得到的教益，第二学期我们所受的感染更深，先生的示范作用更大，我们对先生的崇敬也更高了。这学期，先生从唐代安史之乱讲起（也就是从《国史大纲》第二十七章起）。这正是我最感兴趣的部分。当讲到庆历变政和熙丰变法何以发生、何以失败，以及范仲淹、王安石、司马光等人的政见、学术、人品时；当讲到宗教文化，如禅宗、理学及其代表人物慧能、神秀和程朱陆王等时；当讲到南北经济文化之转移时……我都觉得闻所未闻，有一种茅塞顿开之乐。那时张荫麟先生也正为联大历史系开宋史课，采取专题讲授方式，内容和通史课多不同。我同时选修，同样深受教益。我后来之所以专心研读宋代历史，不能不感激两先生诱导之赐。唉唉，卢沟桥之变是我国家民族的不幸，也是我的不幸。我被迫离开文化古都，流亡南下，几死者数。但料不到在昆明竟能与吴晗先生、张荫麟先生和宾四先生诸师相值，并承他们给予亲切的教诲，这又是不幸中之幸。现在呢，暌违宾四先生已近半个世纪，先生已归道山，但当年上通史课的情景，先生的声音容貌犹在耳际目前。遥望海峡彼岸，我怎么献上这一炷心香？惟有在此遥遥心祭而已！

三

宾四先生在联大仅一年。1939 年 7 月初暑假开始，先生告假返苏州省视太夫人。初但欲在苏州小住数月，后延至一年；又以受齐鲁大学聘，可更住一年，所以 1940 年初秋方辞家入蜀，移帐成都华西坝。1943 年春，先生应浙江大学的邀请，到贵州遵义作短期讲学。其时我也在那里，于是又获亲教范。计自联大一别，至此已与先生分别三年有半了。其间，我多次肃函求教，得先生复书十余通。十年浩劫中，师友书翰全被抄没，但先生手教四通因置于一旧杂志中幸存。这四通手教主要是教我治史，同时也述及先生近况，因此以与《八十忆双亲》及《师友杂忆》合读，可以对先生有更全面的了解。至于教我治史的那些教言，想必同门学友以及今日有志国史的青年，都是很愿意一读的。出于这样的考虑，所以我把它抄录于下（标点是我加的）：

第一书

挻弟如面：七月初一别，转瞬将及三月。前接弟书，欣悉近况。仆此次归里，本拟两月即出。奈家慈年高，自经变乱，体气益衰。舍间除内子小儿一小部分在北平外，尚有妇弱十余口。两年来避居乡间，一一须老人照顾，更为损亏。仆积年在平，家慈以多病不克迎养，常自疚心。前年自平径自南奔，亦未能一过故里。此次得拜膝下，既瞻老人之颜色，复虑四围之环境，实有使仆不能恝然遽去之苦。顷已向校恳假一年，暂拟奉亲杜门，不再来滇。弟志力精卓，将来大可远到。去年仆往来宜良昆明间，常恨少暇未能时相见面。方期此次来滇，可以稍多接谈之机会，而事与愿违，谅弟亦深引为怅也。惟师友夹辅虽为学者一要事，要之有志自能寻向上去。望弟好自努力，益励勿懈！……

此询

近祉　　梁隐手启　　八月廿六晨

来信或寄上海爱麦虞限路一六二号吕诚之先生转，或寄苏州海红小学转，均书钱梁隐收可也。

〔挻注：钱梁隐为先生避日寇迫害所用的化名。吕诚之即吕思勉先生。信末日期为1939年。〕

第二书

挻弟如面：接诵来书，岂胜惋怅！自顾德薄，于弟等无可裨补。然与有志者相从讲贯，不有利于人，亦有利于己。此次杜门，遂成索居。不仅使弟等失望，即穆亦同此孤寂。惟有志者能自树立为贵。虽此隔绝，精神自相流贯，甚望弟之好自磨砺也！张荫麟先生年来专意宋史。弟论文经其指导，殊佳！在此无书，抑短札不足剖竭，不能有所匡率矣。归时经沪曾摄一小影，大可为此行纪念，即以一帧相赠。嫌太小，可夹爱读书中，悬壁则不称也。率此顺颂

近祺　　小兄穆手启　　一月八日

〔挻注：此书作于1940年。〕

第三书

〔挻按：1940年秋，我与今南开大学教授王玉哲先生同时考入北京大学文科研究所。入学后，共同作书告宾四先生。时先生已在成都，翌年元月复示如下。〕

挻、哲两弟英鉴：即日得读来书，获稔近况为慰。穆本无意离滇，惟老母年七十五，穆年四十六，事变前后未亲慈颜已五年。适因归里省视，而齐鲁许其在家作研究，因遂决心杜门。惟既受人惠，不当不报，本年遂来此间。蜀中久想一游。成都风物颇似北平。所居在城外，离城尚卅里。一孤宅，远隔市嚣。有书四万本，足供繙帒。每周到城上课，一如往来昆明、宜良间。乡居最惬吾意。惟研

究所诸生极少超迈有希望者。齐鲁文史各系素无根底，华西金陵各校程度亦差，颇恨无讲论之乐。在此授通史及诸子学两门，诸子学先讲《论语》，两课皆开放旁听，仍在夜中授课。有远道自城来者，亦有一二启发相从之士，然皆非学校学生也。大抵国内优秀青年皆闻风往滇。此间只齐鲁医学、金陵农院较有生色耳。欲在此间振起文史之风，大为不易，信知英才之难得。两弟皆卓越，平日甚切盼望，期各远到。恨不能常相聚，不徒有益于两弟，亦复有益于我耳。再三读来字，岂胜怅惋！然学问之事，贵能孤往。隔阔相思，往往有一字一语触发领悟，较之面谈为更深切者。故师友集合，有时不如独居深念，对古人书，悟入之更透更真；而师友常聚，亦有时不如各各睽违而精神转相䜣合者。窃愿以此相勉，并盼时时勤通讯闻，亦足补其缺憾。埏弟有志治宋史，极佳。所需《续资治通鉴长编》，当代访觅。惟此间旧籍，在最近一年来已颇难见，恐不必得耳。又，私意治宋史必通宋儒学术，有志于国史之深造者更不当不究心先秦及宋明之儒学。拙著《国史大纲》，对此两章著墨虽不多，然所见颇与当世名流违异，窃愿两弟平心一熟讨之。哲弟治吉金古文字学，深恐从此走入狭径，则无大成之望。惟时时自矫其偏，则专精仍不妨博涉也。《史纲》成之太草促，然实穆积年心血所在，两弟幸常细心玩索之。遇有意见，并盼随时直告，俾可改定，渐就完密。最近一年内，拟加插地图，并增注出处及参考要目，以后并随时增订。近人治史，群趋杂碎，以考核相尚，而忽其大节；否则空言史观，游谈无根。穆之此书，窃欲追步古人，重明中华史学，所谓通天人之故，究古今之变，以成一家之言者。本不愿急切成书，特以国难怅触，不自抑制。相知者当知此意。其中难免疏误，故望弟等亦当留心指出，可渐改正也。滇中常遇空袭，近迁黑龙潭想较好，然警报来仍以走避为是。穆在成都，遇警即避，惟在研究所则否。孔子所慎在斋、战、疾，近世战事更当慎，此非畏葸也。远隔无以相告，姑述此，亦表其相关切之微意耳。匆匆不尽，即复顺颂

进步　　穆手白　　一月廿日夜十一时

第四书

〔埏按：此书作于四川嘉定武汉大学。时，太夫人方逝世于苏州，故书中有“稍陶哀思”之语。〕

埏弟如面：两函先后读到。穆以武汉大学宿约，亦欲嘉定山水稍陶哀思，因于三月中旬转来此间。拟于四月杪返蓉。在此开短期讲课两门：一，中国政治研究；一，秦汉史；均以清晨七时起讲。听者踊跃，积日不倦。墙边窗外，骈立两小时不去者复常一二十人。青年向学之忱，弥为可感。惟恨时艰日重，平日所学殊不足真有所贡献耳。弟能研讨宋儒学术，此大佳事。鄙意不徒治宋史必通宋学，实为治国史必通知本国文化精意，而此事必于研精学术思想入门，弟正可自宋代发其端也。欧、范两家皆甚关重要。惟论学术方面，欧集包孕较广。弟天姿不甚迟，私

意即欧集亦可泛览大意。不如于宋学初期，在周、程以前，作一包括之探究。大体以全氏《学案》安定、泰山、高平、庐陵四家为主，或可下及荆公、温公。先从大处下手，心胸识趣较可盘旋，庶使活泼不落狭小。此层可再与汤先生商之。弟论《国史大纲》几点皆甚有见地。书中于唐宋以下西南开发及海上交通拟加广记述。其他如宋以下社会变迁所以异于古代者，尚拟专章发之，使读者可以憭然于古今之际。至问立国精神之衰颓于何维系防止，此事体大，吾书未有畅发，的是一憾。然此书只有鼓励兴发，此层当别为一端论之也。鄙意拟于一两年来，再为《国史新论》一书，分题七八篇，于宗教、政治、文学、艺术各门略有阐述。此刻胸中未有全稿，尚不愿下笔也。专此复颂

学祉　　钱（制）穆手启　　四月十六日

〔埏注：此书作于 1941 年。书中的汤先生，即汤锡予（用彤）先生，时任北大文科研究所所长。〕

四

1943 年春，宾四先生应浙江大学的邀请，自成都赴贵州遵义讲学，为时一月。那时我也在浙江大学任教。想不到，既不在昆明，也不在成都，却在黔北这个山洼里的小城见到先生。自从送别先生离开昆明到此时，已经三年半了。真是“《东山》犹叹其远，况乃过之，思何可支！”我的欣喜是无法形容的。

遵义城以湘江（今一般称湘江河）中分为二：在江西的部分为老城，在江东的部分为新城。先生抵后下榻老城水硐街，和我住处极近。中间只隔一座郑莫祠（奉祀郑珍、莫友芝的祠堂），步行三分钟可到。学校为先生雇一厨师治餐。先生约田德望教授夫妇和我参加共食。因此，我每天必见先生至少三次。遇到上课或有事时，那就成天在先生左右了。

先生自重庆到遵义这段路程乘的是“邮政车”。那时滇川黔之间的交通唯有汽车。达官贵人和富商巨贾之辈有小轿车专用，至于一般旅客则只能乘“木炭车”（以烧木炭为动力的客车或货车）。木炭车极慢，又易“抛锚”，常常是一天的路程要走几天。邮政车（运送邮件的货车）烧汽油，较快；邮局出售司机旁的座位票，价较高，极难购得。因其虽不如小轿车的轻便舒适，但比之木炭车又算是好多了。先生在重庆得一北大毕业生之助乃购得车票。到后我问先生途中劳顿否？先生莞尔笑答道：“我是乘驴子车来的，还好。”我不解其意，再问：“何谓驴子车？”先生说：“你知道‘人骑骏马我骑驴’那首打油诗吗？我坐的是邮政车，虽不如轿车之佳，但胜木炭车多矣，故我称之为驴子车。”在座诸人听了皆大笑。先生偶尔说两句幽默的话，总是很风趣的。

到校后第三天上午，学校在新城中心丁字口一寺中为先生举行盛大的欢迎会（当时的遵义无大建筑，这寺最大，浙大租用为图书馆和大礼堂）。竺可桢校长主持，致欢迎词，盛赞先生的成就和治学精神。接着请先生讲演。先生讲了大约一小时半，讲的是中国传统文化的特点，无一句致谢之类的客套话。

这次讲演可算是先生在浙大讲学的第一课，因为这正是所要讲的第一个题目。浙大校本部及文学院在遵义，全体师生和许多职工都不请自来，争一听先生宏论，以致寺院虽很宽敞，后来者仍无立锥之地。我来遵义已十阅月，从未见过如此隆重而热烈的盛况。

此次讲演之后便开始讲学。新城有一大教室，可容百人。先生每周到那里讲课二次，系统讲授中国文化史专题。我每次都随先生一同去来，并遵嘱作笔记。讲了五周，课程结束，我以所作笔记呈先生。对先生后来撰著《中国文化史导论》，可能起了一点备忘的作用。

先生很喜欢散步。每晨早餐后，由我陪从，沿着湘江西岸顺流南行；大约走一小时，再沿着去时的岸边小道回老城。这样的散步，除天雨外，没有一天间断过。先生总是提着一根棕竹手杖，边走边谈。先生说，他很爱山水，尤爱流水，因为流水活泼，水声悦耳，可以清思虑，除烦恼，怡情养性。沿湘江散步便有此乐。在《师友杂忆》里，先生对这些谈话也有所记述，这里我就不重复了。

散步时先生的谈话无异是对我的耳提面命，对我尔后的立身为学都是深有影响的。先生讲课谈话极少重复，但对学史致用一事却谆谆再三言之。先生说：学史致用有两方面，一是为己，二是为人。为己的意思是自己受用。若不能受用，对自己的修养毫无作用，那何必学呢？为人就是为国家、为社会。倘若所学对国家社会毫无益处，那是玩物丧志，与博弈没有什么不同。近世史学界崇尚考订，不少学者孜孜矻矻，今日考这一事，明日考那一事，至于为何而考，则不暇问。这种风气，宋时朱子已批评过。你们决不宜盲目相从，只窥一斑，不睹全豹；要识其大者。先生关于治史的教言还很多，但这里不能备举了。

先生还应我的请求，为我讲述家世和生平。在讲述中，我看到先生有时很高兴，有时很感慨，不能自已，一连讲了三个早晨。我听了很感动，知道先生很早便志于学，又能刻苦自励，所以虽无师承，终成一代大师。我对先生说：孟子说的"若夫豪杰之士，虽无文王犹兴"，先生可以当之了。三年半后，先生重游昆明讲学，我应五华学院之请，据先生所谈，写了一篇介绍先生生平大略的文章，刊于1946年10月的昆明《民意日报》上。风行草偃，它曾鼓舞了许多好学的青年。此文惜已久佚，但《八十忆双亲》及《师友杂忆》既出，我的那篇小文也没有什么用处了。

先生在遵义，尚有一事当记。那也是在散步中，先生问我近读何书，我答：方看完一本克鲁泡特金的《我的自传》。克氏是安那其主义巨子。我虽不赞成那种主义，但对克氏其人甚感钦佩。先生听了，索观其书，我旋即奉上。先生很快看了，也很感兴趣。于是命代觅其他有关安那其主义的书，得三数种。先生边看边对我讲：安那其主义与中国先秦道家思想有可比较之处，也连续讲两三个早晨。讲后，先生便作文一篇，题曰：《道家与安那其主义》，旋即刊于《思想与时代》杂志上，引起了读者的极大兴趣。

先生在遵义的这一个月，我觉得过得特别快。竺校长很想留先生长期设帐浙大，殷勤劝说，但先生终以主持齐鲁研究所工作之故，不克接受。所以仍按预定计划，再乘邮政车返川。行前二日，先生书一横幅赐我，上录杜甫《奉简高三十五使君》诗。其文如下：

当代论才子，如公复几人。骅骝开道路，鹰隼出风尘。行色秋将晚，交情老更亲。天涯喜相见，披豁对吾真。

杜诗一首录赠　幼舟仁弟　钱穆

多少年来，这条横幅，我一直悬于壁间。但十年浩劫中亦被抄没，今已不知所在了。

五

抗战胜利，西南联大等迁滇大学陆续复员离去，昆明最高学府惟遗一所云南大学，大家顿感寂寥。于是联大留下的师范学院同仁们拟扩建为“昆明师范学院”，同时社会贤达于乃义昆仲也筹建“私立五华学院”。于乃义字仲直，昆明人，自幼好学，尝从滇中前辈袁嘉谷、秦光玉诸先生治国学，亦治佛学。其兄乃仁（字伯安），善货殖，抗战期中积资巨万。于是有意捐资兴学，创办私立五华学院（清末有五华书院，学院亦名五华，有承其余绪之意）。仲直知我师事宾四先生久，因托我代致意，邀请来昆讲学。云大文史系主任方国瑜先生闻之，亦托我代为敦请。最后决定由两校合聘。宾四先生因素爱昆明气候及景物，又感于方、于诸先生的诚意，遂同意南来，于1946年10月初乘飞机抵昆明，下榻翠湖公园省立昆华图书馆内。先生还代五华及云大聘请李源澄、诸祖耿等先生来任教，不久也先后抵达。加上原已留昆的刘文典、罗庸等先生，昆明的学术空气为之一振。

先生到昆之夕，仲直昆仲在其第设晚宴为先生洗尘，我也被邀及。席未终，先生忽大呕吐，乃知先生近患胃病。后来我又好几次看见先生呕吐，觉得病情不轻，不可忽视。延中西医诊治，都说首要的是注意饮食起居。我想，先生命驾来滇是我促成的，我有责改善先生生活。怎么改善呢？唯一的办法只有请先生与我同住，由我亲自服侍。经多方努力，租得唐家花园中一小院房屋，于这年十一月中迁入。唐家花园是唐继尧故居，在昆明北门内圆通山。园中有三小院房屋素来对外出租。适遇最西一院空出，我便去承租。租金虽昂，可是环境清幽，确是游息藏修的好所在。迁入后，先生的生活皆由我的妻子调理。先生的胃病得稍缓解。唐园中有一西南文化研究室，为唐家藏书之所，与我们小院相距百米。管理人员知先生为著名学者，特开放供使用，于是先生每日看书著述其中，甚以为便。唐园又很宽，几占圆通山之半。佳木葱茏，曲径通幽。先生朝夕散步其间，起居乃稍安适。

先生每周到云大及五华各授课一次。在云大讲中国文化史，在五华讲中国思想史。两校相距甚迩，学生们皆两处听课，无异同时修了两门。先生又向五华提出设“专书选读”课，先定七种古籍，由文史系学生选习。先生自任《左传》，命我辅导。这书，我幼年时曾从塾师读过，实不甚了解。现在得从先生系统地认真地学习，乃稍有所知。

寒假后，军官学校办一将校训练团，特请先生每周讲一次中国古代军事史。先生命我随往笔记，以备将来撰专书之用。那时，我正主编一“文史”副刊。先生结合讲课，写成春秋战车、甲士、徒卒等考据论文。我请求刊于副刊，先生允诺，遂于 1947 年四五月间刊出。

唐园虽居之甚安，但不可久。因为唐筱蓂（唐继尧之子）自香港回来，决定于雨季之后收回出租的三院房屋重修，将作他用。同时，无锡豪商荣氏捐资筹办江南大学，欲聘先生主讲席，托人一再致意。先生因拟还乡一观究竟，七月初乘飞机东归。归后不久，来书辞云大及五华来年之聘。两校皆大失望，乃托于乃仁君乘其往沪办理商业之便，专程赴无锡敦请。先生不能却，允再来昆作短期讲学。于九月杪飞抵昆明，翌年三月归去。我送先生至机场，握手而别。不料这一别遂成永诀，痛哉！

1949 年春，先生应聘赴广州华侨大学讲学；不久随校迁香港。到广州后，尚有一手示寄我。抵港后，音问遂绝。四十年来，相见唯梦寐中。先生归道山，亦不得执拂尽礼。终天之痛竟成了终天唯恨，伤已！

1991 年 4 月 25 于云南大学

记闻一多先生在昆华中学

1943 年在西南联大时的闻一多

1944 年初春，云南省立昆华中学校长徐继祖先生卸职，云南省教育厅任命该校高中部主任徐天祥先生继任。天祥和我是中学同班同学，窗谊很好。那时我在云南大学文史系任讲师，他要我到昆中去兼任教务主任。他说：“要借重你的主要是罗致联大、云大的青年教师来兼课，以改善教学，提高学校声誉。别的事情你不愿办，决不勉强。”天祥是学长，而昆华中学是母校，情既不可却，义亦不容辞，我于是接受任务，积极开展工作。经过一番努力，替学校聘请了一批年富力强而学养优良的教师。其中有何炳棣先生及其夫人邵景洛女士。此外，还请了两大学的一些知名教授到校讲演，每两星期举行一次。记得第一次请的是吴晗先生，接着要请的便是闻一多先生。一多先生因避日寇飞机轰炸，疏散到龙泉镇。每周进城到联大授课并处理中文系的系务，一般是两次，有时多至三四次，这是十分不便的。那时从龙泉镇进城主要是徒步。虽有马车可以搭客，但是用货车改装的，没有护板，道路又不平，颠簸得很。而且还得绕道岗头村，所费不赀，清贫的联大教授是不轻易乘坐的。徒步取直径，穿行田间，较为捷近，但来回也有四十华里路程。如遇天雨，泞泥没履，步履维艰，也不好受。因此，四二、四三年后，日机肆虐渐少，人们便陆续迁入城内。联大教员宿舍很少，只供单身教师居住，有家眷者得自己赁屋。一多先生一家，人口多，收入只有他一个人的薪水，房屋租金又高，如何负担得起，因此他迟迟没有迁回城中。当我要敦请他到昆中做一两次学术讲演，先请何炳棣代达此意时，他对何君说："你看，假若方便的话，你告诉李埏，我想到昆中做一个兼职的专任国文教师，要求是住三间房子。若不好办，那就算了。请他不要为难。"过了两天，何炳棣来找我，转达一多先生的话。我听后，喜出望外，立即去和校长商量。徐天祥校长虽未曾见过一多先生，但一多先生的名望他是早已耳熟的。他不假思索，头一句话便是"竭诚欢迎！"接着说："闻先生人口既然那么多，三间房恐怕还是挤，住两个专任教师的份额——四间好了。"我说："住房多一间，很好，但更重要的是课程。一个专任得教三个班的国文，我想，请闻先生教高中两个班的国文就行了。"天祥也同意。当时我们还约定，星期天一早到龙泉镇去拜谒一多先生，面致聘书，并问还有什么困难待办之事。我没有等到星期天，次日上午一多先生有课，我便按时到新校舍中文系办公室去等候他。不多时，他来了，我迎上去把昨天和天祥商定的话陈述一遍。他听后，高兴地笑着说道："这很好，可别为难徐校长，也别为难你。至于你们星期天要去看我，不必了。我回去立即搬家，没有闲暇从容接待你们。等搬进来后你们再来谈吧。"这样，我们只好不到乡下去，而他也不到星期天便迁入昆华中学了。学校把在足球场西南角上的卫生室楼上全部拨归他住用。（四间之外，还有一小间作厨房。）那里很安静，周围都是稻田，是昆华中学教员宿舍中最好的房子。

闻一多摄于昆明西山（1939 年 8 月）

一多先生以一位名学者名教授而俯就一个中学之聘，去兼任一席国文教员，使许多人闻之愕然。当然大家都知道，这是由于纸币贬值，物价高涨，米珠薪桂，不得已而出此。但大家仍揣想，名教授教中学，学校既不至按照对一般教员的常规去要求，一多先生也不会按照一般教员的职责去工作。但实际怎样呢？完全大谬不然。一多先生比一般中学教员更认真更负责。他从不迟到早退；偶尔因事请假，也很快补授。学校规定国文课每两星期作文一次，他一次也没有漏。学生的作文都是他亲自批改，而且很快发还，从不假手于人。发还时，总要把许多共同的缺点错误在课堂上讲，还找一些学生个别指点。他没有架子，他的衣着、言谈、态度，一点也看不出名人的特征。假若不经介绍，一眼看去，可能还会认为是一位久在中学执教的老师宿儒罢了。一多先生的这种朴实、认真、平易近人的风范使师生们深受熏陶，对他肃然起敬。

但师生们对一多先生的敬仰，还有更甚于上面所说的，那就是他那种疾恶如仇、爱憎分明、不惧权势的思想和情操。这时的他已经是一个具有革命民主主义思想的志士了。他热爱祖国，同情人民，痛恨那些祸国殃民的权贵和贪官污吏，以及发国难财的奸商们。每谈及时事，他都是义愤填膺，慷慨陈词，使听者无不动容。在课堂上给学生们讲古典文学作品时也如此。如讲杜诗，当讲到“三吏”“三别”以及“朱门酒肉臭，路有冻死骨”之类的名作名句时，他是那样的慷慨激昂！课堂里除了他充满热情的声音外，没有任何轻微的响动。学生们完全被他带进作品的境界里了。深有领悟的学生课后感动地说：

“闻先生就是杜甫!”

学校每星期一早晨有一小时的“周会”。校长主任们常利用这个时间给学生讲学习、生活、纪律上的事情，有时也请一些素为学生敬服的老师讲立志为学、做人之类的问题。一多先生迁进校后的第一个星期一早晨，徐校长就邀请他讲了一次，并借此向全校介绍。以后还讲了好几次。有一次讲时事，讲到学生的政治活动时，他大声疾呼，鼓励学生们要关心时局，过问国家大事。他说:“同学们不要以小孩子而轻视自己，要以天下为己任，负起国家兴亡之责!”那时，每个学校里都派有军事教官，管军训和学生生活。据说有些教官实是特务。一多先生对此深恶痛绝，因此他在那次讲演中，面对站在台下的教官们，痛斥他们甘当反动鹰犬的罪恶。散会以后，全体教官一齐去找校长，以集体辞职相要挟。徐校长没有答应他们的要求。他们慑于学生们对一多先生的热爱，也只好不了了之。当然他们不会自此罢休。他们不断向校外有关方面反映，把学校说得混乱不堪。国民党当局对昆华中学也早就注意了。到学年末一放寒假，学生们离校回家后，教育厅便要徐校长解聘一多先生。徐校长不照办，说:“闻先生教得很好，很受学生爱戴，若解聘，开学后如何向学生解释!”过了几天，教育厅突然下了一道调令，把徐校长调任只有两间空屋和一个工友的科学馆馆长，而另派一个极为反动的家伙来继任校长。此人一来，一多先生和各处主任以及好些教师都被逐出学校。幸好，联大西仓坡宿舍已落成，分了一套给一多先生。于是一多先生从昆中迁居西仓坡，一直住到他被特务狙击殉难。

一多先生在昆中兼任时，虽多有一份薪水，但仍很拮据。他不屑去叩朱门求救济，也不屑进市廛逐什一之利，他宁愿镌刻印章，获取一点微薄的报酬以糊口。一代学人，如此度日，亦云惨矣！但他安之若素，毫不以为意。那时，正义路北段（马市口下去不远）西廊的一爿王姓笔店，自制毛笔出售。一些书法家都喜用王老板的笔，因此颇有往还。一多先生就托王老板代为收件，在门上加挂一块“闻一多治印收件处”的牌子。这块牌子直挂到他殉难后才取下来。

我很羡慕一多先生的治印艺术，但我一直没有请他给我刻一枚。原因是，我看到他桌上老摆着那么多的待刻印章，知道他已够忙累了，怎么好意思再去干扰他呢？因此，直到 1946 年 6 月间我去看望他时，他问我有没有什么事要他帮助，我才说：“最好能得到您的一枚印章。”7 月上旬的一天，我又去看望他。他从抽斗里取出一枚章递给我，说：“我们快分手了，无以留别，即以此相赠，作为一个纪念吧。本想刻颗石章，但手边没有好石头，还不如这颗血牙呢。”我接过一看，上刻“李埏”二字，阴文，篆书；边款小字两行，文曰：“卅五年七月应幼舟兄嘱　一多。”后数日，他便遇难。这枚章，大概就是他的绝作了，我一直珍藏到现在，打算捐献某所博物馆，以垂永久，并供陈列。

一多先生在昆华中学的这一段经历是值得写进他的传记的。徐天祥校长知道得很清楚，可惜他已于数年前溘逝。我若不即加追记，恐将湮没而无考，这怎么对得起我景仰不忘的一多先生呢！愿当时的昆中师生，各就所知加以补充，使一多先生的音容能更完整地显现给崇敬他的人们。

心丧忆辰伯师

留清华任教时的吴晗

七七事变，我离开北平，间关南下。九月杪，自香港乘船趋海防，取道河口回滇。九月，在北国已经是凉秋了，可是南海上还炎热得很。我坐的又是炼狱似的“统舱”，更令人难耐。因此，一上船安顿好床位，我就带着一壶水和在香港买的一册英国小说到甲板上去。我正在看书看得入神，忽然，有一个人在我的旁边驻足停下。我抬头一看，原来是一位三十来岁，个儿修长，架着一副银边眼镜，穿一件白绸大褂的斯文人。他见我看他，便把我手中的书接过去翻了一下，和我谈起话来。他问我是不是一个学生，是不是学文学的。我回答我是学历史的。他便说：“这船上有一位历史学家——吴晗先生，你认识吗？”我说：“我读过吴先生的文章，多次听到师友谈及他，却没有见过。”他接着说：“你要不要见见吴先生？要见，跟我去。”我早就想一见吴先生，于是跟了他到二等舱去。这位热情而和蔼的先生，原来是文学家施蛰存先生。

舱房里，像今天火车上的“包房”那样，有两张窄窄的床。辰伯师正坐在一张床上，看着一本书。施先生一进门就说：“吴先生，这是一个学历史的学生，回云南去的。我带他来看你。”辰伯师放下书，望了我一眼，笑容可掬地让我坐下，开始和我谈话。

我过去从吴先生那老练的论文中把他想象为一位年纪并不很轻的学者，可见一见面，原来还是一个青年呢。（他那时才二十九岁，只比我长六岁。）我像往常对老师那样，敬谨地面向他坐着，问什么答什么。可是他热情似火，才一相接，便令我强烈地感到，他是那么爽朗，那么和蔼，很快就消除了我的拘束，缩短了彼此间的距离。从这时起，一直到昆明，我总是和他在一起。他告诉我，他和施先生是应新任云南大学校长熊庆来先生之聘，到云大文史系去任教的。七七事变前已接受了聘书，因战争交通梗阻，所以延至此时才去昆明。关于熊先生出长云大之事，我已经知道。这学校原是唐继尧创办的私立东陆大学，师资不足，规模很小。滇中人士多年来呼吁整顿扩充。这一年，龙云、龚自知等人决定把它改为省立云南大学，聘熊先生为校长，一切按照外地国立大学办理。熊先生受命后，在北平、上海等地遴选了许多学者，聘为教授。辰伯师、施先生就是其中的两位。辰伯师原在清华大学历史系任教，因熊先生坚约，清华同意让辰伯师请假到云大去，所以在这船上和我邂逅。

辰伯师很健谈，又精力充沛。几天的旅程中，他一直娓娓而谈，诲我不倦。记得，最先谈的是战局。我告诉他我所目击的日寇进入北平的情景。他听后愤慨无已，激昂地说："哼！东北沦陷，不抵抗；华北特殊化，仍不抵抗。日寇节节进逼，没有止境。看来，南京、武汉也将为北平之续。蒋介石只顾打内战，不管民族存亡，至有今日。"接着，他引古证今，纵谈起历史来。大意是，从历史上看，以弱御强，只有武装民众的一法。当他谈到宋朝的时候，卒然问我："你知道宗泽吗？"我说："知道一点，在《宋史纪事本末》里看到他守汴的事迹。"他又问："你知道他是哪里人？"我说："不知道。"然后他说："宗泽是浙江义乌人，和我是同乡。他之所以能抗击金兵，坚守汴梁，原因就在于他联合并领导广大义军。宋朝的禁军那时已经完全丧失战斗力，只有义军才能抵抗。"于是他讲了许多故事，从《三朝北盟会编》讲到《精忠说岳》。关于岳飞，他说："宗泽能识人。他从稠人之中识出岳飞，提拔任用。岳飞也不辜负他，一遵他联合义军的宗旨，英勇抗击金兵，终成一代名将、一位伟大的民族英雄。要不是宗泽，岳飞可能早被杀害了。可是后人但知有岳飞，对宗泽则不甚了了。其实宗泽也是一位伟大的民族英雄，应该和岳飞并称。"辰伯师的这番话，给我印象极深。因此，几年之后，我搜集一些资料，写了一本小书，叫作《民族英雄宗泽》。但写得不好，所以一直放着。

另一个谈得较多的课题，是关于云南的历史社会、风土人情、气候物产等等。我很惊异，辰伯师从未到过云南，但对云南的历史掌故却非常熟悉。每谈及一个地方，就讲述一些有关那地方的历史和故事。火车进入云南境后，路旁看到有叫什么所、什么哨、什么营的村落。他问我："你知道这些村镇为什么叫作所、哨、营？"我说："不知道，云南叫所、哨、营的地方多着呢。"他便给我讲，明初统一云南后，在云南设置卫所，这类地方因而得名。同时，还讲述了卫所设置的经过，卫所制的内容、作用等等。在我的记忆中，云南历史上的重大史事和重大战役，他都讲到了。他讲得那么有风趣，如唐李宓之征南诏，忽必烈之下大理，沐英、傅友德之进军云南，永历帝之逃窜滇缅和吴三桂之降清反清……我是云南人，又是学历史的，可是听了辰伯师一连几天的漫谈之后，深感自己对云南史事知道得太少，因此赧然地说："以前尽忙学校功课，对桑梓史乘不留意。这次回去，得看看通志了。"辰伯师立即指导我说："最好先看《滇云历年传》和《云南备征志》。"这句话使我更加惭愧。我的中学历史老师是夏光南先生。他早就说过，这两部书是学习云南历史入门的必读之书，可是我不唯从未开卷，而且连书名都忘了。夏先生是以研究云南史地著称的。辰伯师的指导与他不谋而合，我不禁深为叹服。

到昆明后，辰伯师和施先生都下榻云大临时教授宿舍。这宿舍，是一个大四合院，位于东海子边（今翠湖北路）北头，与云大正门（即"为国求贤"门）斜相对。云大那时无教师宿舍，临时租了这院房子专供自省外聘来的教授们暂住。辰伯师、施先生和新自法国回来的数学系教授王士魁先生各住正房楼下的一间。三间相连，只有一门。辰伯师出进，得穿越施、王两先生的卧室。我到昆明以后，暂借读于云大文史系，住入学生宿舍。辰伯师开出“明史”，我选了。我完全按照他的指导，读《明通鉴》和《明史纪事本末》，同时也翻阅《明史》的一些纪传。因系初学明史，疑难很多，所以常去向他请益。几次以后，他说他很想到郊外去逛逛，看看山川形势、名胜古迹，好不好出去边逛边谈。昆明的郊外，我是百逛不厌的，当然很乐意给他导游，更何况这是再好没有的向他求教的机会。从此，只要天气晴和，课余有暇，我们就到郊外去。那时，昆明没有公共汽车，但可骑马。护国门前，每天都有备好鞍鞯的马百数十匹，供人租用。辰伯师很爱骑马，于是我们常租两匹马，骑到郊外，并辔徐行，畅谈古今以及为学治史之方……记得一个星期天，我们一早就到护国门租了马，骑着经状元楼，沿金汁河堤，到龙头村，然后循蚀山之麓回城。到校已经是薄暮了，差不多游了一整天。不知由于什么话题引起，辰伯师从状元楼过后，就给我讲述他的身世、经历、苦学以至成疾（肺结核）的情景，以及和袁震女士相好的过程……谈到治学，他说：“别人研究宋史明史，多从正史人手；我没有师承，是从笔记小说开始的。幼时喜看宋明人笔记小说，看得多了，觉得某些历史公案应当考证，于是进而系统地读史书、作笔记、写卡片，并写起论文来。你看我的行李中，不是有一个木箱吗？那就是我写的卡片。皮箱很重，因为其中有我多年所写的笔记和所发表的论文。”他还细致地讲述了怎样作卡片、笔记和写论文的经验。我说：“马上得之，不能马上治之。您讲的这些令我受益不浅，可惜现在骑在马上，不能记录下来。”他说：“用不着记。你有工夫去翻阅一下就行了，全都可以看。”第二天清早，吃过早点，我就到辰伯师宿舍去。他让我打开木箱自己看。我取出一匣卡片，从第一张看起。看了一会，他说："这样看不好，最好是按自己所要了解的问题找了看。"于是他以靖难之役为例，教我怎样查有关的卡片和索引，以及他作的笔记。他的住屋不大，只有一张长桌。我怕打搅他，急急忙忙地去了三个上午，把他指定我看的看完。可是他不厌其烦，要我下午再去，就这个问题谈谈。下午我一进屋，他就首先问我："你看了有什么疑问?"我提出两个问题：一是，有的卡片，看不出与靖难有什么关系，何以也收入？二是，怎么知道哪些书里有着关于靖难的材料？辰伯师说：这得先有一点基础，大略知道明初的政治概况；其次要看看史部目录的书，按图索骥；再其次要联系思考，读书得间。他举许多例子，反复譬喻。接着，又着重地说："有了这些材料，还不等于有了学问。这只是第一步工夫。必须更进一步，研究这些材料，审查真伪，消除抵牾，分析取舍；然后运用匠心，构思组织，下笔属文。"他拿出一篇他的关于靖难之役的文章给我，说："我这篇文章用的就是这些材料。你带去看看我是怎样做的。文章并不满意，但方法就是这样了。这方法我是经过摸索才得到的。你们用不着再摸索了，还可以加以改进呢。"过了两天我送还文章时，他又把他自己收集装订成册的他的论文集，一册一册地借给我读。我每读一两篇，就去向他陈述，就正我的体会。他不惜舌敝唇焦地给我讲写作的用心和过程，所遇到的困难，以及修改易稿的原因……他的这一切教导，给我大开茅塞，终身受益，嘉惠不可言喻。我何幸得遇这样的良师！现在，四十多个秋冬逝去了，然而他的教诲，他的音容，仍然如在耳际目前。它在我的心版上是铭记得多么深刻，多么新鲜啊！

这年将尽，辰伯师移居护国门内白果巷四号。因为辰伯师的母亲、弟妹和袁震女士都将避地到昆明来，所以赁了这一小院房子，共大小十间，正屋三间有楼。辰伯师和亲属都住在楼下和耳房里；楼上一直是借供朋友使用。那时，西南联大、中央研究院史语所、北平研究院等单位先后迁昆，辰伯师的一些朋友随而迁来。有的一时租不到房子，便到辰伯师寓所暂住。辰伯师好客。他宁可自家挤一点，将楼上留给朋友住。我记得，顾颉刚先生、张荫麟先生都先后在那里住过。

1939 年后，辰伯师忙碌起来了。亲属到齐，举家共八口，单张罗日常生活就够忙的。而袁震女士久患肺结核未痊，须卧床静养，她的护理，全由辰伯师躬亲；弟弟妹妹还正在上学；母亲不唯年事高，而且不谙昆明话；因此，许多家务都得辰伯师管。加上来昆的友人日益增多，不免接待往还，还常常为朋友奔波，有时竟连饭也顾不上吃。可是，虽然如此，他仍然认真地备课授课，从不告假；著书撰文，也始终坚持不懈。《从僧钵到皇权》(后来易名为《明太祖传》，又易名为《朱元璋传》) 就是这时开始属稿的。此外，遇有学术活动，他总是热情地支持，积极地参加，常提供寓所供活动使用。他的寓所因而被朋友们戏称为“陋巷小沙龙”。他在北平时，和一些年轻的史学家创建了一个学术组织，叫作“史学研究会”。七七事变，研究会活动暂时中断。这时，成员中的张荫麟、罗尔纲、孙毓棠……诸先生都到了昆明。于是研究会又恢复活动①，举行年会，并接纳新会员。1939 年的年会就在辰伯师的寓所举行，我和缪鸾和、王崇武等四人同由辰伯师介绍入会，参加了这次年会。研究会还在昆明《中央日报》上编了一个纯学术性刊物，叫作《史学》，由孙毓棠先生主编。辰伯师以"燕肃"笔名，为这个刊物撰写了一些稿子。

1938 年 9 月，日机开始空袭昆明。第二年春节后，空袭越来越频仍。市区多次遭轰炸，伤亡惨重。白果巷位市区中心。袁震女士卧病，太夫人步履维艰，根本无法"跑警报"。每次空袭，辰伯师都只好陪着两位女眷闭门静坐，置生死于度外。雨季过后，空袭更厉害了，市民们纷纷疏散乡下。但疏散谈何容易，哪个村子可以租到房屋呢。几经好友襄助，辰伯师终于在昆明东北郊落索坡找到一所房子。那是一座墓地祠堂，孤悬在半山上，到最近的村落也有一段路，鸡犬之声不闻。进城，只能徒步，要走二十多华里。这里虽然风景绝佳，但生活上不方便，治安也堪虞。幸好，梁方仲、汤象龙、谢文通三先生也因无处疏散，和辰伯师一同迁往。四家人守望相助，疾病相扶持，才算勉强凑合。辰伯师在这里住了一年多。1940 年秋，因赴四川叙永西南联大分校执教才离去。

这段时期，辰伯师的经济状况严重地恶化了。他在清华上学时是一个穷学生，全靠半工半读完成学业。毕业后留校任教

① 《社会科学战线》1980 年第 2 期载夏鼐先生的《我所知道的史学家吴晗同志》一文说史学研究会在七七事变后就"寿终正寝"了。此说不确，想系夏先生当时不在昆明，因而致误。

员。有了薪给，但又要供给弟妹上学，仍然很拮据。到昆明的头一年，恐怕是他 1949 年以前的半生中景况最好的时候了。一方面，云大按国立大学标准致以教授薪给，为数不甚薄；同时昆明僻处边陬，物价很贱，所以他较为宽裕，买了不少的书。可是至多一年吧，通货的膨胀，物价的上升，使他的薪给实际折损了一半。而开支呢，单说家属来昆的旅途耗费、家具购置、日常开销、医药支付……就为数不小了。而他还乐于急人之难，每遇朋友学生向他作将伯之呼，他无不慷慨相助。就我所知举一事。他的妹妹浦月，1938 年毕业于杭州高中，将来昆升学。有一位女同学生计艰难，无处可去。浦月同情她，想约她相偕来昆，辰伯师得知就提供旅费。来后，又让她和浦月一起生活学习，供应和浦月无殊，一直到她能自给为止。这事情，辰伯师和浦月都未向我谈过，是这位女同学向别人谈，别人又向我转述的。当时，西南联大不少同学，经济来源断绝，生活十分困窘。辰伯师，大概由于自己的经历吧，对他们深抱同情，常常对所识者给予接济。这样，尽管物价加速地上涨，开支却无法节撙。到迁往落索坡之际，他已经每况愈下，不得不忍痛卖藏书了。有两个书贾，常出入于他之门。不过，以前是去售书的，现在则是去购书了。

迁到落索坡后不久，可卖的书已经卖尽，生活一天比一天紧张起来。弟妹们都在城里上学，居常住乡间的唯辰伯师和老母病妻三人。初去时还雇请了一位村里的妇女帮忙。一两月后，因无力支付工资，只好辞退。于是老母的服侍，病妻的护理，以及日常生活的运水担柴、买菜烹饪、洗涤洒扫……都由辰伯师一人独任之。除星期日弟妹归省，可以小休外，别的天，他总是从早忙到晚。但是，他仍焚膏继晷，夜间在如豆的菜油灯下，继续修润抄缮《从僧钵到皇权》和其他著述工作。我十天半月去看望他一次。每去，他总把新写成的稿子给我读。虽然过的是人不堪其苦的生活，可是他依然那么爽朗，谈笑风生，毫无愁容。1940 年，我将毕业于西南联大。毕业论文导师张荫麟先生指示我到中研院史语所去看书。史语所在龙头村，距落索坡几华里。所中没有寄宿之所，辰伯师就让我住在他的书斋里，住了整个寒假。他自己则移到卧室里去工作。我每天早出晚归。归来，他常和我挑灯而谈，有时甚至谈到深夜。一晚，我提出一部书的时代问题和自己对这问题的想法向他质疑。他说："你没有看《四库提要》吧？那里已经谈到了。"我说："没有。因为当时懒于为此跑一趟图书馆，后来又忘了。"他说："这书，你应当有一部。这是进入史籍宝藏的津梁门径，案头必备。我早就向你谈过它的重要性，你忘了吗？"第二天，他进城到云大授课。傍晚归来，一肩挎着一个帆布袋，全是书。他取出一包，递给我，说："这是买送给你的。"我打开一看，原来是一部万有文库精装本《四库提要》，而且已经题了赐赠的字。顿时，我感到一阵莫名的难过。一来我并非无力购置这书，可是一直没有买，说明我对他的教导没有认真领受。其次，让他从城里背着这书，徒步走二十多华里，多不应该！又其次，他手边那么拮据，还为此破费，能受之无愧吗？这件事，使我至今每一想起，就觉得无限的感激和不安。

这年暑期，清华要辰伯师回去，于是他辞了云大之聘到西南联大去任教，开一年级的“中国通史”课。行将开学，学校决定在四川叙永设分校，新生到那里去报到上课。这么一来，他就得到叙永去。因此，中秋过后，一方面，遵母意由弟弟春曦将母亲送回家乡，同时辰伯师和袁震女士则候车首途入川。启程前夕，我去看他，他指着一堆书向我说：“这些书不带走了。你要的留下，不要的就随便处置吧。”后来我拣了几种，把其余的分送给同门。在我留存的几种中，有一部是李心传的《建炎以来朝野杂记》。我带回，在扉页上写了“辰伯师赠”四个字。哪知因此，时过二十多年之后，在“文化大革命”中，这部古书竟成了我们师生之间“黑线联系的罪证、物证”。真是“欲加之罪，其无辞乎！”

辰伯师在叙永教了一年，学校变计，撤销分校，师生全部来昆。那时，我是北京大学文科研究所的研究生，住在龙头村。辰伯师返昆前给我来信，要我先期在附近替他租下房子，我当即在浪口村租了三间。可是他到昆后，因袁震女士需要在城中就医，结果竟未能去住。后不久，我因张荫麟先生之召，赴遵义浙江大学任教，又和他分袂了。到此为止，可以说，是我从他受业的一个阶段。

这个阶段，就辰伯师而言，不过是他对后学教诲奖掖的若干事例之一；可是对我而言，却是我一生中难得的际遇，是我确立为学从业的决定性关键时期。在亲炙他以前，面对史学烟海，我“望断天涯路”，一片茫茫。史学的领域那么广阔，何去何从，自己连方向也不能辨。至于学习过程完结后，究竟干什么，更无从想起。是他，把我引上治史的道路，耳提面命，带着我一步一步地走。他因材施教，教我练基本功，教我从张荫麟先生学宋史，教我争取考研究生，教我毕生从事教学工作。尤其是他的为人，那不言之教，使我粗知怎样打发自己的一生。我虽然没有违背他的教诲，始终坚守在教学和研究的岗位上，但却没有能够实现他的期许，做出应有的成就和贡献。十年浩劫中，音书杳绝。关于他的存亡，道路传闻，无法确知。1978 年冬，路过北京，才确悉他已经被迫害致死了。1979 年 9 月，得知他的追悼会举行有期，我赶往北京，参加了这个庄严肃穆的会，稍摅了我的无限哀思。然而这哀思怎么能摅得尽呢，心丧将永无尽期啊！

附录：记吴晗先生的路南之游

1931 年在清华大学读书时的吴晗

1937 年卢沟桥事变后，我离开北平回云南。在从香港到海防的轮船上，与吴晗先生和施蛰存先生邂逅。两先生是应云南大学校长熊庆来先生之聘到云大任教的；我则是因烽烟匝地，辍学返乡的。到了昆明，我为了要从两先生问学，便到云大文史系借读。吴先生讲明史，施先生讲中国现代文学，我都听课受业，朝夕请益。到了寒假，我将回里省亲，特邀两先生到路南一览石林叠水之胜。两先生欣然愿往。1938 年春节方过，两先生和吴先生的弟弟吴春曦取道狗街子、大山坡而至路南。因我家逼窄，附近又无宾馆饭店，所以我请他们到我大舅父家后院花厅下榻。同时向亲友们借了四匹马以供骑乘。那时的路南，全县没有一辆轿车、旅行车、吉普车。若不骑马、坐滑竿，就只有徒步而行了。吴先生不愿坐滑竿，说那不人道，只愿骑马，而施先生又不善骑马，上下马都得别人扶。幸亏那几匹马都很驯顺，大家按辔徐行，没有出什么事故。他们在路南一个星期。头三天游览石林、芝云洞、大叠水及城郊的魁阁、孔庙、狮山。第四天，阴历正月初八，赶黑龙庙会。第五天，入圭山访彝族村寨。先到革温村，后到维则，都假宿于与我家常有往还的友好彝胞家。在维则，我的同学李凤林君热情地接待了我们，陪同我们游览了长湖、独石头、天主堂，还拜访了几家彝胞，参观了公房。住了两宿，然后沿公路返城。李凤林君也骑马把我们送到县城。途中，吴先生把他昨天登独石头听讲赵官（即赵发）故事后作的一首七绝念给我们听。李凤林君立即请吴先生到城后写出，他把它镌刻于独石头上。吴先生同意，但要请我先父（李莲舟）代书。诗的初稿第二句作“将军雄略妇孺知”，第三句作“我来已历沧桑后”。后采纳了施先生的意见，把“雄略”改为“英名”，把“沧桑后”改为“沧桑劫”。于是全首定稿如下：

独石山头树将旗，
将军英名妇孺知。
我来已历沧桑劫，
犹傍斜阳觅故碑。

在当天晚餐时，吴先生当着李凤林君面请先父代书。先父欣然接受，过了不久便交付李凤林君。

这年暑假，吴先生第二度游路南。这次是为了陪同他的好友西南联大教授张荫麟先生而去的。我当时已转学西南联大历史系三年级，从张先生学宋史。张先生与吴先生同住昆明南昌街白果巷四号。暑假有暇，遂联袂往游路南，仍假宿我舅父家。我陪同两位老师游了石林、芝云洞和叠水之后，便去维则，又登独石头。李凤林君把先父所书吴先生诗拿给他们二位看了，并说已请得石工，即将上石。大概这年冬天遂上了石，但年月仍依作诗时间作“民国二十七年二月”。

吴先生原名春晗，后去春字单名晗，字辰伯，浙江义乌人。原在清华大学任教，抗战初期，云南大学向清华借聘二年。期满，仍回清华，任教联大。抗战后期，鉴于国难严重，与闻一多先生等学者积极投身民主运动，在中共地下党领导下，不畏艰险，奔走呼号。1949 年以后，受任命为北京市副市长，主管文教工作，多有建树。十年浩劫，被林彪、江青反革命集团诬陷，迫害致死。“四人帮”粉碎后获昭雪，清华大学为立石雕像于校园，并在其旁建纪念亭曰“晗亭”。“晗亭”二字为邓小平同志所书。吴夫人袁震女士，胞弟春曦先生，均因株连迫害而死。张荫麟先生于 1942 年病逝于遵义。施蛰存先生今犹健在，居沪滨，已八十余高龄。前年夏我赴复旦大学讲学，曾往拜谒。昔年游路南时所摄照片，还完好无缺。但人生易老，屈指已半个世纪了。

1937年9月吴晗在云南大学教授临时宿舍前

教泽长存　哀思无尽

——悼念方国瑜先生

方国瑜先生

方国瑜先生弃我们而去已经十载了。每忆起他昔日对我们讲学论史、针砭教诲的慈祥音容，总不禁悲从中来！今将届十周年祭，谨撰小文敬悼先生，并遣哀思。

我最初得闻先生的盛名是1935年秋，那时我二十岁，刚到北平进了大学。记得就在“一二·九”示威游行后不几天，一位同乡学长牛光泽君对我说：“我们云南也是有人才的。在北平就有两位知名学者：一位是理科的熊庆来先生，一位是文科的方国瑜先生。”他还讲述了这两位先生所治之学，以及他们的成就。我听了，油然而生孺慕之心，很想一瞻风采。可惜熊先生住清华园，远在郊外，我难得机会去。方先生呢，一打听，已回云南勘滇缅边界去了，因此无缘得亲教范。直到1938年秋，在昆明，才因夏嗣尧师的介绍，始得遂识荆之愿。记得那年初，我因战争辍学在家，嗣尧师得知，推荐我到省立大理师范学校任教。暑假，西南联大在昆明开学，我返昆续学。一天，在嗣尧师寓谈及云南史事。嗣尧师问我见过国瑜先生没有。我答没有。嗣尧师于是率我去看望国瑜先生。那时，嗣尧师住翠湖之西的西仓坡，国瑜先生住翠湖之东的学院坡（今大兴坡），相距甚迩。既至，国瑜先生让我们到他的书斋里坐谈。原来，他赁八郡同乡会馆楼上房屋，半作卧室，半作书斋。他时年三十许，正从事《新纂云南通志》的修撰工作。他一谈话便令我折服，因为他的渊博学识和学者风度使我顿生敬畏之心。不久，我和缪鸾和君相识，且成了莫逆之交。鸾和从国瑜先生治滇史，是国瑜先生最得意的弟子；其毕业论文《南中志校注》就是在国瑜先生亲切指导下完成的佳作。鸾和又常为我讲述国瑜先生如何治学，以及如何教导他的事例，使我深受教益。国瑜先生后来因日机空袭，避地普坪村。我不时和鸾和去看望他。这样，我和国瑜先生也就渐渐熟了。1943年暑假，我自遵义浙江大学回滇奔母丧，鸾和以告国瑜先生。国瑜先生遂向熊迪之校长推荐聘我任云大文史系讲师。自此我得侍国瑜先生讲席，直至1983年先生归道山，四十载都在先生左右，这在我一生中是最值得庆幸的一件大事！

唉唉，数十载的漫漫岁月悄然逝去了，许多往事烟一般地从记忆中消失了。但国瑜先生对我的言教身教，还是那么新鲜，就好像是昨天的事情。下面谨述其中的二三事。

一

国瑜先生早负盛誉。当我随夏鼐尧先生初次拜见他时，他的滇史研究已深为海内学者所推重。尤其是他搜集史料之富，考证问题之精，虽老师宿儒也以为弗如。但国瑜先生不以为足，他总是虚怀若谷地说自己读书很少，所知不多；甚至不耻下问，问到后学的我。曾子称颜子，“以能问于不能，以多问于寡，有若无，实若虚”。国瑜先生实具有这种美德，从他1941年春给我的一通手教中可以完全看到。

那时，我在北京大学文科研究所学宋史，随所疏散到昆明龙头村避空袭。一天，我徒步入城拜谒国瑜先生。不巧，值先生外出。蔡金若师母让我在书斋中等候，几一小时，仍不见先生回家，我只得告辞回所（因为龙头村距城二十里，徒步要两三小时，不能在城中久留）。过了几天，我奉到国瑜先生的一通手教，以未相晤为憾。现在，我把这通手教全文抄录于下：

> 埏兄尊鉴：久未获晤，枉驾失候为怅！西南边疆杂志，可继续出版，惟不能按期耳；若有大著光篇幅，则幸甚！今后出刊，当奉赠请教也。前月，翻《宋会要稿》，搜录有关滇事者，因时间不许，仅竟第一九七、一九九数册（即外国传）。其余诸册中，亦当不乏大理国及蒲甘国事。我兄精研宋史，希随时查翻，若有可取，代录一目（仅记册数页数足也，不必录文）。又李焘《续通鉴》中，曾得友人代录宋如愚《东轩笔录》一条，记杨佐至大理议买马事，疑即出《剑南须知》，惟不记李书卷数，祈便中

代查。若有其他资料，希告为盼！宋代，云南与中原交涉事少，纪录亦无多，瑜仅查《宋史》及《说郛》中札记之书，涉猎最少，仍希我兄随时代为留意，即得只字半句，亦可贵也。通志馆已限期结束，再两三月须编竟，至时瑜将清理残稿，别为一书，期再五年成之，至少有二百万言，所苦读书太少耳。想近况清适？时赐教言为祷！敬请撰安！

弟方国瑜谨上　　二月十五日

我反复雒诵这通手教，受到了深刻的教育。而今虽时逾半世纪，但它对我的教育力量一点也不减当年。我深自庆幸，因我把它保存于一本旧杂志中，竟幸免"文革"中抄没之厄，现在仍珍藏于我的案头座右。

二

1939年，我在西南联大历史系上学，暑假返故里路南省亲。适值县教育局为中小学教师举办暑期讲习班，要我担任"乡土史地"课的历史部分。我对路南的历史，只略知掌故，没有系统知识，不敢接受。但固辞不获，只好应命，而且照教育局要求，把讲稿交班上油印发给学员。课程结束，暑假也届满了。我回校后便把这件事丢开，再也没有去想它。过了几年，我在云南大学任教。一天，忽然在校图书馆里发现这本油印稿，即借出一阅。哪知越看越羞愧，觉得实在太幼稚了。不久又得知省图书馆也有它。我很想把它毁掉，但它已是图书馆的藏书，怎么能毁掉呢。为此，大约有一月之久我不能释然于怀。最后，没有办法，只好去请教国瑜先生。国瑜先生听了，不假思索，一言而决，说："这只有一个办法，就是，认认真真地重作一篇就行了。"我回寓思考了两天，又去拜谒国瑜先生，郑重地说："我决定谨遵先生之教，重作一篇。但须请先生作导师，敬乞俞允！"国瑜先生亲切地回答道："我们常常见面，有问题随时可谈。"接着教我：先读什么书，然后翻阅哪些书；遇到与路南有关的记载摘抄下来，编为长编，并作出考异；最后去其繁杂，订其讹误，写出一篇"沿革大事编年史"；还可在此基础上，扩及滇南地区，研究这一带的民族、政治、军事、文化的历史。国瑜先生的这番指教，和张荫麟先生给我的训练若合符节，因此我能领悟接受，立即开始工作。由于通货膨胀，物价腾踊，我在云大专任之外，还得到中学里去兼一个专任，课余时间不多，因而大约迁延了两年之久才完成长编；又经数月，乃写成系年初稿，呈国瑜先生审定。审定后又重抄一遍，并自行装订成上下两册。因无处刊印，只好束之高阁。"文革"中又佚其下册，今惟存上半残稿而已。

在那几年之中，也不知若干次我向国瑜先生问难请益。最初，我提的问题尽限于滇史；稍后，便扩及滇史以外。因我当时任"中国通史"课，课程内容广，而我的知识面窄，所以问题很多，比滇史方面的还多。国瑜先生真有耐心，不厌其烦地一一给我解答指教，使我涣然冰释，深受教益。他性行淑均，初看去似乎讷于言辞。可是一提及某一学术问题，他便源源不绝地详为讲说。我多次去拜谒他，只打算小坐一刻半时，结果常常是一两个小时才辞出。他对经学、史学、小学的精湛渊博，令我叹服，尤其是他的考据学。我尝认为他就是滇中朴学的巨子。记得和学生的一次交谈中，我说了这句话。一位同学怀疑地问："朴学是清学，方先生是今人，怎么能称之为朴学巨子?"我答道：朴学即考据学，盛于清乾嘉，故又有清学之称。其实，这种学问并非清朝所独有。七七事变前，胡适之在清华校庆时作了一次关于考据学的学术讲演。他指出，考据学是一种科学方法，宋朝已有之，朱熹就是其代表人物。我觉得他讲得很对，可惜他没有讲清朝后考据学的流衍。我妄言之，清社虽屋，但这种科学方法并未与清朝而俱逝。辛亥革命后的北京，治国学者仍崇向这种学术。20 世纪二三十年代，北京大学一些教授就在景山附近建立了一个学社，名曰"朴社"，出版了许多研究国学的著作。著名的《古史辨》以及顾颉刚先生的其他许多著作都是朴社出版的。这种风气不独北京为然，与此同时，昆明的知名学者们也以朴学相尚。他们假云南图书馆（1932 年易名为昆华图书馆）为讲论学术之所，故该馆后院正厅门上，额曰"朴学斋"，云南省通志馆亦设于此。国瑜先生早年负笈北京，甚为其从游诸大师器重。及返滇参与修省志，又与滇中诸学者甚相得。究其原因，不外是在学术上同声相应、同气相求之故。国瑜先生的著述，就我所见，都是严谨的考据学佳作。因此，誉之为朴学巨子，谁曰不宜。现在上距讲这番话的时间已经四十多年，但我对国瑜先生的评价仍然如此。

三

虽然说北京、昆明的学术界都崇尚朴学，但两地的朴学还不尽相同。北京的学者们大多曾出入西方近代学术，颇受其影响，而在昆明的学者们则受影响较少。当时昆明最知名的学者，如陈筱圃、秦璞安、袁树五、方臞仙……好像对西方之学都不甚措意。我常说，这诸位前辈，论品论学，都是我们所尊敬的，倘若把他们列于百年前的清代学者当中也无逊色。国瑜先生则不然。虽然他也是滇人，但他的学术始基却是在北京奠定的。他师事的学者如陈垣庵、钱玄同、赵元任、刘半农……皆深通西方之学。他承其绪业，以治滇史，所以他很留意西方之学，特别是汉学。对高本汉、伯希和、斯坦因等人的，以及日本学者藤田丰八、桑原骘藏等人的汉学著作，他都看过，而且能取其精华。我认为，在云南学术史上，在云南朴学的流衍中，他是一位标志阶段性的学者，代表了一个新的阶段。我诵读他的著作和面聆他的教诲时，多次见他引述西方或东洋的汉学家之说，或加首肯，或加驳正。《新纂云南通志》一书，按规定，体例一仍旧贯。但国瑜先生所撰稿中，有引外国学者之作以为附录者，这是诸旧志所没有的先例。这里，我想顺便追忆一件事。

大约是1944年前后，国瑜先生以德人李华德所撰《云南梵文石刻初论》的英文本授我，命译为汉文，我以为这大概是译出以供先生一阅而已，所以译本奉呈以后便不再想这件事，日久竟完全忘记了。事隔多年，当中华人民共和国成立初期我兼任省图书馆馆长时，奉命接管《新纂云南通志》百数十部。我借了一部翻阅，不意在国瑜先生所撰《金石考》中（卷九十三）《佛顶尊胜宝塔记》之后，这篇译稿已作为附录，全文刊入，还署名曰：“德国李华德撰，路南李埏译。”这件事又一次给我教育，不是言教，而是身教。我在国瑜先生左右那么多年，见他洁身自好，对一切财物真是“苟非吾之所有，虽一毫而莫取”。现在我又看到，在文字上他也一样。对这么一篇小文不唯如此认真，而且借以奖掖后进，使我荣幸地得附骥尾。如此古道热肠，我的感受岂只教育而已哉！

谈到翻译，我连类想起另一件事。1945 年夏，我在设于云大对面的英国新闻处图书室看到 *Discovery* 月刊（当年二月号）中载有一篇讲马铃薯史的论文 The Story of Potato（作者 J. G. Howkes）。我研经济史，注意经济作物，便把论文细读一过，还作了笔记摘要。不几天，和国瑜先生谈起这篇文章，国瑜先生也很感兴趣，嘱我暇时把它翻译过来。我如嘱做了（译文的上半篇讲史，后来刊于我主编的《民意报》文史副刊上；下半篇系对马铃薯作植物学的分析描述，太专门，且副刊版面有限，所以未刊）。时过二十载，1964 年冬，国瑜先生撰文《论清代云南山区的开发》说到，云南一些兄弟民族所以能居住在山区，其重要原因之一是马铃薯、玉蜀黍传入，有可供食用之资。国瑜先生撰写时又命我把那篇译作摘要写给他。不料论文一脱稿，尚未正式刊印，便受到极左的批判，说论文取消阶级斗争，宣扬阶级调和……还说我提供炮弹，云云。这种批判，不足以驳倒国瑜先生之说，因为山区开发不能枵腹从事呀。

由以上所述可见，国瑜先生治学，很留意异域学者的成果，毫无门户之见。因此能超轶前人，成其博大，给后学树立了榜样。

四

还有两件事不可不记。

20 世纪 60 年代初，云大历史系集体编写《云南冶金史》。主其事者陈吕范君约请国瑜先生撰写古代部分。国瑜先生据记载，沿时序，撰为上下两章，可二万余言。文章的风格纯属学术论文。陈君为了全书体例和结构，约我据以改写为一章。我请教国瑜先生。他说："这是为冶金史写的，应该按编者的要求去写。你就按他们的要求写吧。"我觉得国瑜先生原稿中征引的史料至为宝贵，不可删省，但既并为一章，自不能全部录入。那怎么办呢？后来我想出一个办法，把不入正文的史料都纳入脚注之中。这样，便一条也没有丢。过了一年，云南《学术研究》杂志要发表这篇文章，校样上署我的名。我不同意，说："若没有方先生的原稿，我怎么写得出来呢，只能署方先生的名。"可是，国瑜先生怎么也不肯。编者建议：国瑜先生和我联署，国瑜先生也不允许。最后，我想出一个办法，用笔名"李述方"。"述"是孔子"述而不作"之意。文章刊出后，国瑜先生向我说："亏你想得出这个主意！"

随着岁月的流逝，这个笔名对我越来越有意义。特别是国瑜先生仙逝以后，意义就更大了。我未窥先生学术堂奥，而竟有此机遇述先生之学，这是多么幸运的事啊！

另一件事是，1981 年，国瑜先生经国务院学位委员会通过，为第一批博士生指导教师；云南大学开始招收第一届博士研究生。林超民君膺选，按章当制订"培养计划"。国瑜先生命超民告我，要我协助指导，写入计划之中。我愧不敢当，一再请超民回陈先生：“古语说，‘有事弟子服其劳’。先生要我做什么，我都乐意为之。至于‘协助指导’，则吾岂敢。”先生不允，策杖亲临我寓，对我说：“要你在理论和唐史两方面协助我。”我不敢再辞，只得从命。但我深感责任重大，我的学力不足以负先生厚望，颇有临深履薄之惧。幸而超民勤奋好学，能自寻蹊径，我们只需偶尔共同切磋，便可向国瑜先生复命了。

国瑜先生离开我们十年了。他留给我们的去思是无法表达的。薪尽火传，我们该怎么样把他的高尚品德和精深学问发扬光大呢！

1993 年 7 月于云南大学历史系

附记：

1962 年，应中共云南省委和云南大学党委的要求，云大历史系的李埏、张德光、江应樑三位教授为《云南日报》副刊撰写了一些关于如何读书和谈历史的文章[①]。文章发表后，受到读者的好评，云南省委也予以表扬。但是到了“文革”开始时，这些文章被定为“反党反社会主义大毒草”，三位教授也被打成“云南省三家村”（后来增加了尤中教授，成为“云南省四家店”）。直到“文革”结束，尽管北京的“三家村”已平

---

① 其中李埏先生写的有《博和精》《读书和灌园》《读书必有得力之书》《文章的眼睛》《立志》《读诸葛亮〈诫子书〉》《唐太宗的“以人为镜”》《善与人同》《漫谈创业与守成》《漫谈简化字》等。

反，但当时的云大历史系领导班子仍然坚持“云南省三家村”不能彻底翻案。因此，这一问题一直拖到1985年，在新任云大党委书记吴道源同志的大力推动下，才最终得到彻底平反①。

由于这种情况，1981年国务院学位委员会遴选首批博士生指导教师时，云大历史系领导班子不申报李埏先生②。这种做法在国内学界引起很大反响，到了第二批博导申报时，云大校方决定把李先生报上去，因此李先生成为第二批国家批准的博导。

（李伯重）

---

① 云南大学党委决定将这四位教授1962年发表的44篇文章重新刊印，吴道源同志亲自为该书作序，并取名为《学与问》，受到云大师生的热烈欢迎。

② 同样怪异的是李埏先生的职称问题。早在1948年，李先生就被聘为云南大学文史系副教授。1949年以后，李先生因科研、教学成绩突出，1956年和1963年两次云大学术委员会无记名投票中都高票通过他晋升正教授，但是由于不能知晓的原因，最终都在省教育厅未能获通过。到了1979年初，云大进行“文革”后首次评定教师职称的工作。虽然李埏先生在云大已经做了三十一年的副教授，而且全国同行都认为李先生早已是正教授，但时任云大历史系总支书记仍然反对李埏先生晋升正教授，理由是李先生之子伯重考上厦门大学研究生（详见本书收入的《父亲把我培养成材——深切怀念先父李埏先生》）。后来听到国内一些名校正在延揽李埏先生赴彼任职的消息后，云大历史系才不得不同意于次年将李先生的职称问题提交学校学术委员会。1980年6月23日云大学术委员会通过李埏先生晋升案，他方被评为正教授。

下编

李伯重

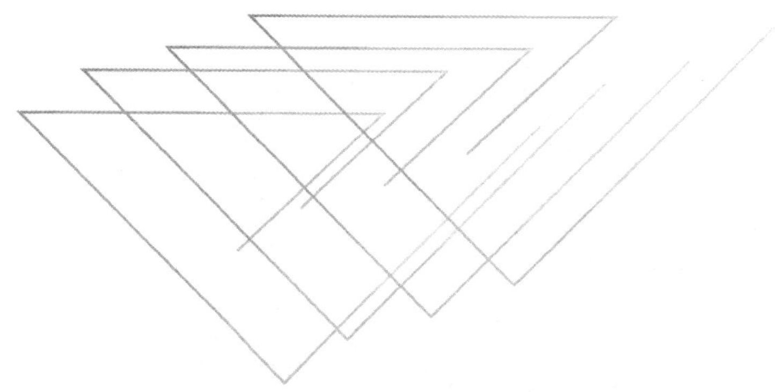

父亲把我培养成材

——深切怀念先父李埏先生

古人云:“身体发肤，受之父母。”现代教育家说:“父母是孩子的第一位老师。”父母不仅给子女以生命，而且在其人格塑造上也起着非常重要的作用。此外还有一些父母，他们给予子女的不止是顽强的生命和良好的人格，而且还把子女引入一个博大精深的知识领域。一个人如果能够有这样的父母，就是一个值得羡慕的幸运儿。

李埏先生

我们兄弟姐妹就有着这样两位世界上最好的父母。他们对我们倾注了无限的关爱，精心教育我们，培养我们。他们的言传身教为我们树立了最好的榜样，使我们能够在风云变幻的人生中，恪守做人正道，努力奋发自强，将自己造就成为对社会有用的人材。先父李埏先生更把我引上了史学之路，使我在这个博大精深的知识领域中找到了自己终生的追求，这也使得我成为一个世上少有的幸运儿。

一　《诫子书》

我们小时候，家里悬挂着一幅家父手书的《诫子书》。他要我们时时诵读，牢记诸葛亮说的“君子之行”：“静以修身，俭以养德”，“淡泊以明志，宁静以致远”。家父如此推崇诸葛亮的《诫子书》，因为此文充分表达了他教育子女的理念。

在我的青少年时代，“君子”是一个含有贬义的词。一说到“君子”，总是将其与“封建余孽”“资产阶级作风”等同起来。但是家父却不以此为然，依然依照先贤所倡导的“正心、诚意、修身、齐家”之道教育子女，希望把子女培养成为真正的君子。

家父认为“正心”的核心，就是孟子所说的“浩然之气”。什么是“浩然之气”？就是大义、气节与社会责任感，亦即“居天下之广居，立天下之正位，行天下之大道。得志，与民由之；不得志，独行其道。富贵不能淫，贫贱不能移，威武不能屈”。“天下兴亡，匹夫有责”，是他经常对我们引用的格言。我们读小学时，他就要求我们背诵范仲淹的名篇《岳阳楼记》，并结合范仲淹的生平，给我们讲解“先天下之忧而忧，后天下之乐而乐”的意义。对于喜欢史学的我，他为我讲他所心仪的“二顾”（即顾炎武、顾祖禹）的气节与操守，认为一个好学者不应逃避社会责任，置国家民族于不顾。为国效力，为民奉献，乃是正心的要义。

家父非常敬佩历史上那些“埋头苦干的人，拼命硬干的人，为民请命的人，舍身求法的人”[①]，号召我们以他们为榜样，作为自己为人的楷模。他手书了司马迁“‘高山仰止，景行行止。’虽不能至，然心向往之”之句，置于案首，并给我们讲解。在他的鼓励下，我们在少年时代读了不少伟人传记和自传体小说。其中读得最熟的，有艾芙·居里的《居里夫人传》、释慧立与释彦琮的《大唐大慈恩寺三藏法师传》、高尔基的《童年》《在人间》和《我的大学》三部曲、奥斯特洛夫斯基的《钢铁是怎样炼成的》等。这些书中的主角追求真理的炙热精神和坚强意志，鼓舞了我们一辈子。

家父认为“正心”必须从“诚意”和“修身”做起，亦即应当做到正派、诚实、庄重、厚道、勤奋、敬业[②]。他坚信“不知礼，无以立也”，一个人应当讲文明，有礼貌，因为这是尊重他人的表现。无论何时何地，都不应说粗话，不能欺负人、侮辱人。在那个极左盛行的时代，文明礼貌被视为“封、资、修”(即“封建主义”“资本主义”和“修正主义”)的余毒而备受蔑视[③]。尽管如此，家父仍“不合时宜”地谆谆教导我

---

① 语出鲁迅先生。他说：“我们从古以来，就有埋头苦干的人，有拼命硬干的人，有为民请命的人，有舍身求法的人……虽是等于为帝王将相作家谱的所谓‘正史’也往往掩不住他们的光耀，这就是中国的脊梁。”

② 家父给我取名，出自《论语》：“君子不重，则不威；学则不固。”他给长孙取名，出自《淮南子》：“心欲小而志欲大，智欲圆而行欲方。”他认为“行方”重于“智圆”，故名之。

③ 这种趋向在“文革”发展到登峰造极。在这十年中，传统的礼貌、礼仪被横扫一空，真正到了“礼坏乐崩”“斯文扫地”的境况。破坏如此严重，以致到“文革”结束后，政府不得不在全国发起“提倡礼貌用语十个字”的运动，在素称“礼仪之邦”的中国，号召全国人民从头学习使用“您好”“请”“谢谢”“对不起”“再见”等最起码的礼貌用语。这是具有五千年文明的中国的莫大悲哀。

们，不能随波逐流，一定要遵循正确的为人之道。在他的教诲和熏陶下，我们都做到了克己，自重，平等对人，以礼待人。

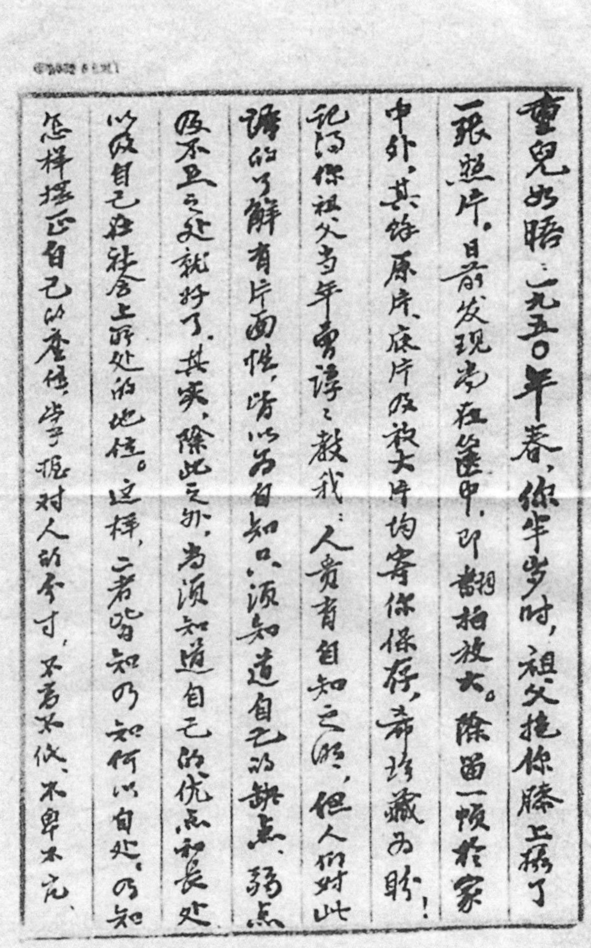

重儿如晤：一九五〇年春，你半岁时，祖父抱你膝上拍了一张照片。目前发现尚在箧中，即翻拍放大。除留一帧于家中外，其余原片、底片及放大片均寄你保存，希珍藏为盼！记得你祖父当年曾谆谆教我：人贵有自知之明，但人们对此语的了解有片面性，皆以为自知只须知道自己的缺点、弱点及不足之处就行了。其实，除此之外，尚须知道自己的优点和长处以及自己在社会上所处的地位。这样，二者皆知，乃知何以自处，乃知怎样摆正自己的座位，并掌握对人的分寸，不高不低、不卑不亢、

李埏先生教子书手迹1

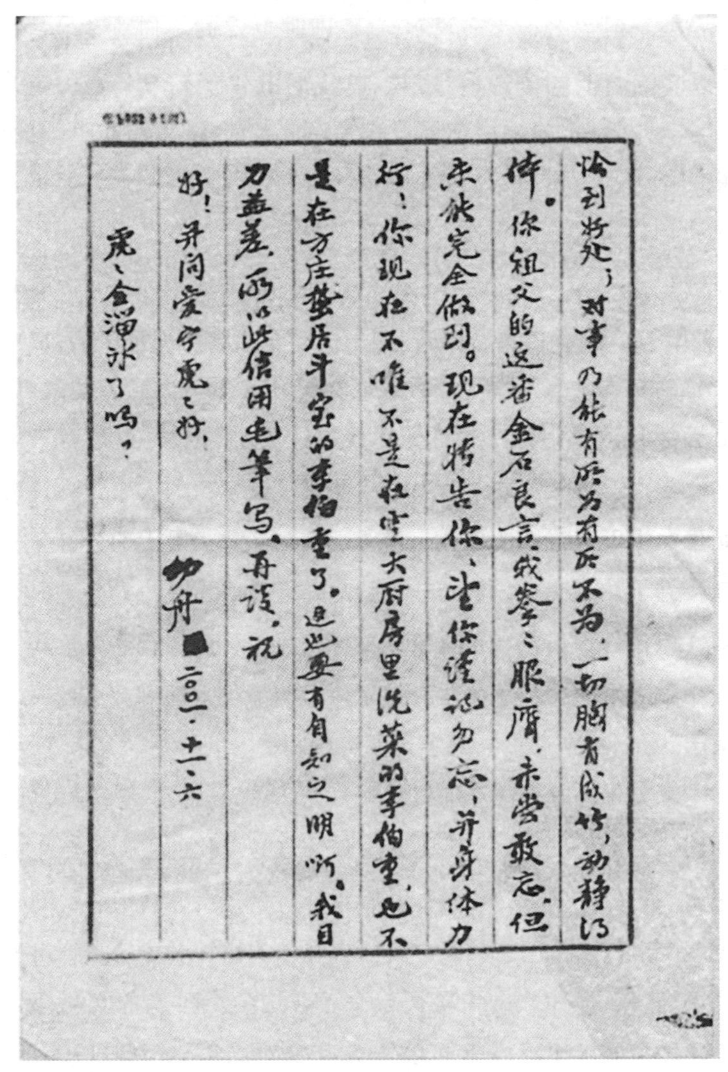

论到好处；对事乃能有所为有所不为，一切胸有成竹，动静得体。你祖父的这番金石良言，我拳拳服膺，未尝敢忘，但未能完全做到。现在特告你，望你谨记勿忘，并身体力行！你现在不唯不是在雪大府房里洗菜的李伯重，也不是在方庄蛰居斗室的李伯重了。这些要有自知之明啊。我目力益差，所以此信用毛笔写。再谈。祝

好！并问爱宇虎虎好，

幼舟 二〇〇一·十一·六

虎虎会溜冰了吗？

李埏先生教子书手迹2

家父认为君子应当好学。他引用孔子的话教导我们说："古之学者为己，今之学者为人。"学习的目的是提高自己，

故“学而时习之，不亦说乎?”他同时也告诫我们：学习是艰苦的，必须付出全部的精力。他经常用马克思的名言提醒我们：“在科学上面是没有平坦的大路可走的，只有那在崎岖小路的攀登上不畏劳苦的人，有希望到达光辉的顶点。”他还告诫我们：不仅要能吃苦，而且还要专心，才能学好，因为“学须静也，才须学也，非学无以广才，非志无以成学”，因此“学问之道无他，求其放心而已矣”。我们很小的时候，他用古代弈秋教学生的故事教育我们：一个人学习必须专心致志，心无旁骛，否则，就是有天下最好的老师来教，也是学不好的。学习的重要方式是读书，因此对于爱学习的人来说，读书是生命中不可或缺的部分。读书是家父一辈子最大的爱好和乐趣。到了九十高龄，他的一只眼睛几近失明，另一只严重白内障，但他每日仍戴着老花镜，再加放大镜，坚持读书，乐此不疲。由于他的言传身教，我们兄弟姐妹都成为不可救药的“书呆子”，一日不读书，就感到怅然若失。

家父年轻时代的老师钱穆先生说：“一个国家和一个民族，他们的一部历史，可以活上几千年，这是文化的生命，历史的生命。……中国人必然得在其心灵上，精神上，真切感觉到我是一个中国人。……只有中国历史文化的精神，才能孕育出世界上最悠久最伟大的中国民族来。若这一个民族的文化消失了，这个民族便不可能再存在。”家父对此深信不疑，认为中国人应当热爱中国的传统文化，因为这是我们之所以为中国人的根本。在我们的青少年时代，传统文化被贴上了“封建糟粕”的标签而被鄙视，但是他仍然尽力在家里营造一个中国传统文化的氛围，让我们在其中受到熏陶。每天下午放学回来，常常可以听到我们朗诵唐诗、宋词以及唐宋八大家名篇的声音，或者见到我们端坐桌前，临帖习字的身影。他经常说："字无百日功"，又说："古人云：'背得唐诗三百首，不会作诗也会咏。'你们如果背得古文百篇，古诗百首，古文就可过关。"我们兄弟姐妹受他的鼓励，常常展开习字和背书的竞赛。我们小有进步，即得到家父母的嘉许与鼓励。现在回想起当时的情景，依然令人神往。这种从小潜移默化的熏陶浸淫，对我们的人格塑造和文化品位的养成都起了非常重要的作用。我们兄弟姐妹四人中后来有两人读理科，两人读文科，但都对传统文化充满了热爱①，并具有一定的古文素养，能写文字流畅的文章②。

但家父并非要我们与世隔绝完全生活在传统之中。他鼓励我们通过书籍来了解广大的外部世界。在我们的青少年时代，现代西方读物基本上被禁绝。因此他尽力让我们读一些尚可找到的西方经典（如《伊里亚特的故事》等）、海外科技读物（如伊林的《十万个为什么》、法布尔的《昆虫记》等），乃至科幻和探险小说（如凡尔纳的三部曲《海底两万里》《神秘岛》《格兰特船长的儿女》等），让我们扩大眼界。

---

① 这种热爱一直传到我们的下一代。家父在 2002 年 7 月 30 日的日记中写道："（次孙）羊羊主动来学文言文，学书法，自今日始。今日为之讲何谓'四书''五经'，何谓'子曰''诗云'，临颜书《多宝塔碑》。"对此家父感到非常高兴，在次日日记中写道："读《汉书·游侠传》。教羊羊习书法。"

② 其中学化学的家姊伯敬，后来因为文笔优美，当选为云南省文秘学会会长。

为了寻求对外部世界的了解，他特别强调学习外语的重要性。在1950年代和1960年代，由于实行“一边倒”的政策，中小学里不再教英语，只教俄语。家父如同他那一代的大多数中国史学家一样，对那个侵占了我国大片领土的北方强邻没有多少好感。但他依然认为俄语是一种重要的语言，要家姊和我努力学好。为了让我们加深对俄国文化的理解，他还借来一些普希金、托尔斯泰、屠格涅夫、契诃夫的名著，让我们阅读。在这种鼓励下，我从俄语学习中获得很大的乐趣，朗诵普希金、莱蒙托夫、涅克拉索夫等人的俄文诗句，是我中学时代的一桩乐事。直至今日，虽然我的俄文已经大部分忘却，但是一些多年前背诵过的俄文名篇名句，如莱蒙托夫的《孤帆》、奥斯特洛夫斯基的《钢铁是怎样炼成的》中保尔在烈士墓前的沉思等，还会不时来到嘴边。

不同于传统的士大夫家庭，家父非常注意从小培养子女热爱劳动、吃苦耐劳的精神，认为这是健全人格的重要组成部分。虽然他自己从小的生活经历是从学校门到学校门，但是他绝不轻视和鄙视体力劳动。1958年10月，他和云大其他五十多位教师被送到宜良县农村劳动锻炼，改造世界观。在乡下，他努力与农民“三同”，把下田农作当作一件大事认真对待。在那里，最重的农活是春耕时挖“老板田”，一般教师都无法承受，云大去的五十多位教师中，只有两位能够胜任，家父就是其中之一。他在1959年4月22日写给家姊和我的信中说：

> 我们自从本月初，就开始了春耕战役中的主力战——挖老板田。在农业生产中，古语说，“一年之计在于春”，

春天是最紧张的季节。而在这个紧张的季节中，挖老板田又是最紧张最沉重的活计。这个活计，就是把田里的土深翻一次，把广大的田土，一个垡子（按：即大土块）一个垡子地挖了翻过来，让它晒太阳。有我们家小团桌那样大的垡子是很多的。常常一个人无力把它翻过来，而要两三个人共同拉。拉一个垡子就会拉出满身大汗。成天，汗水不住地流。挖上两三天，手也起泡了，腰背也酸痛了。但节令不等人，不能不抓紧时间，所以还得不顾这些痛苦而一天天地干下去。我们云大在这里的同志，有一半人参加了这一主力战，我是其中之一。这一半人中，能从一开始就坚持到今天的，只有郑可立同志和我。现在田已挖了一半，还有二十多天的时间要继续干这个重活。我决心坚持到底，绝不中途败下阵来。经过这一月来的考验，我相信我是能坚持到挖完为止的。……挖田虽然是重活，很累，但也很痛快，很有趣。每天散工后，打一大盆热水，把满身的汗水洗去，又喝上几口酒，和农民谈谈笑笑，真觉得无比的痛快。这痛快是在学校时体会不到的。

1959 年 5 月，他在宜良农村的劳动锻炼期满回来，给我们带来的礼物是一根小扁担、一对小粪箕和一把小镰刀。他教导我们：农村孩子在你们这个年纪都已参加劳动了，你们应当向他们学习；过去文人“四体不勤、五谷不分”，是很不好的；你们要“知稼穑之艰难”，不能做畏惧劳动、鄙视劳动的少爷小姐。在他和家母的教导下，我们兄弟姐妹从小养成了热爱劳动、尊重劳动的观念。

作为教师的李埏先生

家父不仅要我们热爱劳动，而且也教导我们要依靠自己的劳动来解决自己的困难，不能有依赖思想。在中国现代史上著名的“三年困难时期”（1959—1961 年），昆明同全国各地一样，发生了严重的饥馑。据研究，“1958 年底，农村开始缺粮。总路线、大跃进、人民公社化中的问题已经暴露，云南省内有的县已出现了肿病死人的现象。……到 1959 年下半年，（昆明市郊区农村）社员口粮紧张，被迫实行口粮定量供应，每人每天 5 两。……由于粮食连年减产，‘五风’严重，加之继续征购过头粮，社员处于半饥饿状态。……（1960 年入春后）生活更为困难，昆明郊区水肿病蔓延，死人越来越严重。……（尔后）粮食产量连年下降，给农民生活造成极度困难，水肿病、干瘦病蔓延”[①]。在此时，云大大礼堂里也睡满了因饥饿患上严重水肿病而不能行动的学生。家父和家母每天晚上都要用手指在我们小腿和脚面上按压，看看是否有水肿。为了防止得水肿病，我们也按照当时医生和科学家们的建议，培养小球藻熬汤喝，以增加营养。然而尽管如此，我们仍然因食物极度匮缺，出现了营养严重不良。家父患上水肿病，而家母和一个舍弟也得了肝炎。在这个艰苦的时期，家父告诫我们：不要怨天尤人，只能自己解决困难。家父带领我们饲养鸡、兔，种植

① 原出于厉忠教主编：《“大跃进”运动（昆明卷）》，云南民族出版社，2006 年，转载于“中共昆明党史”网站，http：//kmds. km. gov. cn/c/2011-07-14/2648900. shtml，访问时间：2022 年 3 月 9 日。

蔬菜，培育小球藻①。他不仅“身先士卒”，自己带头做，并且教我们如何干挖坑、下种、施肥、杀虫、积肥等农活，并为我们分配了工作任务。家姊和我每天回家的第一件事，不是做作业，而是带上家父从农村带回的小镰刀和提篮，去找草、拔草。他带领我们在家旁空地上种的洋丝瓜，由于精心管理，获得丰收，自家人吃不完，还送给邻居。在他带领下，我们通过自己的劳动来进行“生产自救”，不仅帮助我们度过了这场可怕的饥馑，而且也使我们深切地体会到劳动是创造财富之源。

我们的青少年时代是一个物质非常贫乏的时代。由于家里人口多，仅靠家父一个人的工资生活，家庭经济情况一直很拮据。家父母对我们非常慈爱，但从不娇惯。他们自奉甚薄，家父吸烟，总是吸最廉价的香烟，吸完后还要取出烟蒂中的烟丝，放入烟斗再吸。但是他们对清贫的生活从无怨言。这种身教胜于言教，使得我们从小就习惯了甘于清贫而不慕奢华。我们兄弟姐妹的衣服都是由长传幼，一传再传，直到彻底报

---

① 小球藻是球形水藻，直径仅数微米，种类繁多，生长于淡水中，有些地方用来作为猪饲料。1960 年 7 月 6 日，《人民日报》发表社论《大量生产小球藻》，说这不仅是很好的精饲料，而且具有很高的食用价值，可以用来制糕点、面包、糖果、菜肴、藻粥、藻酱等食品，用小球藻粉哺育婴儿，效果跟奶粉不相上下，并称用小球藻做食物是“我国人民在大跃进中的一项伟大的创造”。培养小球藻的具体方法是从池塘里捞取小球藻，放入水缸，用人尿作为肥料，成熟后捞出洗净，熬汤服用。

废[①]。我在小学高年级时，因为穿鞋磨损快，又无力购买新鞋，因此有时穿木屐去上学。到了“文革”后，我去读研究生，还穿带补丁的衣服。对于这些，我们也从未当作一回事，更未有何怨言。家父经常教导我们衣食来之不易，必须珍惜，绝不能暴殄天物。他还常说：“咬得菜根，百事可做”，对于清贫不仅要甘之如饴，还将其作为励志的机会。他经常给我们讲范仲淹“断斋划粥”的故事，要我们无论如果艰苦，也不能放弃自己的追求。这种教育，对我们的一生都有重大影响。

虽然家父对我们要求严格，但他是一个开明和民主的家长。特别是在选择人生道路的问题上，他更是完全尊重子女的意见，不把自己的意志强加于我们。家姊读中学时，文科、理科都很好。在当时社会风气的影响下，她准备报考理科。家父认为她学文科更合适，但还是尊重她的选择。她对家父说：“学了数理化，走遍天下都不怕。”家父则回答说：“三百六十行，行行出状元。你说‘学了数理化，走遍天下都不怕’，我也可以说‘学了文史地，走遍天下都不［受］气’。中学的课程都是最基本的知识，都应该学好。”在家父的教导下，家姊在努力学习数理化的同时，也不放松文史。虽然她在大学里学的是化学，但是后来发现自己的真正长处在文科。由于先前打下了良好的文科基础，因此得以转行走上经济研究的道路。舍弟伯约在大学本科时学的是心理学，后来发现自己的真正兴趣

① 当时中国学生的衣服式样基本上男女无别，因此家姊的一些衣服稍加改动后，弟弟们也可接着穿。

在认知科学，所以在读研究生时又改换专业。对于这些，家父都非常理解和支持。他一方面尊重我们的选择，另一方面在生活中仔细观察我们的兴趣和潜质，和我们平等地讨论未来的发展，然后因势利导，予以积极的引导。因此后来我们兄弟姐妹四人，各人都依据自己的兴趣，选择了不同的专业道路。而在四人中，只有我选择了治史的道路。正因为如此，我也受惠于家父最多。

二　“两司马”

我很早就对历史产生了浓厚的兴趣。家父发现了这一点，就对我循循善诱，希望把我培养为一个良史。

家父最敬佩的古代史家是“两司马”，即司马迁和司马光。他在日记中写道：“史部古籍中，我最爱读者为两司马之书（即《史记》与《通鉴》）。解放前为《民意日报》的《地方论坛》写文，即曾以‘司马夷然’为笔名。‘夷然’者，埏字之谐音也。”我在小学时，他就要我背诵司马迁的《报任少卿书》和司马光的《资治通鉴进书表》，从中体会他们为史学献身的奉献精神。他强调：司马迁因李陵案而遭受了残酷的迫害，“肠一日而九回”，但为了史学而坚强地生活下来，完成了被鲁迅先生誉为“史家之绝唱，无韵之离骚”的《史记》。司马光虽身居高位，但从未放弃对史学的热爱，自称“凡百事为，皆出人下，独于前史，粗尝尽心，自幼至老，嗜之不厌”。为了写《资治通鉴》，他“研精极虑，穷竭所有，日力不足，继之以夜”，全部精力皆“尽于此书”。正是出于这种对史学最高境界的追求，“两司马”才能够为人之所不能为，成为良史。家父常对我说：“你倘若有志于治史，就必须把他们作为学习的榜样，以毕生的精力和全部的热情从事之，写出真正可以传世的著作，而不可将学问当作牟取功名利禄的工具，不可曲学阿世，媚俗邀宠；否则，倒不如去从事其他职业为是。”这些教诲成为我一生的座右铭。

家父培养我的治史能力，从基础抓起。我上小学时，他要我读吕思勉先生的《白话本国史》作为入门。到了中学，则要我精读其师张荫麟先生的《中国史纲》。他对《中国史纲》十分推崇，认为这是史学和文学完美结合的典范。为了让我知道什么是好史学，他还要我阅读一些中外史学名著。在初中时，他指导我选读《资治通鉴》，并配合有关章节，阅读贾谊的《过秦论》、杜牧的《阿房宫赋》、苏轼的《留侯论》、王夫之的《读通鉴论》等著名史论和文章，以提高自己对历史人物、历史事件和历史经验的见解。《资治通鉴》一书因此也成为我一生用力最勤的史学名著。

经济史学家约翰·希克斯在《经济史理论》一书中，说经济史学者必须经常问自己这样的问题：“如果我处于那个地位，我应当做些什么？（原注：那个地位——例如我是一个中世纪的商人或者一个希腊的奴隶主）”，因此，“只有已感觉到了自己像什么人，才能开始猜测”。对于一个现代史家来说，最难得的是历史感，亦即对传统社会的感性认识。倘若缺乏历史感，治史就很有可能成为一种“纸上谈兵”。近代中国社会处于不断的急剧变化之中，传统的印记处在迅速的消失之中。对于一个生活在20世纪五六十年代的青少年来说，培养历史感谈何容易！为此，家父要我阅读一些历史题材的中外文学名著，从中感受历史的氛围，增进对历史的感性认识。我最早读的中国文学名著是《水浒传》，十岁时读完了此书，受到家父的夸奖。他在日记中记道：“1959年6月21日星期日　重儿爱读书，日前偷偷地看了几回《西游记》，因我把书还了图书馆，他又看了《水浒》。到昨天，把七十一回本全看完了，而且很记得其中的故事。真出乎我的意外。记得我看此书时是十二三岁在腾冲时。他今尚未满十岁，比我还早看两三岁呢。”在我十三岁的生日那天，他送我一部人民出版社出的直行繁体标点本《三国演义》作为生日礼物。这部小说出版于“三年困难时期”，纸张极为粗陋，看起来很吃力，但我却百读不厌。此外，我青少年时代心爱的读物还包括瓦西里·扬的《成吉思汗》、阿·托尔斯泰的《彼得大帝》、雨果的《九三年》等。这些中外名著激发了我对历史的无限兴趣。它们在使我获得浪漫想象的同时，也获得一些历史感。

家父也注意引导我学习史学理论。在1958年的“史学革命”之后，阶级斗争论成了中国史学界的指导理论，但这很难说是一种真正的史学理论。有鉴于此，我进入高中后，他要我阅读马克思的《资本论》。这并非“趋时”，而是他确实非常看重此书。早在1940年代，在张荫麟先生的影响下，家父就开始阅读《资本论》英文版。1949 年以后，他细读《资本论》多遍，并在 1958 年 6 月 17 日的日记中写道："今天，读完了《资本论》第一卷！……当读完时，我真愉快！……遗憾的是，郭（沫若）、王（大力）的译文颇有不流畅的地方。深悔当年在宝台山没有把德文学好。决心乘胜前进，从明日起，续读第二卷，争取在一个月内读完！"[①] 他对此书用功甚勤，因此发现中共中央编译局出版的中文版有一些错误。例如《资本论》中文版中有一句"生产越是发展，货币财产就越是集中在商人手中，或表现为商人财产的特别形态"。但家父认为不符逻辑，他核查了恩格斯校阅过的英文版，指出第一句应为"生产越是不发展"才对，于是在 1964 年发表《略论唐代的"钱帛兼行"》一文中指出了这一错误。郭沫若先生看后核查德文版，证实家父所言正确，于是当即给《历史研究》去信，建议中央翻译局加上这个重要的"不"字。然而，他并不是把马克思当作神灵来盲目地顶礼膜拜，而是将其视为一位对经济学做出巨大贡献的伟大学者而予以尊敬。时隔四十年，我在清华大学讲授经济学说史，读到美国新制度经济学家罗伯特·海尔布罗纳的名著《几位著名经济思想家的生平、时代和思想》。海氏在该书中把亚当·斯密、马克思和凯恩斯分别视为 18、19 和 20 世纪最伟大的经济学家。家父对马克思的尊敬，正是出于此。为了帮助我更好地了解作为学者和普通人的马克思，他让我阅

---

① 宝台山在昆明市郊，家父在北大文科研究所读研究生时，该研究所就在此地。

读保尔·拉法格等人写的《回忆马克思恩格斯》，使得我对这位伟大学者产生了一种出自内心的尊敬。

三　与郭沫若先生商榷

家父深受其师陈寅恪先生关于“独立之精神，自由之思想”的教诲影响，认为独立思考是一个良史的关键。但是正如胡耀邦所指出的那样，“从1957年开始的二十多年来，一个又一个莫名其妙的政治运动，坑害了一批又一批的优秀人材。没被坑害的只能装哑巴，甘当‘白痴’；因为‘有道难行不如醉，有口难开不如睡’，谈不上还有什么建设社会主义的热情和激情来充分发挥他们的真才实学。那么剩下来的，则多半是些庸才、奴才和鹰犬了！”① 在我青少年时代，那种氛围中，要进行独立思考是非常困难的。因此家父在培养我独立思考能力方面也颇费心思。

独立思考绝非凭空乱想，而必须以事实为依据。他在求学时，深受当时重史料学风的熏陶，认为史料学和考据学的方法是历史学的基本方法，对经济史研究具有极为重要的意义。他在北大文科研究所读研究生时，所长傅斯年先生一再对研究生们强调史料学的重要性，说：“史学的对象是史料……史学的工作是整理史料，不是作艺术的建设，不是做疏通的事业，不

---

① 戴煌：《胡耀邦与平反冤假错案》，生活·读书·新知三联书店，2013年，第31页。

是去扶持或推倒这个运动或那个主义。"[①] 受老师们的影响，家父当年的同窗们也都非常重视史料[②]。因此，作为培育我的独立思考能力的第一步，他每每要我直接从第一手史料入手，经过仔细分析，然后得出自己的结论。

1963 年，《历史研究》第 4 期发表了戚本禹的《评李秀成自述——并同罗尔纲、梁岵庐、吕集义等先生商榷》一文，危言耸听地宣称李秀成是叛徒，"认贼作父"。此文发表后，受到史学界的否定。自称为"流动哨兵"的江青将此文送给了毛泽东。毛泽东阅后批示："白纸黑字，铁证如山，晚节不忠，不足为训"[③]，鲜明地表示了对戚文的支持。这一批示传出后，学界风向立即丕变，"挺戚批罗"顿时成了洪流。我当时正读初二，读了戚文后，觉得与我读过的史学著作很不一样，于是与家父讨论。家父没有说什么，只是拿来影印的原本《忠王自述》，叫我通读。我读后觉得戚文强词夺理，气势汹汹，不是说理，而是扣帽子。我对家父谈了此看法，他对我说："不论什么人的文章，都不能盲目相信；要读原始材料，独立思考，得出自己的结论。"家父的教诲，使我深刻地体会到要真正治

① 傅斯年：《史学方法导论》，收于《傅斯年全集》第 2 册，联经出版事业公司，1980 年，第 5—6 页。

② 其中吴承明先生旗帜鲜明地说："史料是史学的根本。绝对尊重史料，言必有征，论从史出，这是我国史学的优良传统。……治史必须从治史料始……不治史料径谈历史者，非史学家。因为史料并非史实，经考据、整理，庶几代表史实。"见吴承明：《中国经济史研究的方法论问题》，《中国经济史研究》1992 年第 1 期。

③ 穆欣：《毛泽东与〈光明日报〉》，中共中央党史研究室、中央档案馆编：《中共党史资料》第 64 辑，中央党史出版社，1997 年，第 77 页。

学，就绝不能盲从。

1960 年代初，郭沫若先生在报刊上发表多篇文章为武则天翻案。他在 1962 年发表了历史剧《武则天》，更将翻案推到了高峰。该剧本发表后，郭先生又发表《我怎样写〈武则天〉》一文，强调剧本“根据尽可能占有的史料和心理分析，塑造了武则天的形象”。在这些翻案作品中，他说武则天“以一个女性的统治者，一辈子都在和豪门贵族作斗争，如果没有得到人民的拥护，她便不能取得胜利，她的政权是不能巩固的”。由于郭先生的特殊地位，此剧在全国各地上演后受到一片赞扬。然而，从史学的角度来看，此剧在许多方面是颇有问题的。1962 年，家父在《学术研究》第 5 期上发表《梅花、元宝和马——读〈武则天〉札记三则》，对此剧中不符合唐代史实的一些情况进行了批评。在当时的社会氛围中，这样做是需要大智大勇的。家父此举给我很大的启迪：位尊权重的权威也不一定正确；对于他们的错误，也应当批评指出。

在家父的这种独立思考精神的影响下，我也开始怀疑郭先生在剧本《武则天》及相关文章中对武则天的看法。剧本中的武则天，口口声声说她一切都是为了天下老百姓，“我要为天下的老百姓做点事，我要使有才能的人都能够为天下的老百姓做点事”。我认为这些话既无史料依据，又有违马克思主义关于人民群众与帝王将相的观点。当时我刚进高中，初生牛犊不怕虎，想写文与郭先生商榷。家父对此表示了谨慎的赞同：一方面，支持我通过写此文，锻炼自己的独立思考、搜寻运用史料和写作史学论文的能力；另一方面，明确告诉我这只是练笔，因为我的学力还远不足胜任此问题的讨论。依照家父的指示，我利用课余时间，努力读两《唐书》和《资治通鉴》的有关部分，从中寻找相关的史料，并仔细读了普列汉诺夫的名著《论个人在历史上的作用问题》，寻求理论指导。在此基础上，我写成了一篇长达万言的文章。写好后，虽然只有家父一人是该文的读者和评议者，但这却是我从事史学研究的开端，因为从此写作过程中，我不仅获得了最初的史学论文写作训练，而且培养了自己独立思考的能力。

四 在“文革”灾难中

1965 年 11 月 10 日《文汇报》发表了姚文元的《评新编历史剧〈海瑞罢官〉》，揭开了“文革”的序幕。11 月底，北京各大报刊登了姚文，把批判《海瑞罢官》的运动推向了高潮。此时全国知识分子已经噤若寒蝉，无人敢对此批判运动说“不”字。在这种氛围之下，家父也不敢公开反对批吴，但是他却私下一再说这种批判过火了。他在 1965 年 12 月 4 日日记中写道：“《人民日报》(11 月 30 日）和《光明日报》(12 月 2 日）均转载了 11 月 10 日《文汇报》发表的姚文元评吴晗先生的《海瑞罢官》一文，读后觉得晗师是错了，但（这种批判）未免有点过火。”

1966 年 3 月 17—20 日，中共中央召开政治局常委扩大会议。会上毛泽东说：“我们在解放以后，对知识分子实行包下来的政策，有利也有弊。现在学术界和教育界是资产阶级知识分子掌握实权。社会主义革命越深入，他们就越抵抗，就越暴露出他们的反党反社会主义的面目”，“要对资产阶级的学术权威进行切实的批判”[①]。全国上下由此展开对“资产阶级学术权威”的猛烈批判，云南省委也在省内掀起了大批“资产阶级反动学术权威”的高潮。依照当时的政治逻辑，一个学者一旦成了“黑线”上的人物，其罪行就远大于一般的“反动学术权威”[②]。家父由于与吴晗先生的师生关系以及在 1962 年在《云南日报》上发表的一组读史札记，在 1966 年夏即被“揪”了出来，不仅遭受了一般“资产阶级反动学术权威”“牛鬼蛇神”的待遇，而且被打成与北京“三家村”直接勾结的“云南三家村”的反党反社会主义黑帮分子，在《云南日报》上被猛烈地点名批判。

1966 年 5 月 16 日，中共中央发出著名的“五一六通知”，正式展开了“无产阶级文化大革命”。该通知宣称“我国正面临着一个伟大的‘无产阶级文化革命’的高潮。这个高潮有力地冲击着资产阶级和封建残余还保存的一切腐朽的思想阵地和文化阵地”，批判的对象是“混进党里、政府里、军队里和各种文化界的资产阶级代表人物，是一批反革命的修正主义分子，一旦时机成熟，他们就会夺取政权，由无产阶级专政变为

① 中共中央党校理论研究室编：《历史的丰碑：中华人民共和国国史全鉴 2 政治卷》，中共中央文献出版社，2005 年，第 714 页。

② 胡戟：《汪篯之死》，刊于《历史学家茶座》2009 年第 4 辑。

资产阶级专政”，要求全党必须遵照毛泽东同志的指示，“高举‘无产阶级文化大革命’的大旗，彻底揭露那批反党反社会主义的所谓‘学术权威’的资产阶级反动立场，彻底批判学术界、教育界、新闻界、文艺界、出版界的资产阶级反动思想，夺取在这些文化领域中的领导权。而要做到这一点，必须同时批判混进党里、政府里、军队里和文化领域的各界里的资产阶级代表人物，清洗这些人”①。6月1日，《人民日报》发表社论《横扫一切牛鬼蛇神》，称：“目前中国那些资产阶级代表人物，那些资产阶级‘学者权威’，他们所做的，就是资本主义复辟的梦。他们的政治统治被推翻了，但是他们还是要拼命维持所谓学术‘权威’，制造复辟舆论，同我们争夺群众，争夺年青一代和将来一代。”因此，要进行“无产阶级文化大革命”，“把所谓资产阶级的‘专家’、‘学者’、‘权威’、‘祖师爷’打得落花流水，使他们威风扫地！”

具有讽刺意味的是，这场名为“文化大革命”的政治运动，却是中华人民共和国历史上最为暴力的政治迫害运动。在《人民日报》社论《横扫一切牛鬼蛇神》发出的“战斗号令”的鼓动之下，红卫兵应运而生。1966年6月2日，清华大学附属中学红卫兵张贴第一张大字报，宣告“不拔掉黑旗，不打垮黑帮，不砸烂黑店，不取缔黑市，决不收兵”。他们请江青把大字报转交给毛泽东，毛泽东于8月1日回信说：“我向你们

---

① 以上所引的后两段文字是毛泽东直接加写进“五一六通知”的，见鲁丁：《点燃“文化大革命”的三把火》，《党史博览》2004年第11期。

表示热烈的支持”，“不论在北京，在全国，在‘文化大革命’运动中，凡是同你们采取同样态度的人们，我们一律给予热烈的支持”[①]。由此，全国各地红卫兵和“革命群众”对“牛鬼蛇神”展开了残酷的批斗。8 月 29 日，《人民日报》发表社论《向我们的红卫兵致敬》，鼓动说：“红卫兵上阵以来……斗争锋芒，所向披靡。一切剥削阶级的旧风俗、旧习惯，都像垃圾一样，被他们扫地出门。一切藏在暗角里的老寄生虫，都逃不脱红卫兵锐利的眼睛。”于是“红色恐怖万岁”的标语遍布城乡，全国陷入了无法无天的暴力浪潮之中。

史学是发动“文革”的突破口，在《人民日报》社论《横扫一切牛鬼蛇神》发表后的第三天（即 1966 年 6 月 3 日），《人民日报》又发表社论《夺取资产阶级霸占的史学阵地》，明确地把史学界里的“资产阶级权威”列为重点打击对象。

在这个由上而下的“横扫”狂潮中，云南省也不甘落后。家父是云南省最为知名的“牛鬼蛇神”，自然首当其冲，在劫难逃。1966 年 5 月 9 日，云大历史系召开“声讨吴晗反党反社会主义罪行大会”，会上家父受到严厉批判，这是“文革”十年中家父所遭受的愈演愈烈的批判的开端。自此以后，他在云南大学被大小会批斗、挂牌游校示众、烈日下长时间罚跪、殴打、抄家，在私设的监狱中被非法囚禁，在私设的劳改队中被非法劳改，受尽了肉体和精神的迫害。

按照当时的说法，“无产阶级文化大革命”是一场“触及

---

① 见鲁丁：《点燃“文化大革命”的三把火》。

人们灵魂的大革命”。这句话从某种意义上来说没有错，因为在这场“革命”中，人性中最卑劣、最阴暗、最可耻的一面得到了充分的暴露。家父怎么也弄不懂：一些正在接受高等教育的青年学生和受过高等教育的青年教师，为什么会一夜之间忽然就换了一副嘴脸，整起人来如此心狠手辣①？这些“革命小将”和“革命教师”不满足于从北京南下“传经送宝”的首都红卫兵面授的各种“文斗”和“武斗”秘诀，还绞尽脑汁，争相发明更加骇人听闻的方法，来凌辱、折磨、欺负、迫害那些辛辛苦苦地教他们的老师，并且以此取乐。

1966年9月8日，云大历史系红卫兵和“革命教师”把系上的“牛鬼蛇神”全部共十人召集起来，进行批斗后宣布：“你们这些反党反社会主义分子，白吃人民的大米饭，让你们教书，你们却散布封资修，你们罪不容诛！今后再也不能让你们享受教授的待遇了！但是我们也不让你们饿死，以后要把你们当猪养起来。现勒令你们每人写一张申请‘养猪费’的大字报，格式如下：

蠢猪×××申请

因一贯吸吮人民血汗，现在我不能再过剥削生活了。所以将原养猪费X元，降为Y元。请从1966年9月份执行。

蠢猪×××

---

① 与家父一同被打成“云南三家村”的江应樑教授之子江晓林回忆当时的情况说：这些人不久前见到这些老教授时还恭敬地叫“先生”，现在却变得一个个凶神恶煞。见江晓林：《江应樑传》，广西师范大学出版社，2005年，第193页。

你们必须今天写好，明天早上贴到系里的黑板报上。否则，有你们的好果子吃!”自此之后，这些被打为“牛鬼蛇神”的教师，都被冠以“蠢猪”的头衔①。

家父从小熟读《礼记》，其中有云：“儒有可亲而不可劫也，可近而不可迫也，可杀而不可辱也。”这个“养猪费”事件把他对近来经受的种种凌辱和折磨的忍耐力推到了极限。他想到了以死来捍卫自己做人的尊严。整个晚上，他坐在灯下苦苦思索。他觉得一死百了，一切痛苦都可以解脱了。但是当看到熟睡的孩子时，他对自己说：“我的工资是这个家唯一的经济来源。如果自己一旦死去，就连这点‘养猪费’也都没有了。完全没有了收入，妻儿生计立刻没有了着落。同时，依照当时的规定，自杀者都要算作‘畏罪自杀、自绝于人民的反革命死硬分子’。这样一来，孩子们不仅将成为可怜无助的孤儿，而且还要为我的自尽而受到严厉的惩罚。在这个残酷无情的世界上，他们将怎样活下去呢？为了他们，我必须活下去。”同时，他也觉得黑暗不会永远存在，将来总还会有重见天日的一天。到了那一天，自己和子女都应当为国家、为学术做出贡献。他回想起司马迁的名言：“人固有一死，或重于泰山，或轻于鸿毛。”如果现在死去，不论是对自己挚爱的家人还是对自己钟爱的史学事业，都是一种不负责任的态度。于是他决定

---

① 江晓林回忆道：自此以后连续几个月，其父（还有同江先生一同被打成“云南三家村”的家父与张德光教授等“牛鬼蛇神”），几乎天天被本系红卫兵和“革命教师”押去参加各种批斗会。每次批斗前，红卫兵们走近各位被批斗对象的住处，大叫：“蠢猪×××滚出来!”批斗会结束后，又将被批斗对象反剪双臂，高呼口号押解回来。见江晓林：《江应樑传》，第 193 页。

像司马迁一样，“隐忍苟活，幽于粪土之中而不辞”。在这种坚强的意志的支持之下，家父依照红卫兵的要求，于 1966 年 9 月 9 日在云大历史系办公室外的大字报栏上，贴出了向历史系革委会筹委会关于“养猪费”的申请。由于这种顿悟和决心，他坦然面对后来接踵而至的迫害、侮辱、折磨和摧残，不再萌生自戕以逃避的念头。

家父决定不仅自己要勇敢地生活下去，而且还要鼓励子女在逆境中自强不息。在那个举国疯狂的时代，一个人倘若被贴上“反革命”的标签，就立即成了“阶级敌人”，连同其子女，都成了社会中的“不可接触者”（untouchable）。他对家母说：“我好像患了麻风病一样，现在没有人敢和我说话，大家见到我都躲得远远的，这究竟是为什么？我究竟有什么罪？”他知道，对于这些单纯而文弱的孩子们来说，背负着“黑崽子”的沉重十字架活下去，就已经很不容易；如果还要他们立志自强，那么更需要有坚强的意志。他写下了孔子对仲弓说的话：“犁牛之子骍且角，虽欲勿用，山川其舍诸？”对我们讲解说：“你们不要因我被打倒而自卑自弃。你们要在逆境中仍然自强不息，努力不懈，要‘干父之蛊’。”在他的激励和示范下，我们默默而坚强地生活下去，度过了这场史无前例的大浩劫、大灾难。

由于家父被打成“牛鬼蛇神”，我也理所当然地立即变成了“黑崽子”，并领受了“黑崽子”的各种待遇。在经受了“文攻武卫”等灾难之后，我于 1969 年初被送到位于中缅边境的瑞丽县农村插队，接受“再教育”。

1966 年 8 月 18 日天安门广场举行的“庆祝文化大革命”的大会上，林彪借用清华大学附属中学红卫兵《论无产阶级革命造反精神万岁》大字报中的话号召："我们要大破一切剥削阶级的旧思想、旧文化、旧风俗、旧习惯，要大立无产阶级的新思想、新文化、新风俗、新习惯！"在这个"战斗号令"之下，从次日清晨开始，红卫兵们便在北京开始了"砸烂旧世界"的行动。在"中央文革"的鼓动下，全国出现了大抄家浪潮。家父是云南大学最早"揪"出来的"牛鬼蛇神"，又被省委机关报公开点名批判，在这个抄家浪潮中自然首当其冲。家里的藏书被扫荡一空，只有几部古籍由于领导人的个人喜好而得以逃过此劫。在这几部书中，有一部是世界书局缩印版《资治通鉴》①。我下乡时带去了此书，农作之余，在油灯下反复细读。读书时遇到不少问题，苦于无人解答。我曾步行百里，到芒市民族中学向戴静华老师请教②。但这也不是常法，因此写信向家父求教。在当时那种政治氛围中，信中只是问了一些古文的字义和对史事的解释，绝无涉及政治的言辞。但是万万没有想到的是，家父此时仍然处于"群众专政"之下，一举一动都受到云大历史系"革命教师"的严密监管。此信寄到后，立即被对他进行日常搜身的"革命教师"搜出。他们就此对家父展开了新一轮批斗，同时还以云大历史系革命委员会的名义，致函我所在的瑞丽县姐勒公社革命委员会，说"老小牛鬼

① 毛泽东在"文革"前曾号召中共高级干部读《资治通鉴》，当时中共湖北省委书记王任重就因发表读此书的心得而获得毛泽东的赞赏。因此之故，此书在抄家运动中也得以幸免。

② 戴静华先生是1950年代北大历史系的高材生，是著名史家邓广铭先生指导的研究生，专攻宋史，颇有成就。但于1957年被打成"右派"，下放到云南省德宏州芒市民族中学教书。"文革"后平反改正，到云南民族学院历史系任教。

蛇神还在搞封资修”，公社革委会应对小“牛鬼蛇神”严加管教。公社革委会主任宋某某收到此函后，立即把我传唤到公社里严厉训斥，没收了我的全部个人往来书信，并剥夺了我回乡探亲的权利。至于以后的招工、招生等“好事”，当然更非我可想的了。所幸我所在寨子的傣族乡亲和知青“插友”，却根本不理会上面的这一套，对我依然亲切如故，因此我仍能继续坚持学习。

在“文革”期间，外语学习成了禁忌，但家父依然鼓励我学习外文。他引用梁任公的话，说学会一门外文，就好像开辟了一块殖民地。特别是英文，最为重要，非学不可。在他的鼓励下，我在乡下开始自学英文。在当时那种环境中，没有老师，没有语音学习手段，甚至连课本也难以寻觅。幸亏我在去边疆农村插队前夕，偶然得到一本苏联出版的英文教科书。下乡之后，我就用这本教科书自学英文①，获得了英文的基础知识②。

由于“出身不好”，再加上因上述“通信事件”而“负案

---

① 一个“黑五类”子女身处边境地区，学英文本身就有准备“叛逃”之嫌，更何况我因云大历史系革委会的公文而被我所在农村的公社革委会打入了另册。当公社革委会主任宋某某传讯我时，也要我交代学英文的问题。我指着这本教科书上的列宁像和镰刀斧头徽给他看，说：“这就是我在读的书，难道有问题吗？”由于该书是教苏联人学习英文的教科书，其中没有一个汉字，宋主任也不敢造次。这样我才又逃过一劫。

② 我在乡下开始自学英语时，最严重的问题是没有人教发音，只好按照该教科书上的音素口型图练习发音。回城后，同学刘惟一找到一张“文革”前初中一年级英语课文的教学唱片，于是几个学英语的同学汇集到了一起，用一架简陋的老式手摇唱机，播放这些课文。这时我才第一次听到读出来的英文。一直到1978年考上厦门大学的研究生后，我才有机会上英语课。

在身”，我自然被排除在招工、招生之外。因为劳作辛苦，营养不良，我不幸染上了肝炎。到知青回城大潮之后，我才得以办理“病退”回到昆明。回到昆明后，面临的是失业。为了养活自己，只好到处打零工，先后做过人防工程测量员、中学代课老师等工作。后来得到家父过去教过的学生黄学昌先生的帮助，来到云大教师食堂做临时工，每天清早天还不亮，就蹬三轮车到郊区菜市场拉菜，回来后洗菜、淘米、煮饭、揉面、做馒头，开饭时间为就餐师生打饭菜，然后清洗炊具和其他用具，直到晚上，一天干十二小时，节假日还要轮流值班，每月工资二十八元，干一天有一天的收入。为了保住这份将来有可能转为正式工的工作，我干得很卖力。但是半年之后，到了正式工招工指标下来时，我以及与我情况相似的几个云大教师子女被告知：“这些名额要留给家庭出身好的人，你们就请开路吧！”于是我又流落社会，依然靠打零工为生。

“文革”时期，在中小学里，大批优秀的教师被清洗。1968年1月，北京市教育局军管会通知北京市革命委员会说：“文革”开始后，北京市中小学教师人数减少了两千七百多人①。全国各地的情况也大同小异。因此到“复课闹革命”之后，中小学教师短缺成了一个严重问题。到了1974年夏，昆明市教育局要招收一批中学教师。在当时，一个人但凡有一口饭吃，绝不会做这种社会地位低下的“孩子王”。由于“出身好”和“有关系”的人不屑做这种“低贱”工作，因此教育局不得不

---

① 王鉴：《“文化大革命”时期北京普教状况》，刊于《北京教育志丛刊》1991年第4期。

降格以求，到本市待业青年中招收。借此机会，我谋得了一个中学教师的职位，虽然月薪仅有三十八元，也没有集体宿舍可栖身，但好歹有了一个固定的饭碗。

在这个“运交华盖欲何求，未敢翻身已碰头”的艰难时世，家父一直用先贤的名言激励我：“舜发于畎亩之中，傅说举于版筑之间，胶鬲举于鱼盐之中，管夷吾举于士，孙叔敖举于海，百里奚举于市。故天将降大任于是人也，必先苦其心志，劳其筋骨，饿其体肤，空乏其身，行拂乱其所为，所以动心忍性，曾益其所不能”；“贫贱忧戚，庸玉汝于成也”。有这些话的激励，我在这不堪回首的十年中，没有自暴自弃，丧失人生的追求。到了今天，回首这段往事时，我可以自慰地说：在毁了整整一代人的这十年中，多亏了家父的鼓励和教导，我才没有像千千万万同辈人那样成为时代的牺牲品，也没有因自己的懒惰和消极，导致后日因虚度年华而悔恨，因碌碌无为而羞耻[①]。

五　“我的大学”

“文革”开始时，全国大学都关闭了。到了 1971 年，毛泽东发出“七二一指示”：“大学还是要办的，我这里主要说的是理工科大学还要办，但学制要缩短，教育要革命，要无产阶

---

① 语出奥斯特洛夫斯基小说《钢铁是怎样炼成的》，原文为：“人最宝贵的东西是生命，生命属于人只有一次而已。一个人的一生应该是这样度过的：当他回首往事的时候，他不会因为虚度年华而悔恨，也不会因为碌碌无为而羞耻。”

级政治挂帅，走上海机床厂从工人中培养技术人员的道路。要从有实践经验的工人农民中间选拔学生，到学校学几年以后，又回到生产实践中去。”[①] 根据这一指示，国务院科教组转发《北京市革命委员会科教组关于高等学校试办补习班的报告》，大学开始招收工农兵学员。当时招生，取消文化考试，采取“自愿报名，群众推荐，领导批准，学校复审”的办法。这是“前门”，在过“推荐”“批准”和“复审”这三关时都大有讲究，“黑崽子”基本上是没有希望通过的。根据“开后门来的也有好人，从前门来的也有坏人”[②]，“后门”也十分盛行。但是无论是“前门”或者“后门”，最大受益者是“文革”中发迹的新权贵的子女，出身于工农家庭和其他劳动人民家庭的青年，其实只是陪衬。在当时那种情况下，“前门”首先是对新权贵子女而开的。张春桥的女儿就是一个典型的例子。她依靠其父的权势，当毛泽东发出“知识青年到农村去，接受贫下中农的再教育”的号召后，就堂而皇之地参了军，而不必像千千万万同龄人一样上山下乡，做“社会主义新农民”。而到大学招收工农兵学员时，她又一路顺风地从“前门”进了大学。如果有过硬的“关系”，或许有可能从“后门”进入大学。但是对于我来说，出身既“不好”，又没有“关系”可依靠，因此无论“前门”还是“后门”，都是紧紧关闭着的。

1972 年 5 月，北京大学为第一届工农兵学员举行了隆重

---

① 杜宪成总主编，蒋纯焦著：《上海教育史》第三卷，上海教育出版社，2019 年，第 276 页。

② 《中共中央关于“走后门”问题的通知》，1974 年 2 月 20 日。

的开学典礼，江青、姚文元等人也出席了这次活动，会议特意传达了毛泽东的指示精神，要求大家为“毛主席的革命路线争光、争气”，并重点指出工农兵学员的任务是“上大学、管大学、用毛泽东思想改造大学”。自此，全国各大学也开始招收工农兵学员。

有一天，我在云大看到新生入学的场景，心里五味杂陈，充满了说不出的滋味。在当时的大学里，不仅学识渊博、经验丰富的老教师被剥夺了教书权利，而且那些政治可靠、可以上讲台的中青年教师也不敢按照正规的教学方法教书。此外，学生文化程度普遍低下，也使得教学难以进行[①]。虽然我知道在当时那种情况下，即使进了大学也学不到多少知识，但是我还是非常羡慕这些工农兵学员：毕竟他们衣食无忧，有书可读，也有时间可读书呵！家父看到我心事重重，便很恳切地对我说：“伯重，依照我的处境，你要想被推荐上大学，那是永远不可能的。但是你要想清楚上大学是为了什么。如果是追求真正的学问，那么在现在这种大学中很难做到，因此上不上大学并不重要。你在家里跟我学，一定可以学得比大多数工农兵学员更好。虽然不能上大学，只要你努力，你就一定会成功，成为一位真正的史学家。你要坚信‘天生我才必有用’，做人不

---

① 以北大为例，据统计，当时初中以上文化程度的学员在所有工农兵学员中不到20%，大部分学员都是初中文化程度，其比例达到60%，另外还有不少人只有小学文化水平。北大第一届工农兵学员开课后，知识水平低的问题很快就显露了出来。一些人听不懂老师讲什么，一些人不会做课堂笔记。还有一些人上了几天课后根本就学不下去。见海天、肖炜：《我的大学：1970—1976工农兵大学生》，中国友谊出版公司，2009年。

可自大，亦不可自小！”[1] 我仔细玩味他的话，认为非常正确，绝非用来宽慰我的“酸葡萄”之语或“阿Q精神胜利法”。于是我便心平气和地对待不能上大学一事，深信只要自强不息，老天终会开眼，天无绝人之路。

然而，要读书，还必须解决一些实际问题。首先，要有一个可以放下一张书桌的场所。此时我家连放我睡觉的床的地方都没有，遑论看书写字之处！在家父的支持下，我和朋友们用土坯和石棉瓦搭建了一间简陋的小屋，仅可以放一张单人床和一张桌子。这间小屋冬寒夏热，蚊虫、蚂蚁横行肆虐，一遇刮风，尘土和树叶就从石棉瓦缝隙中簌簌而下。但是家父用刘禹锡《陋室铭》里的名句“斯是陋室，惟吾德馨”来宽慰我，用孔子赞颜回的话“贤哉回也！一箪食，一瓢饮，在陋巷，人不堪其忧，回也不改其乐”来勉励我。其次，读书要有时间。当时我在中学教书，此时的中学被定位为“毛泽东思想大学校”，主要任务是依照上面的指令组织学生学习“最新最高指示”、中央文件、“两报一刊”[2] 社论、中央和各级领导的讲话，带领学生参加各种各样的“毛主席著作讲用会”、先进事迹报告会、回击“右倾翻案风”和批判“资产阶级教育路线回潮”斗争会；率领学生到工厂、农村和部队学工、学农、学军，参加当时云南省革命委员会领导人心血来潮发明的“农田园田化”运动；组织和监督学生反复观看“革命样板戏”和“革命样板电影”

---

① 家父的座右铭是“做学问不可自大，亦不可自小”，因此给自己的书房取名“不自小斋”。

② 即《人民日报》《解放军报》和《红旗》杂志。

并进行讨论，等等。同时，中学也是变相的“托儿所”，教师的工作是去管住那些正值青春年华，但看不到前途的青少年，不让他们到社会上闹事，发泄不满。我每天大部分时间都耗在这些活动中，属于自己的时间少得可怜。我向家父抱怨没有时间读书，他引用陶侃的话对我说：“大禹圣者，乃惜寸阴；至于众人，当惜分阴。”并谈到董遇的“读书三余法”①，说一个人只要想读书，时间一定可以挤得出来的。在那种逆境中，这些鼓励给我极大的精神力量，使得我不敢松懈，抓紧工作之余的每一点时间，躲进小屋埋头读书，并以鲁迅“躲进小楼成一统，管他冬夏与春秋”之句自我解嘲，并且自得其乐。这间小屋成了“我的大学”的课堂和宿舍。

虽然条件艰苦，但是最为幸运的是我有一位世界上最好的老师。家父热爱学术，渴望有人能够跟他学习。但是作为“牛鬼蛇神”“反动学术权威”，家父当然没有资格去教肩负着“上大学、管大学、用毛泽东思想改造大学”使命的工农兵学员。因此在“文革”十年中，他唯一可教的学生只有我。

家父一再教导子女和学生：“读书必有得力之书”，“一个人做学问，总要有几部得力的书是写在脑子里，如此，一辈子受用不尽”。对于一个有志于历史的青年，这种得力之书首先是史学名著。从乡下回来后，在家父的指导下，我继续努力研读《资治通鉴》。此时家父从一位历史系青年教师手中买得一部中华书局出的标点本。此标点本系“文革”前周恩来受毛泽

① 所谓“三余”，即“冬者，岁之余也；夜者，日之余也；雨者，月之余也”。

东委托，邀请聂崇岐、王崇武先生等多位著名学者，以多年之力完成的，是集一代学者之力的杰作。但是智者千虑，必有一失。他们所作的标点，也难免有一些可商榷之处。由于反复细读《资治通鉴》，我发现了一些标点不妥。根据我对有关史实、史事的理解，并查阅前四史、新旧《唐书》、新旧《五代史》的有关记载，我把《资治通鉴》标点本中的标点错误作了一番梳理，写了一个详细的纠错表。“文革”后期，吕叔湘先生和几位学者为中华书局校勘标点本《资治通鉴》的标点，后来把其中有代表性的130多条错误分30类，写成《资治通鉴标点琐议》，许多标点古书的人为之震动。后来我在杂志上看到吕先生的这篇文章，感到非常振奋，于是将该纠错表冒昧寄给吕先生，不久得到吕先生回信鼓励，并说已将该表转给了中华书局。这个细读过程，对我的史学基本训练起了重要的作用。同时，在家父的鼓励下，我也尽力搜寻并阅读了一些当时尚可找到的西方史学名著，如普鲁塔克的《梭伦传》、兰克的《教皇史》等。读这些著作，也使我多少得知一些西方史学传统。

由于我对经济史特别感兴趣，家父指示我必须学习经济史学的名著，以此为榜样进行研究。在当时的条件下，能够找到的经济史名著寥若晨星。我读得最认真的是日本学者加藤繁的《中国经济史考证》，该书对我以后的治学有很大影响。加藤繁先生的弟子中鸣敏先生在为此书写的前言中，回忆他在做学生时曾向其师抱怨说：“像搞（中国）社会经济史这门学问，外国人总不及通晓实际情况的本国人。”加藤先生即正言厉色地回答说："不是这样，那只是在常识方面而已。如果真正进入学问的深处，外国人和本国人，并没有两样。"家父非常欣赏加藤先生的这段话，认为极有气魄，告诫我做学问要像加藤先生一样，做一流的学问。这一教诲，我终身不敢忘。此外，当时还能找到一些苏联学者写的经济史名著，如梁士琴科的《苏联国民经济史》、波梁斯基的《外国经济史（封建主义时代）》等，也是当时我用心读过的书。

法国年鉴学派的旗手布罗代尔（Fernand Braudel）有一句著名的口号"没有理论就没有历史"。家父自己从年轻时起就很重视史学理论。在我自学的过程中，他经常强调理论学习的重要性。在1980年以前的中国，基本上没有西方经济史学理论和经济史研究著作可读。因此在"文革"中，家父让我阅读1950年代翻译出版的一些苏联学者写的经济史学理论名著，如梅伊曼的《封建生产方式的运动》、波尔什涅夫的《封建主义政治经济学概要》等。他说：这些苏联学者虽然教条主义严重，但治学态度仍然十分严谨，穷数十年之力，钻研马克思主义理论，建立起了一个完整的经济史学理论体系，因此仍有其学术价值。阅读这些著作，使我第一次接触了一种系统的史学理论；而对这种理论的思考，也使我获得一种理论的思考能力。我在读这些书时，写了不少札记和读书心得，后来整理成《封建社会中的个体经济与共同体经济》一文。家父在1980年9月26日的日记中又写道："伯重撰《封建社会中的个体经济与共同体经济》一文，去年在京时曾阅其初稿。今又阅其二稿，大有进境，已奠立马克思主义理论基础矣。”① 几十年后，我在国际会议上与俄罗斯同行谈天时提到这些著作，他们不禁感到十分惊讶：想不到还有中年一辈的中国经济史学者读过这些著作。

由于家父的指导，我在史无前例的十年浩劫中虽然历尽艰辛，但却始终坚持自学，不敢自暴自弃。在十分艰苦和险恶的环境中，不仅自修完了大学历史系本科生的课程，而且还自学了英文。借用高尔基著名的自传体小说《我的大学》的书名，这段灾难深重的岁月成了“我的大学”时代。如果说，在“文革”以前我还只是一个对历史有浓厚兴趣的中学生，那么经历了这个“我的大学”，我已走上了一条以史学为自己毕生事业的不归路。而把我带上这条路的人，正是家父。

六　《北宋方腊起义》

在“文革”前夕和“文革”中，由于奉行“以阶级斗争为纲”，史学界唯一允许做的是研究古代的农民起义。这种“研究”实际上只是从史籍中选取一些符合需要的记载，填入八股式的框架，以证实“阶级斗争是历史发展的唯一动力”。1974年初，上面下令要出一些关于农民起义的读物。云南人民出版社编辑李惠铨先生是家父过去的学生，师生感情颇佳，于是他请家父用笔名写一本北宋方腊起义的小册子。家父本无意做此

① 此文后来以《论封建社会中的个体经济》为题，刊于《漳州师范学院学报》（哲学社会科学版）1987年第1期。

事，但我很想得到这个机会，因为这是当时合法接触古书的唯一途径和进行史学写作的唯一机会。他觉得我的想法可以，于是对李惠铨先生作了肯定的回答。然而，由于我没有受过史学研究的系统训练，因此一切都必须从头开始。

依照当时流行的做法，这类读物的写作是按照早已定下的调子，从“文革”前出版的历史教科书和资料集中拈出几条史料，再用立场鲜明的革命口号和战斗词汇敷衍成文，于是一篇紧跟上面精神的文章就炮制出来了。尽管这是最省力也最安全的方法，但是家父认为决不可这样做，而要利用这个机会静静而且合法地读一些古书，并学习史学文章的写作方法。通过这个过程，使自己接受史学研究的基本训练。

家父对自1950年代初批判俞平伯先生的《红楼梦研究》开始的那种“大批判史学”深恶痛绝，深恐我受这种恶劣学风的影响。因此在指导我写《北宋方腊起义》时，要求我按照正规的史学研究路子，从系统地细读基本史籍入手。于是我从《宋史纪事本末》开始，认真读了《宋史》《续资治通鉴长编》以及《宋会要辑稿》《文献通考》的若干部分，对北宋的政治、社会、经济、财政等情况，有了一个比较全面的了解。然后从这些史籍中，把与方腊起义有关的史料摘抄出来，做成卡片，分类排比，分析史料的异同，辨别真伪正误，并发现史料之间的内在联系。在此基础上，写成长编，然后再动笔写作，首先分析北宋的社会经济状况，以此作为背景，描述方腊起义的过程，最后讨论其历史意义。

由于家父的严格要求，这本仅三四万言的小册子，我写得异常辛苦。我常常感到已精疲力竭，但是家父仍然不满意，要我再改。一改再改，数易其稿。最后他对全书进行了认真的修改，特别是第一章，更作了改写。在修改过程中，他和我认真讨论作改动的理由，从而使我又一次得到宝贵的指导。此书于1975年刊出，在当时那种极左的氛围中，此书尽管只是一本通俗读物，但还保持了一些学术的味道，也很少有那个时代特有的暴力语言，因此受到了熊德基等前辈学者的注意，并得到了他们的鼓励。二十年后，我在北京忽然接到一份关于方腊起义的研讨会的通知，邀请我到方腊起义的发源地淳安县参加一个全国性的方腊起义讨论会。虽然我因事未能赴会，但仍然感到很高兴：二十年前在特殊环境中完成的处女作，到今天还有人知道，也还没有同那个时代刊出的许多文章一样被抛入历史的垃圾堆。

七　“评法批儒”与“围攻杨荣国”事件

《北宋方腊起义》书稿基本完成后，中国又出现了一个新变化。长期盛行的“阶级斗争”史学在登峰造极后，逐渐走到了终点，演变为以“批林批孔”“评法批儒”为代表的“路线斗争”史学。

出于打倒周恩来的政治阴谋，把孔子和林彪两个风马牛不相及的人物捆绑在一起作为“人民公敌”而加以口诛笔伐，愤怒声讨周公“制礼作乐”的“滔天罪行”而热情讴歌秦始皇“焚书坑儒”的“伟大功绩”，实在是荒唐到无以复加的地步。

具有讽刺意义的是，这个荒唐的全民大批判运动带来了一个令其发动者始料未及的结果：经过多年大破“四旧”、大批“封、资、修”，我国的传统文化遭到了灭顶之灾。无数珍贵历史文献，在“文革”初期被付诸一炬。然而，在“批林批孔”“评法批儒”运动中，为了从古代文献中搜寻歌颂法家和批判儒家的史料，许多一直被严令封禁的古书得以重见天日，法家的“光辉事迹”和儒家的“反动言论”也堂而皇之地上了传达“最高指示”和“无产阶级革命司令部声音”的“两报一刊”。关于“儒法斗争”的史料汇编被印刷成小册子，分发到千家万户，所有人都必须认真学习。当时我与其他几位同样情况的云大教师子女，都属于“待业青年”，归昆明市北门街居民委员会管，因此必须参加该居委会组织的日常政治学习。在学习会上，那些不识字的大爷大妈也必须依照上面的布置，集中学习评法批儒的“最高指示”和杨荣国的《孔子——顽固地维护奴隶制的思想家》、赵纪彬的《关于孔子诛少正卯问题》等“评法批儒”的样板文章。听读之后，人人都必须表态。对这些大爷大妈来说，这些指示、文件、文章宛如天书，听后一头雾水，完全不知其所云。但是尽管如此，他们仍然不得不遵照指示，做出义愤填膺状，愤怒声讨“反动奴隶主阶级代表孔老二”残酷迫害“新兴地主阶级代表少正卯”的滔天罪行，做出满腔热情状，大力讴歌“新兴地主阶级的代表人物”秦始皇打击“奴隶主复辟阴谋”的丰功伟绩。

然而，由于多年的历史虚无主义教育和严厉的文化禁锢，广大人民对祖国历史的了解可以说是一片空白，对被视作“儒家”和“法家”的那些历史人物更是一无所知。由于这种无知，当时的“儒法斗争”学习会上往往妙语如珠，令人忍俊不禁。记得在昆明市北门街居民委员会组织的学习会上，有的老大爷振臂高呼打倒“破坏人防建设的现行反革命分子孟姜女”，坚决要求把孟姜女揪来批斗；有的老大妈则一把鼻涕一把眼泪地控诉，在她们小时候，走资派孔子伙同恶霸黄世仁、胡汉三，派打手们来缠她们的足，害得她们一辈子行动不便。如今上面发下一大批儒、法两家代表人物名单，要逐级组织“评法批儒”。这不免难住了各级革命委员会，因为这些革委会的绝大多数成员也从未听说过这些诘屈聱牙的古人名字。为了落实上面的指示，他们不得不到大学里找人，讲解什么是“儒家”和“法家”，各时期“儒法斗争”的背景和具体内容如何，等等。然而在当时的大学里，要当权的“革命教师”们对申、韩的“香花”和孔、孟的“毒草”进行文字解读，是太过于为难他们了。这些教师大都是 1958 年“史学革命”的产物，而翦伯赞先生对 1958 年“史学革命”后大学的史学教学情况总结说：“现在历史系的学生连句子都断不来。教育一塌糊涂，史学一塌糊涂。”① 因此那时培养出来许多教中国史的教师不能读古文，教世界史的教师不能读外文，乃是常情。不得已，上面只好去找那些已被打倒的“老家伙”，要他们出来讲解。家父亦在其中，虽然是奉命行事，但他在讲解中却精心“走调”，把唐太宗等向来为人称颂的仁君归入“法家”队伍而加以肯

① 章立凡主编：《记忆：往事未付红尘》，陕西师范大学出版社，2004 年，第 375—376、379 页。

定，而对运动所定的“法家”代表以及农民起义领袖则不忘强调其历史局限性[①]。此外，他还不时塞入一些经济史的“私货”，让大众多了解一些被禁锢多年的祖国历史。例如杨炎的两税法这样罕为大众所知的历史事件，也被他放进讲稿中，因而使得众多听众头一次听到杨炎这个名字，并得知这位因废除过时的均田制和创建符合历史发展趋势的两税法而名垂史册的中唐改革家及其悲剧的一生。由于大众对真正的历史知识的渴求，也由于家父文史通贯，口才出众，其讲解生动活泼，深受欢迎。因此，在这个特殊的时代，他以一种特别的方式，向大众传播了关于祖国历史的知识。

然而，家父内心中对于以“儒法斗争”为中心的“影射史学”充满反感。他对我说：这种“史学”荒谬绝伦，毫无学术可言。尤其令他不能接受的是，这种号称代表“无产阶级革命路线”的“史学”，竟然赤裸裸地歌颂历史上的暴政、暴行、暴君，这不仅完全违背了他从小培养起来的对仁爱、宽容、和谐的信念，而且也违背了他那一代学者自1949年以后一直接受的“人民群众是历史的主人”的马克思主义教育。他对我说：这种对历史上的专制暴政、阴谋权术的无耻讴歌，正如马克思在《〈黑格尔法哲学批判〉导言》中所说的那样，是“以昨天的卑鄙行为来为今天的卑鄙行为进行辩护”。他对“评法批儒”运动的反感很快就公开表现了出来。1975年，红极一

---

① 1975年，家父在《思想战线》第6期上发表《试论历史局限性》一文，针对大有来头的对法家和农民起义领袖要“无限拔高”和“不能写历史局限性”的谬论发表不同意见，旋即遭受围攻。

时的杨荣国来昆明宣讲“儒法斗争”。当时的云南省委宣传部长梁文英是一位来自军队的干部，为人正派，对杨荣国的那一套颇不以为然。他邀请了几位云南省史学界的知名学者与杨荣国座谈，在座谈会上家父和时任云南大学《思想战线》杂志主编的马曜先生，对杨的说法提出了尖锐的批评，使他大失脸面。江青知道后怒不可遏，当即发话，说“云南有个梁文英，专说屁话，组织围攻杨荣国同志”。此话一出，梁文英马上被停职检查，家父也再次成为大批判的对象。在位于昆明市中心的昆明百货大楼墙上，贴出了“愤怒声讨走资派梁文英组织牛鬼蛇神、反动权威李埏等人围攻杨荣国同志”的巨幅标语和大字报。于是，在1966年作为“牛鬼蛇神”“反动学术权威”而被《云南日报》大张旗鼓地点名批判近十年后，家父再一次被冠以“牛鬼蛇神”“反动学术权威”之名而在社会上名声大噪。然而与1966年不同的是，此时“文革”已是日薄西山，气数将尽了。尽管“革命群众”在大字报中依然气势汹汹如昔，但家父已不再恐惧，众多相识与不相识的人见到他时，都对他的直言不讳深表敬佩和支持。这个事件又一次给我以深刻的教育：一个学者绝不可唯上违心，曲学阿世。

八 “要做老鹰，不要做鸽子”

在史无前例的“文革”浩劫中，家父对生活、对学问的坚定信念鼓舞着我们努力学习。他悄悄地咏颂他年轻时喜爱的英国诗人雪莱的名句：“If Winter comes, can Spring be far behind?”(冬天来了，春天还会远吗?)坚信黑暗必将过去，光明必将到来。

1976年秋，平地一声惊雷，结束了“文革”这场史无前例的国家大劫难、民族大悲剧。漫漫的长夜终于过去，灿烂的曙光出现在了天际。家父对此感到无比欢欣鼓舞，奋笔撰写了《论周公旦的历史地位——兼评“四人帮”批周公的罪恶用心》一文，发表在《光明日报》1977年12月1日“史学”版上。这是他自1966年被打成“牛鬼蛇神”以来发表的第一篇文章，也是云南省史学界最早批判“四人帮”的重头文章。

1977年，邓小平发出了改变千百万青年命运的指示：“为了应急，应付现在青黄不接的状况，在一九六六年、一九六七年高中毕业的学生中采取自愿报名、严格考试、硬性抽调吸收进大学的办法，培养一批人才”；“不管招多少大学生，一定要考试，考试不合格不能要。不管是谁的子女，就是大人物的也不能要。我算个大人物吧！我的子女考不合格也不能要，不能‘走后门’”[①]。在邓小平的努力下，国家决定恢复高考，对于我们这一代人来说，命运转折的时刻到来了。我们兄弟的命运也在这个时刻发生了巨变。两个弟弟分别于1977和1978年以高分考入北京大学西语系和北京师范大学心理学系。

当恢复高考的消息传来后，我感到非常振奋和激动。经过十年的努力，我已自修完了“文革”前大学历史系本科的主要课程。因此从知识基础来说，我考上一所重点大学历史系应当

① 中共中央文献研究室编:《邓小平决策恢复高考讲话谈话批示集(1977年5月至12月)》，中央文献出版社，2007年，第3—4页。

说是胜券在握。但是家父对我说：“你的学力和功底已达到研究生水平，因此你如果参加高考，考上应当是没有问题的。但是进入大学后，你将不得不把四年光阴用在学习那些你已经掌握的知识上。这对于你来说是一个巨大的浪费。你现在快要二十八岁了，未来的四年是你青年时代的最后阶段，也是决定你能否成为一个好学者的关键时期。我觉得你不应该浪费你最好的年华，而应该好好准备，日后以同等学力参加研究生考试。虽然现在国家还没有恢复招收研究生，但研究生培养制度一定会提到日程上的。你一定要对自己有信心，对国家有信心。”为了证实自己的看法，他写信给老朋友熊德基先生，征求他的意见。熊先生当即复信，说：“依照伯重的学力，考上研究生的希望很大，因此可不必参加高考，而以集中精力准备研究生考试为是。”熊先生的信更加坚定了我们父子的决心，于是做出了一个令所有人吃惊的决定：不报考大学。在“文革”十年中一心想读大学而被拒之门外的我，竟然放弃了这个千载难逢的机会，确实令几乎所有认识我的人都跌破了眼镜。

果然如家父所预料的那样，第二年邓小平批示要恢复研究生教育，于是国家宣布招收研究生。这时家父和我又一次讨论报考研究生的事。几乎所有关心我的人都建议最好报考云大。理由是：第一，你只上过一年高中，虽然坚持自学，但怎能与那些“文革”前毕业的大学生竞争呢？因此还是要以务实的态度选择学校。云大地处边疆，生源不如外地名校，竞争相对缓和，同时这里熟人多，可以托人走走关系，因此考上的可能较大。第二，你父亲是著名学者，教你一定不遗余力，因此日后学习上的困难比较少些。然而家父却对我说："你不要考云大，更不要考我的研究生。"理由是：首先，云大比起外地名校，学术水平本有差异，经过"文革"浩劫，情况更是一塌糊涂，你在这里不一定能学到最好的知识；同时云大历史系人事复杂，即使你考上这里的研究生，也很难专心学习①。其次，孟子说："父子之间不责善。责善则离，离则不祥莫大焉。"因此古人提倡"易子而教"。我的学问路数，经过这么多年，你已经熟悉。现在你应当找其他优秀学者，向他们学习，这样才真正学得好。至于是否能够考上外地名校，你应当有自信。我对子女的前途，可以用一个比方说明：看你是一只鸽子还是老鹰了。要是鸽子，尽可以待在我身边，招手就可以回来，可是我不想你们成为鸽子；要是老鹰，那就让你们尽情地飞翔，天下之大，尽可去得。

在他的鼓励下，我报考了厦门大学韩国磐先生的研究生。

---

① 后来事情的发展证明了家父的考虑完全正确。我考上厦门大学的研究生后，家父因此受到当时云大历史系某领导的公开指责："云大历史系的工农兵学员没有一人能考上研究生，而李埏的儿子没有读大学却能考上厦门大学的研究生。这说明李埏私心杂念重，只教儿子而不好好教学生，应当批判。"家父听到此话后，对这位领导说："1966 年，你作为系党总支书记，秉承上面的意思，把我打成'牛鬼蛇神''资产阶级反动学术权威''云南省三家村黑干将'。'文革'中期你被'三结合'后，与'革命教师'一起，对我们这些'牛鬼蛇神'进行了长时间的'无产阶级专政'。直到'四人帮'被打倒两年后的今天，我才重新获得教书的权利。在过去的十多年中，只有我的儿子能够跟我学习历史。而就是因为这一点，我们父子都受到系上'革命教师'们的迫害。这些事情，你是完全清楚的。现在你却用这个理由批判我，岂不是太不顾事实了吧？"这种今天听起来匪夷所思的天大笑话，却是当时云大历史系的实际情况。

在众多竞争者中，我以最低的学历和最高的考分（古文和英文第一名）被厦大录取。1978 年 8 月，我收到了厦大的研究生录取通知书。10 月初，我告别家人亲友，愉快地奔向东海之滨的厦门，翻开了人生新的一页。临行前夕，家父与我挑灯长谈，谆谆告诫为人为学之道，并惠赐万有文库精装本《四库提要》一部。这部书系当年吴晗先生赠送家父之书，扉页上还有吴先生题赠之言。在“文革”中，家父用糨糊把该书的扉页与封面页粘了起来，使人无法看到题字，因而红卫兵抄家拿去后，不知这是一部什么书，未当作一回事，随手扔在抄来的书堆中，未予销毁。“文革”后发还抄家余物，此书又回到家父手中。家父语重心长地对我说：“当年我做研究生时，吴晗先生专门买来这部书送我，说此书是治史必备之书，叫我放在手边，随时翻阅。当时他生活极度拮据，还为此破费。这件事，我至今每想起就感到无限的感激和不安。现在我把它转送给你，希望你继承我们这一代人的事业，薪火相传，真正做一个好历史学家。”带着他的殷切希望和热情鼓励，我登上了去厦门的火车。我充满坎坷的学史之路，从此也转入坦途。

自此以后，我有幸遇到韩国磐、傅衣凌、吴承明、方行等多位名师。他们都给了我宝贵的教诲和深切的关爱，使我得以在治学之路上一帆风顺。但是，把我培养成材的关键人物仍然是家父。正如我在拙著 *Agricultural Development in the Yangzi Delta, 1620–1850*“鸣谢”中所说的那样，家父不仅是我在“文革”苦难岁月中开始学习中国经济史的第一位老师，而且也是我一生中最好的老师。在我几十年的治学历程中，每当遇到困难或者诱惑而对自己所选择的人生道路产生动摇时，脑海里就会出现家父慈爱而肃穆的面容，耳边就会响起他的谆谆教导，于是自己立刻提醒自己：勿忘初衷，要像“两司马”一样，把良史之路走到底。

自离开昆明去厦门求学，三十一年转眼就过去了。我离开昆明后，家父依然一如往昔，时时给我鼓励和指导，并为我学业上的每一点进步感到由衷的欣喜。例如，1980 年 5 月他在日记中写道：

> 本月，工作生活如常，而会议甚多。既少暇又无可记者，故日记中辍。然月中回顾，亦有二三事堪记于下：先后得伯重两函，述迩来读书心得。他从唐人著作中注意到，唐代农耕有一大进步，即越冬作物的普遍种植，于是从一作制发展为两作制。唐建中创行两税法，盖即如此。后阅日人天野元之助所著书，亦论及两作制，然未及两税法。他拟再多集一些资料，为文申述之。这是很可喜的。当即复书予以鼓励。我早年从鞠清远辈之说，以为两税即户税地税。近数年前，读书稍多，始疑其非也。宋人并两税为二税，明人称夏税秋粮，皆唐人夏秋两征之故称两税之延续。然未及深考，亦未思及一年二作问题。重儿之见，可为这一重大问题提出极有价值的论证解释，作出科学的定论。

在 1981 年 6 月 3 日的日记中写道：“旬日前始阅重儿毕业论文稿，至今日毕。约八万余言，述唐代中下游地区农民生产。进步甚大，能独立研究矣。”他的这种无限关爱和鼓励，是我在治史之路上得以一路顺畅的重要原因。

去年5月12日，家父不幸驾鹤西去，留给我们兄弟姐妹无尽的哀思。目前家姊伯敬正在整理家父生前日记，从她已经整理出来的部分中，我们看到了世间最伟大的父爱。在读这些日记时，往事一幕幕在脑海中浮现，家父的音容笑貌宛在目前。我为有这样一个好父亲而感到骄傲，同时也深深地感到自责：家父对我们，只有付出，而没有索取。我们对他表达的孝意，不管如何微小，他总是牢记在心①；而他给了我们无限的厚爱，却从来不望回报②。我三十多年一直在外工作，远离膝下，仅在暑假能够回家探望父母，少奉甘旨，未克尽人子孝道。如今天人永隔，悠悠寸草心，永难报三春晖矣。

---

① 家父在1961年5月1日的日记中记：“五一节放假。……重儿欲以其所储金，买酒一瓶作节日礼物遗我，以价昂，力却之，殊感安慰也。”这样一件小事，我自己早已忘却，但家父却记在日记中。读至此，不禁感慨万端。

② 家父在1967年1月7日的日记中写道：“敬、重两儿参加‘云南大学农奴戟长征队’，明日将发，取道贵阳赴广西、井冈山，以达首都。这是可喜的事。但我犯错误，愧为人父，五内如焚。夜复失眠达旦。”在次日的日记中又写道：“未明即起，帮助孩子们准备行装。十时许，两个儿女背着背包昂首辞家而去了。我站在门里，遥望他们的背影，心都要激动得跳出腔子来。看看他们走上毛主席指引的光明前程，我高兴！但一想到我自己，又不禁眼泪直向肚子里流。伯约为重儿到武成路修鞋店取了鞋子，直送到东站外交给重儿，下午一时许回的家。我问了又问，问他们是怎样走着，有多少人，姐姐哥哥教导什么……我能去送他们一程，该多好啊！终日心慌心跳不止，服溴剂三次。”1969年我被送去瑞丽插队。2月6日上午临行之时，家父和家姊到昆明小西门为我送行，他眼中充满泪水，但却竭力控制着不让泪水流出来。他一直伫立在那里，目送我乘坐的卡车远去。我每回想起此情此景，就不由得想起朱自清先生的名作《背影》。这些，都深刻地体现了家父对我的挚爱。

我们兄弟姊妹仅可告慰家父在天之灵的，是我们没有辜负他的培养，刻苦自励，终于都成为对国家有用之材。似乎是否命运的有意安排，家父年轻时的一些经历，分别在我们身上重演[①]；他的一些梦想，也在我们身上变为现实[②]。就我而言，少时家父为我讲解《太史公自序》，特别讲到司马谈临终之际对司马迁说的话："余死，汝必为太史；为太史，无忘吾所欲论著矣。且夫孝始于事亲，中于事君，终于立身，扬名于后世，以显父母，此孝之大者。"司马迁回答说："小子不敏，请悉论先人所次旧闻，弗敢阙。"家父说："司马迁后来完成了父亲的未竟之业，以毕生之力，写出了不朽之作《史记》，这才是真正的孝道。这一点，你要牢记在心。"此语后来他又对我说过两次，一次是在"文革"初期，一次是在1978年我考上研究生时。这是他对我的殷切期望，我一直不敢或忘。我如今也已年届耳顺，虽然"百无一用是书生"，但如家父期望的那样，

---

① 我们兄弟姐妹四人都各自重蹈家父的部分人生经历。家父本科读的是北京师范大学，伯约后来在该校读了本科。家父研究生读的是北京大学，伯杰在该校读了本科和研究生。家父生前长期任教于云南大学，伯敬曾在该校读了本科。家父1957年受聘为中国科学院历史研究所兼职研究员，我本人也曾在中国社会科学院（前身为中国科学院哲学社会科学学部）经济研究所任研究员。此外，我和伯约、伯杰也都继承了家父的职业，成为传道授业解惑的老师。

② 家父年轻时常很羡慕他的老师陈寅恪先生和张荫麟先生，"以求学之故，奔走东西洋数万里"，学最好的知识，做最好的学问。他一直希望有机会出国深造和交流，但是直到1990年他已76岁时，才有机会第一次（也是一生中唯一的一次）出国，应英中友协之邀，并由英中友协资助，访问英国伦敦大学、牛津大学、剑桥大学。而我们兄弟三人，自1980年代后期开始，都多次出国，在美国、英国、法国、德国、日本、加拿大等国的著名学府学习、研究或者讲学。

继承了他钟爱的史学事业，部分地完成了他的未竟之业[①]。这，也可以说是我对他老人家将我培养成材的大恩大德所作的一点小小回报吧。

最后，我还要说的是：家父是一个好老师，不仅对自己的子女来说如此，而且对众多的青年来说也如此。他以教书育人为天职，也以此为人生至乐。他常常挂在口头的一句话是："得天下英才而教之，人生至乐也。"因此，他对学生倾注了满腔挚爱，努力把他们培养成材。许多学生对他的精心栽培都有美好而深刻的记忆。一位 1950 年代中期在云大读书的学生邓新相先生，毕业后在河北一所中学任教，一直没有与家父联系。但是时隔半个世纪，他回忆当年在云大读书期间的情况时，仍然对家父的教导充满感激："（在云大的老师中）我印象较深的，有讲'古代史'的李埏教授，他是中国（科学院）古代史研究所研究员[②]。他还开了'唐宋史'选修课，有不少同学都选修了。他从《水浒传》等书中引用了许多材料，证明中

---

① 但是我只是完成了他的部分未竟之业。家父一生治经济史，特别是唐宋经济史和土地制度史。集数十年努力，"文革"前夕，他已完成专著《唐宋经济史》和《中国土地制度史》两部书稿。但是书稿在"文革"初期被云大历史系红卫兵抄走，此后即不知下落。多年心血，毁于一旦，家父感到非常痛心。他"文革"前在云大开的唐宋经济史课程，讲义尚在。"文革"后开的中国经济史课程，后来云大录了像。他 1980 年代初在厦门大学开讲唐宋经济史课程，当时陈衍德先生（今厦门大学历史系教授）正在读本科，选了这门课，做了详细笔记，长达四五万言。去年衍德兄到京，惠赠笔记复印件。由于我不是唐宋经济史和土地制度史方面的专家，因此无力将这些讲义、笔记和录像整理为能够体现家父学术水平的《唐宋经济史》和《中国土地制度史》。为此，我一直深感遗憾。

② 按：应为中国科学院历史研究所兼职研究员。

国社会在唐宋元时期有很大的庄园存在，特别是在宋朝。他的研究成果，在中国史学上应是一大成就。李埏先生还对我的毕业论文——《评朱元璋及洪武政权》提出了许多宝贵的意见，我是很感谢李埏先生的。”①

在“文革”时期，有少数热爱学习的青年（包括他的学生、知青、工人、军人、中学教师等）私下来看他，他总是热情鼓励他们读书，潜心钻研，不要虚度青春年华。其中一位是云大历史系1962级学生林超民先生。他后来回忆道：“1970年5月我被分配到西双版纳勐海茶厂当工人。……工作之暇，以读文史哲书籍自娱。我读孔子的《论语》和《哲学研究》编辑部编的《孔子哲学讨论集》，写过一篇《孔子哲学思想试探》，得到了张德光教授与李埏教授的肯定，推荐给哲学史大家任继愈教授。想不到任继愈教授从首都北京给远在西双版纳的我回信，送给我他主编的《中国哲学史简编》。……在李埏教授、任继愈教授的鼓励下，（我）读书不辍。”② 这些青年在1977年后大多数进了大学，成为学者、教师和其他社会急需的人材。“文革”结束后，看到经济史研究后继无人情况严重，家父觉得多带出几个好学生，让他们能够传承经济史学事业，比自己写书更为重要，因此将主要力量用于培养学生。他教书极为认真，深受学生欢迎。他在1980年5月的日记中写道：“本期为三年级开‘唐宋经济史’选修课。旁听者甚多。教室可容百

---

① 邓新相：《云大漫记》，载张昌山主编《云大记忆》，云南大学出版社，2013年，第212页。

② 林超民：《林超民文集》“后记”，云南人民出版社，2008年，第423页。

人，每讲均座无虚席①。学生反映极佳，对我称誉甚至，我深受感动。日前虽美尼尔氏病复作，服药后即力疾上课，并重新备课，查阅参考书，可谓全力以赴。刻下讲到两宋海上贸易，翻阅系中所藏阿拉伯史几遍。希提的《阿拉伯简史》（Philip K. Hitti, *The Arabs, A Short History*，马坚译）一书，则细过一遍，深爱之。希提有《阿拉伯通史》，《简史》为缩写本。惜《通史》，校图书馆无藏，不得见。”由此可见他对学生的认真负责态度。为了教好学生，他还将他教书育人的经验，做了总结，写成《关于导师工作的几点意见》②。他在文章中说：“导师指导研究生，一要因材施教，二要因势利导。……不仅以言传，而且以身教。……以上各点是我对自己提出的要求。我虽然未能完全做到，但我相信这样的要求是完全必要的。我要以此来鞭策自己，勉力把党和人民交给自己的培养研究生的工作做好，做一个循循善诱的导师！”他创造了“因材施教”和“因势利导”的“两因原则”和言传身教的方法，尽力发掘学生潜力，精心培养他们。他特别看重那些出身贫寒而刻苦努力的学生，培养他们不遗余力。他的辛勤努力收到了丰硕的结果，培养出了一批在经济史研究领域中做出了重要成就的学者，使得他开创的云南大学中国经济史学科成为我国经济史学重镇之一。家父虽然未能重写他的《唐宋经济史》和《中国土地制度史》两部专著，但是他在指导其高足们学习和研究过程中，和

---

① 按：其时历史系学生总数不过二百余人。

② 该文发表于《中国高等教育》1988 年第 2 期。

他们共同写作了《中国封建经济史论集》《中国经济史研究》《中国古代土地国有制史》《宋金楮币史系年》等重要著作。这些著作对我国经济史学的发展作出了重要贡献。因此可以说，他的未竟之业大部分由他的弟子们完成了。这些，都是他对后辈的精心培养所得到的回报。作为一位良史和良师，看到自己心爱的经济史学事业蒸蒸日上，后继有人，家父也可以含笑九泉了。

永久的思念

——追忆韩国磐恩师

1985年夏，我博士研究生毕业，离开了求学七年的母校厦门大学，离开了韩国磐、傅衣凌两位恩师。自此之后，每每打算写回忆恩师的文字，但动笔之时，恩师的音容笑貌就出现在眼前，不禁心潮澎湃，难以自已，千言万语，竟不知从何说起。总想把恩师当年对我的谆谆教诲和倾心栽培，完好地呈现给世人，但是越是这样想，就越觉得手中的笔似有千钧之重。因此之故，日复一日，年复一年，一直未能写完这篇回忆文字。到了今天，两位恩师已离开我们多年了，我也年过古稀，往事往往记一漏万。为了使记忆不至于随着时光日渐消减湮灭，我如今尽力把保存在内心深处的那些记忆梳理出来，写成文字。两位恩师对我恩重如山，我自然绝不能沿袭俗套来写回忆他们的文字。如果是这样做的话，就辜负了他们的教诲和期望，不配做他们的学生。因此必须秉承恩师的一贯信念，实事求是，不溢美，不夸大，把我所感受到的恩师的人品学问，如实呈现给世人。因为所欲言者甚多，这个追忆文字也分为两篇，分别追忆国磐恩师和衣凌恩师。

一

我在“文革”十年中失学，但自学一直没有中止。我下乡插队时，带了一部世界书局小字本的《资治通鉴》，每日农活干完后，晚上在油灯下细读。到了 1974 年，“批林批孔”和“评法批儒”运动开始，为了从史籍中寻找关于儒家的“滔天罪恶”和法家的“丰功伟绩”的证据，一些古籍也有限度地开放了。此时我已病退回到昆明，先靠打零工为生，后来被招聘为中学教师。工作之余，在家父指导下学习宋史。家父认为要学好宋史，必须先学好隋唐五代史，因此读了不少唐宋史籍。这些经历，我在《父亲把我培养成材——深切怀念先父李埏先生》一文中已详述，兹不赘。

1978 年，国家恢复研究生培养制度。得知此消息后，家父和我讨论报考研究生的事。他仍然认为我应当先学好隋唐五代史，为日后专攻宋史打好基础。同时，他也希望我到外地名校去求学，以扩大自己的眼界，得到更好的教育。具体到哪个学校，从哪位老师学习，我们也进行了深入的讨论。他认为厦门大学地处东海之滨，环境优美安静，是一个潜心治学的好地方。更重要的是，韩国磐先生是一位非常好的学者，师从他，一定能够获得最好的指导。因此之故，我报考了韩国磐先生的研究生。

报考之后，我心里一直忐忑不安。这是我国自 1966 年以来第一次招收研究生，在 1966—1978 年的 12 年中，被“积压”

了的无数青年才俊，都热切地期盼着这一天的到来。我在“文革”十年中，自修了中国史、古文和英文，觉得可以放手一搏。当然，这是一个非常冒险的决定。依照当时的政策，像我这样已经参加了工作的人要报考大学或者研究生，都只给一次机会。何况我当时已经是 28 岁的“高龄”（尽管入学后才知道，我在厦大首批招收的 45 位研究生中年龄尚属偏低，而在历史系招收的 6 位研究生中，居然还是最“低龄”的），如果这次考试失利，那么多年来的求学之梦就将破灭。因此，这是我的背水之战。在这种高度紧张的精神状态中，我参加了这次决定命运的考试。

1978 年 6 月，我在昆明参加了全国研究生入学考试的初试。一个月后接到厦门大学的通知，得知我通过了初试，需于 8 月份到学校参加复试。于是我当即向我任教的昆明第十三中学请了假，购买了火车票，怀着忐忑不安的心情，奔向朝思暮想的厦门。那时昆明到厦门没有直达火车，需要在江西鹰潭转车。从昆明到鹰潭的火车，一路上穿山越岭，足足走了两天，到鹰潭后，找个便宜旅馆住一夜，次日乘坐慢车，车行一天，方到达厦门。因为一路上都是乘坐硬座，车上又很拥挤，到厦大后我已经筋疲力尽。幸亏当时年轻，到厦大招待所后休息一天，疲劳基本上就恢复了，接着就参加复试。复试之后，依照规定，可以去礼节性地拜见导师，于是我和一同参加复试的杨际平等考生，一起去鼓浪屿拜谒韩先生。

由于复试已结束，虽然还不知考试成绩，但是我自觉发挥尚佳，自觉考上的希望很大。在这样的心情支配下，看到的一切都倍感美好，而鼓浪屿确实又是一个非常美好的地方。我们几人从厦大门口乘坐公共汽车到达轮渡码头，坐船过海，来到鼓浪屿，沿着蜿蜒的小径步行到韩府。鼓浪屿有海上仙山的美称，到处绿树成荫，鸟语花香，令人心旷神怡。韩府在当年日本领事馆院内，浓密的榕树掩映着几幢日式建筑，清幽洁净，令人有人间天堂之感。来到韩府叩门，国磐师和慈萍师母开门欢迎。这是我第一次见到恩师。

当国磐师出现在面前时，我看到的是一位清癯消瘦的学者。由于刚做过食道癌的手术不久，国磐师身体颇为虚弱。据家父说，二十多年前与国磐师在北京相识时，国磐师正值盛年，风度翩翩。但是后来历经各种政治运动风雨，备尝人情冷暖，加上工作过劳，营养不良，自 1958 年以后，饱受胃肠、肝脏病患之苦，一直疾病缠身。1962 年，中国人民解放军军事科学院副院长郭化若将军到厦门视察。工作之余，请厦大推荐几位历史学者来谈谈历史。王亚南校长推荐国磐师出席，彼此交谈之后，甚感投缘，遂由历史谈到文学，以至诗词酬唱，成为莫逆之交。郭将军是军中少有的才子，所著《孙子译注》甚具功力，为中外学者所重。① 他见韩先生体弱多病，于是安排他到南京军区在杭州的疗养院疗养了一年，使得国磐师的健康得以大致恢复。但是不久又到“文革”，国磐师被打成厦大“三家村”之一，被关进牛棚，家被抄了数次。国磐师才恢复不久的身体，在此时狂风暴雨的摧残之下垮了下来，全身浮

① 郭化若：《孙子译注》，上海：上海古籍出版社，1984 年。

肿，连年肝功能不正常。1975 年春夏之际，又诊断出患了晚期食道癌，情况危急。郭将军闻知后，伸以援手，安排他到福建省立医院，由名医李温仁大夫亲自主刀，打开胸腔，切除整个食道，将胃上提于肋骨外，上接喉头，由于胃就在薄薄的一层皮下，非常容易受凉，只好用一块保暖小棉片挂在从喉头到上腹部之外。这个手术非常成功，用国磐师自己的话来说，“经过这样的手术后，我又越过了鬼门关，走上了阳关大道”。这个手术虽然挽救了国磐师的生命，但自此之后，国磐师就不能像正常人那样进食，活动也颇受限制了。

虽然国磐师当时才 59 岁，按照今天的说法还是中年，但由于我们对这样一位大名鼎鼎的前辈学者敬佩有加，因此心里都认为他是一位“老先生”。及至见面之后，第一个感觉，就是他是一位待人亲切的忠厚长者。他一口略带下江口音的普通话，清晰简洁，温润悦耳，正如一位厦大历史系早年的学生卢茂村在回忆国磐师上课的文章里所写的那样，“声调抑扬顿挫，语句清晰，速度不紧不慢，中间稍加停顿，让人回味。由于他语言清楚，诲人不倦，笑容常挂在脸上，因而同学们都很爱听他的课”。的确，他和我们谈话，非常和蔼可亲，使得我们因敬仰而产生的紧张情绪也放松了下来。因为这是一次礼节性的拜访，双方都未谈考试的事，但他告诫我们：对于我们未来的学术生涯来说，能够上研究生当然是非常重要的，但研究生不是唯一的出路。万一这次考不上，还有别的机会，因此不要认为这次考试就是决定一切的。听了他的这番话，大家对考不上的担忧，也稍感减轻了一些。

拜见过国磐师之后，我们也纷纷上路返乡。回到昆明后不久，收到厦大寄来的录取通知书。我即告别了家人，再次登上东去的火车，来到厦门，开始了在国磐师指导之下的研究生学习。

二

国磐师是隋唐五代史名家，白寿彝先生总主编的《中国通史》称其“多有创见，自成体系，为隋唐史研究作出了非同一般的贡献”①。我们入学后的头一年，他给我们开隋唐五代史专题的课，讲授隋唐五代史中的重要问题，诸如隋唐时期的历史环境、地缘政治结构、时代特点、国家权力机构及其运行机制、法律体系、经济基础、财政改革的评价等，并力求让我们多角度了解上述领域的研究成果、学术观点和发展趋向。这些内容，正是他当时正在写作的《隋唐五代史论集》中的重要部分。他把自己最精要的研究无私地传授给学生，可见对学生的关爱之深。

在当时，历史系研究生人数很少，而且因为国磐师身体欠佳，不能来学校，我们都去韩府上课。上课时，国磐师讲大约一节课的时间，然后是茶歇，稍事休息，接着是学生提问、导师答疑和大家讨论。上课结束后，再稍坐，放松闲谈，随即告辞回家。除了这门课程外，国磐师给我和际平师兄两个隋唐五

① 白寿彝总主编:《中国通史》第6卷《中古时代·隋唐时期》(上册)，上海人民出版社，2006年，第165页。

代史的学生另开一门专业课。这门课很特别：对读《旧唐书》和《新唐书》。这两部书，对于我和际平兄都不是新书。我们在此之前都已阅读或者翻阅过这两部书的大部分篇章。际平兄是北大历史系 1961 年毕业的高材生，早在 1977 年就在《历史研究》上发表了《释“僇力本业，耕织致粟帛多者复其身”》的论文，在同辈学者中是佼佼者[①]。我虽然是自学，但在长期精读《资治通鉴》的过程中，也读了这两部书的大多数篇章，并且使用其中史料写了《通鉴标点正误七十条》《唐代部曲奴婢等级的变化及其原因》《唐代社会等级的划分与命名》《唐代部曲、奴婢身份浅析》《唐代部曲奴婢异称考》等文稿（这些文稿，除了第一篇外，到了 1980 年代之后经修改先后发表）[②]。因此，对读两《唐书》确有必要吗？我们对此心里都有疑问。但是国磐师认为治唐史，两《唐书》不仅是最基本的史料来源，而且是传统史学的重要著作，因此必须把这两部书吃透，作为自己研究的根基。我们听了都深以为然，于是开始了这门“两《唐书》对读”课的学习。

虽然两《唐书》对我和际平兄都并不陌生，但是以前读这

---

① 杨际平：《释“僇力本业，耕织致粟帛多者复其身”》，《历史研究》1977 年第 1 期。

② 李伯重：《唐代部曲奴婢等级的变化及其原因》，《厦门大学学报》1985 年第 1 期；《唐代社会等级的划分与命名》，以《〈唐律疏议〉中所见的社会等级》为题，载于《云南社会科学》1988 年第 5 期；《唐代部曲、奴婢身份浅析》，《文史》第 32 辑，中华书局，1990 年；《唐代部曲奴婢异称考》，《唐研究》第六卷，北京大学出版社，2000 年）。后四篇收入李伯重《千里史学文存》，杭州出版社，2004 年。

两部书，主要是为了搜寻史料，并未认真通读。国磐师要我们逐卷细读，具体的做法是：(1) 对于传，如果同一人的传记在两部书中都有，要仔细阅读后找出对相关史事的记录的异同，其不同之处，要查阅《资治通鉴》《全唐文》、新旧《五代史》等书中的记录，辨明对错，并做出解释；有些人的传记，只在一部书中有，要探寻为什么另一部书中没有。这个工作的目的，不仅是使我们熟悉唐代主要人物的情况，而且也要更加清楚唐代历史演变的轮廓。(2) 对于志，对读后发现不同之处，要查阅《大唐六典》《唐律疏议》《唐大诏令集》等书，辨明正误，补足缺失。通过这个工作，我们得以全面了解唐代的各种典章制度。除此之外，国磐师为我们二人专门讲唐代的修史制度、两《唐书》的修纂情况和各自的优缺点，以及介绍唐代其他重要史籍。国磐师对我们要求很严，要我们逐字逐句地对读两《唐书》，不懂的地方，要一一记下来，上课时提出来讨论。这两部书（特别是《旧唐书》）中的许多文字（尤其是“史臣曰”和“赞”）是用四六骈文写的，典雅工整，用典丰富，但往往文字晦涩，诘屈聱牙，读起来十分困难。国磐师要求我们对这些文句和词语也不能放过，必须查阅工具书，弄明白意思。国磐师精于古典文学，对唐人诗文中的词语典故十分熟悉，在上课时，针对我们自己不能解决的问题，一一予以解答。也有一些词语典故，他一时难以确定其出处，在我们下课回家后，他还查阅相关文献，到下次上课时再回答。这门课程，每周一次，为期一年。经过这样严格训练，我们不仅对唐史有了更全面和更深入的了解，而且古文阅读能力也大大改进了，以后读起不同体裁和文风的古代文献觉得更为顺畅。在读陆宣公奏议那样的骈文文字时，不仅能够更好地理解其意，而且也能够欣赏其文笔之美了。

国磐师的《隋唐五代史纲》，1961 年出了第一版，1977 年出了修订版。1979 年，出版社要出新版。国磐师对前两版做了重大改动，我和际平兄自告奋勇，为国磐师誊写修订稿。这次誊写，给我们上了一门生动的课，我们从中深切体会到国磐师对学术著作的高度负责的精神。

到了读研的第二年，进入研究选题和论文准备阶段。这时国磐师和我们讨论的问题就比前一年更加集中了。我和际平兄依然每周一次去韩府，经多次讨论交流，逐渐确定了我们论文的大致方向。我因为在“文革”中练笔，写过一本《北宋方腊起义》的小册子①，在阅读史料的过程中，对宋代江南有一些了解。同时，我对以往我国史学界以生产关系（特别是阶级关系）为中心的做法感到厌倦，曾试着去做生产力及其变化的研究，因此我想选择唐代江南农业为对象进行研究，写作硕士论文。际平兄有一次在图书馆看到《敦煌资料》第 1 辑，被其深深地吸引，认为这是研究北朝隋唐经济史、北朝隋唐均田制实施状况的绝好资料，从此一头扎进去，把利用敦煌吐鲁番文书研究汉唐经济史作为他的主要研究方向。我们做这样的选择，都从国磐师《隋唐五代史论集》和《南朝经济试探》《北朝经济试探》等著作中受惠良多。他对我们的选择十分认可，于是

① 千里、延之：《北宋方腊起义》（延之为李埏，千里为李伯重），云南人民出版社，1975 年。

我的硕士论文便定为《唐代长江中下游地区农民个体生产的发展》，际平兄的论文题目则定为《略论均田制的几个问题》。题目定下来之后，我们便集中精力作论文，先前掌握的史料功底，此时发挥了很大作用。我们提出要到北京、西安、河西走廊和敦煌收集资料和实地考察，国磐师也予以大力支持。

第三年，硕士论文完成后，由于是中华人民共和国成立后第一次授予学位，学校非常重视。为此，国磐师邀请了史学名家王仲荦先生、史念海先生、吴枫先生三位中国唐史学会副会长来主持答辩（史先生临时有事未能成行，派遣助手黄永年先生代表他出席），阵容之盛，今天难以想象。答辩之日，答辩场所挤满了旁听者。国磐师从鼓浪屿专程来学校主持答辩，众多学子也得以一瞻风采。答辩进行顺利，我和际平兄也成为国磐师指导下最早获得硕士学位的研究生。

国磐师对学生的精心培养是有口皆碑的。1982 年，值厦门大学成立六十周年校庆，国磐师赋诗道："饱历沧桑六十年，学宫高耸鹭江边。才栽桃李风云合，拟整乾坤教化先。毓就英才光禹域，招徕俊秀继前贤。欣逢大庆人争乐，碧海苍山日更妍。"这首诗，表明了他尽力培养学生、为国育才的心迹。正是这种他以培养学生为己任的精神，使他在育才方面做出突出贡献，从而在 1989 年被评为全国优秀教师。

三

在从国磐师学习的三年中，我赴韩府不下百余次。有一两次去韩府后忽来风雨，过海轮渡停止服务，国磐师就留我在韩府过夜。随着师生之间的相互了解日益深入，国磐师在我们心目中的形象，也不再只是一位学问精深的史家，一位循循善诱的良师，而且也是一位文采斐然的诗人，一位富有生活情趣的长者。

国磐师自幼就有文学天赋，虽然出身贫农之家，家中却不乏读书风气，因此他从小受到古典文学的熏陶。他晚年回忆说："儿时夜读背书的情景，如在目前。当时母亲、姐姐，白天忙于农活、家务，夜里就点起一盏油灯，小碟子大的灯盘中装点菜油，放根灯草点着，大家围绕着这一灯如豆的照明工具，刀尺声和读书声交织着。当自己背诵到韩愈《雉带箭》的诗句'原头火烧静兀兀'时，顿觉灯光照亮满屋，真是虽苦犹乐"；"我是从小学时抄录优美的文章开始，在中学时，就抄过整本书。由于所在中学没有朱淑贞的《断肠集》，在友人家见到后，就借来把全集抄下。在大学一年级时，曾抄过六朝人鲍照、江淹、庾信、徐陵等人的许多诗篇，可惜这些以后都丢失了"；"当我读中学时，虽然会写点古文、骈文和歌诗，但还不会填词。因此，利用了一个暑假的时间，足不出户，专心在室内学习填词一个月，居然在一个月内粗略地懂得了填词门径，能够按谱填词了"；进了大学后，"读历史系时，还未忘怀文学，时常搞点诗词古文，写过些关于抗战的诗。1943 年的《新福建》杂志，就曾第一次发表了我的旧体诗。这时，有人劝我转到中文系。我一时把握不定，请教于一位老先生，这位老先生指点我说，不要囿于文学的范围，应该向史学多开拓些境界。这是个关键性的指点，就这样，我读完了历史系全部课程”。从这些回忆，可以看到国磐师的才气和文学修养。他的部分诗文后来结集为《韩国磐诗文钞》，于 1995 年出版。从这些诗文中，可以略窥国磐师的功力和灵气。只可惜我生性愚钝，虽然家父母都工于词章，但我对诗词之道始终未能领悟，因此对国磐师的诗词，只能徒自羡慕而已。忝为国磐师的学生，未能学到他精深的中国古典文学修养的皮毛，实在有愧。倒是中文系有一位研究生林继中兄，琴棋书画俱精，后来成为唐代文学史专家，他也常来韩府旁听国磐师的课，请教唐史问题，并和国磐师谈诗论词，深得其中之乐。

由于身体的原因，国磐师通常很少进城和来学校，可以说基本上是蛰居鼓浪屿，潜心治史，但他也绝非一位不食人间烟火的学者。上课之余，我们也会聊聊外界发生的事情。更加熟悉之后，我发现国磐师的兴趣很广。有一次在韩府，收音机里播放福建人民广播电台的节目开始曲，我随口说：这是一首我的家乡云南的民乐。国磐师随即说：这首乐曲是《小荷包》，很好听的。我听后顿时感到国磐师是一位热爱生活、能够深切领悟生活之美的人。这一点，我们是无法企及的。

四

在国磐师门下受业三年，从他身上所学到的，并不只是知识，而且也是一个优秀学者的为人之道。

我的恩师们早年人生经历迥异，但他们都自幼就志于学。

国磐师出身贫寒，依靠族人的资助才得以读完小学和中学。抗战时期，设在福建的苏皖学院对录取的学生不仅可免去全部学杂费，而且还包食宿，因此家境贫寒的国磐师报考了该校。考上之后，他踏上了南下的颠沛流离求学之路，历尽艰难，到了福建，开始了求学生涯。之后，他转学到内迁长汀的厦门大学，因成绩优异，申请到膳食贷金，并获得嘉庚奖学金，同时还在长汀中学兼教文史课，拿到些微兼职薪水，方得读完大学。

生活的艰辛，并未阻止恩师求学的热诚。他回忆道："我是从穷学生苦读中走过来的。穷，是书生本色；病，也和我结下不解之缘。在读小学时，我就曾因病休学一两年。抗日战争时期到福建时，更是贫病交迫。有一段时间，连寄一封信的邮票也买不起，更不论其他了。一双鞋子穿了三年，在'粗砂大石相磨治'下，鞋面虽然未破，鞋底却早磨穿，脚掌和地面结成了不可分离的伴侣。虽然如此，'山穷水尽疑无路，柳暗花明又一村'。我的'又一村'就是读书之乐。确实，当你尝到了读书的味中味时，什么困难和痛苦都会抛掉的。"

中华人民共和国建立以后，恩师结束了颠沛流离、动荡不安的生活，得以积极投入学术工作。但是和同辈人一样，他也经历了各种政治运动的冲击。早在 1950 年代中期，他就在"胡风反革命集团案"中经受了无妄之灾。1955 年，掀起了"肃清胡风反革命集团"的大规模政治运动，厦大召开全校批判大会，点名郑朝宗、陈碧笙、黄典诚、徐元度、傅衣凌、韩国磐等为厦大"胡风分子"，随即将这些人羁押于校内，勒令交代“反党反社会主义的罪行”。尽管二位恩师与胡风素不相识，也从无往来，但仍然难逃厄运。国磐师被批斗，慈萍师母也因此受株连，失去了工作。在此之后1957年的“反右”运动、1958年的“史学革命”运动、1959年的“拔白旗”运动等连续不断的政治运动中，恩师都在所难免。到了“文革”，他和王亚南校长一起，被打成厦大“三家村”，再次被羁押起来，反复批判。

但是，在这样的逆境中，恩师也从未放弃过自己的学术工作。1975年，人民出版社要重新出版恩师的《隋唐五代史纲》，请他进行修订。修订工作一开始，他就废寝忘食地工作，但不久发现罹患胃癌。手术后，身上还插着管子，他就在病榻上，一字一句地开始了《隋唐五代史纲》的修订。为了督促自己及早完成修订工作，他拟就了一张新的工作日程表，要求自己每天按日程表完成相应的工作量，完全忘记了病魔。1977年，《隋唐五代史纲》修订本出版，比1961年初版增加了十万字，几乎是对整本书的重新改写。

“文革”结束后，恩师迎来了学术上的黄金时期。他在1976年赋诗言志：“南山射虎心犹壮，东海斩鲸志未磨。却喜而今形势好，同心四化整山河！”“朱颜皓首人争奋，揽月攻关志益坚。纵使衰残驽钝者，也随骐骥共争先。”“文革”以后的岁月，他的新学术成果不断推出，达到了他学术生涯的顶峰。

以学术为志业，全部精力都献给学术，这是恩师一生的追求，为我们树立的光辉榜样。

五

硕士毕业后，我转向攻读明清史，无力再继续做唐史，因此也没有像过去那样每周去韩府上课了。但是过一些日子，总会去看看恩师和师母。我毕业离开厦大后，每逢过年过节，都会写信或者打电话给恩师和师母拜贺年节。我的硕士论文经修改后，以《唐代江南农业的发展》为题，由农业出版社于1990年出版。出版之前，我向国磐师求序。国磐师欣然同意，惠赐了如下序文：

> 凡人之学问，或来自工作实践，或来自实验，或来自读书。自实践而来者真且确，但以一人之身，何能事事皆从实践中来，故由此得之者盖有限。自实验来者亦自可贵，但事有不可实验者，如过去之历史，重演尚不可能，何况乎见诸实验！唯有图书，总结诸事诸物之经验成果，凡有志向学者，均可从中汲取知识，历观古今中外兴亡成败之迹，驾驭山川水陆声光电热之方，胥可取之于斯。故每个人之学问，直接来自实践实验者，费力费时而难且少，间接得之于图书者，则较简易而居多。如学习历史科学者，固可由考古文物、实地调查，掌握若干真事实物，然大半以上则得之于传世文献。抑且苟无文献所载年代知识，纵得商彝周鼎，秦砖汉瓦，亦不知其为何时物，是得宝而不识宝，亦奚能为！然则书不可不读，乃一定不易之理，亦举世之公论也。

唯读书亦有方。处于今之世，汗牛充栋，已不足以喻书之多。一人竭尽毕生之力，于书山学海之中，所能习而得之者，真沧海之一粟。因此，既须勤于读，更须善于读。不善读者，如古之时，有白首而老于场屋，犹为童生。善读者，未至弱冠，已为状元，而历位卿相。然善读者，又非一途，不同之学科则有不同之方法。概而言之，钩玄提要，含英咀华，推陈出新，取精用宏，似亦庶几其可矣。

博士李君伯重，十年前就学于厦门大学，从余攻读硕士研究生时，探讨唐代长江中下游个体农民生产之发展，遍读唐代古史诗文以及有关著作，既能总其纲要，又能深入解剖，条分缕析，时出新意，固已崭露头角，迥出流辈，为师友所称道。其后转而攻读明清经济史，取得博士学位。后又曾至美国讲学。接触中外学者益多，阅历益增，学识日益精进。于是，就昔日研究唐代长江中下游个体农民经济之基础上，参阅中外有关著作，撰成《唐代江南农业的发展》一书，其中论述益精，创见益多，李君真勤于读书，善于读书，为当今青年史学家中之佼佼者，此书即其成绩卓著之效也。

或曰：读书著书，不过见之于空言，其于世也何补？曰：读书所得，固为间接经验，而间接经验本亦来自实践，吾人可以检验其是否合乎时地之宜，合则再行之，不合则修改而使之合，否则摒弃之，庶几有所选择而不至于茫然无所适从。至于史书，总结前代经验，以为龟鉴，尤为可贵而不能舍弃者。曹操下屯田之令曰：秦人以急农兼天下，孝武以屯田定西域。是以秦汉为借鉴，而收屯田之效者。如今实行农业现代化，固然古今时移事异，然在水利、农具、劳力、耕牛、栽培技术等诸多方面，不犹有类似者在乎？前事不忘，后事之师，则李君关于唐代江南农业生产之著作，其亦有可以为今日之借鉴者乎！

然则书籍所载本非空言，李君此书亦非空言，皆有助于实践者。实践非藉图书无以传世，图书正所以传播实践经验于时空间者。余既欣然于李君新著之问世，亦因以志余之枨触云尔。

己巳之年仲春之月韩国磐志于鼓浪屿之老榕书屋

这篇序文，是我们师生情分的一份珍贵纪念。

六

在 1980 年代和 1990 年代，由于各方面条件的限制，我很少有机会回到厦门看看。直到 1997 年，才得借开会之机，重返鹭岛。会议期间，我抽空出来，去鼓浪屿韩府，看望恩师和师母。他们见到我非常高兴，畅谈之后，留我在家里便饭，一切都似乎又回到近二十年前了。但我万万没有想到的是，这是我最后一次见到恩师和师母了。

2003 年的一日，忽然接到陈明光兄的电邮，告知国磐师已仙逝。骤然听到此噩耗，非常震惊，也非常悲痛。当即给明光兄去了一个唁电，全文如下：

厦门大学韩国磐先生治丧委员会：

昨日从陈明光教授处，骇悉国磐恩师已驾归道山，曷胜悲悼！我是国磐师在“文革”后招收的首批研究生之一，在学期间，蒙国磐师精心培养，言传身教，令我终身受惠无穷。自1985年夏毕业离开母校后，虽然函电未断，但仅在1997年方有机会重返厦门拜见。彼时目睹国磐师风采依旧，精神矍铄更甚于前，深感欣慰。不意忽尔驾鹤西归，令我无任悲恸！国磐师一生治学，道德文章俱足垂世为楷模。今一旦仙逝，作为国磐师的弟子，我感到万分悲痛。因远在千里之外，无法到厦门与国磐师遗体告别，不胜怅恨！请在追悼会举行之日，代我在国磐师灵前献上一个花圈，表达我的哀思。待日后有机会到厦门时，再躬赴国磐师墓前上香致哀。

此外，请转达我对国磐师哲嗣的亲切慰问，盼他们节哀顺便，善自珍重。

李伯重　2003年8月7日

2019年，在国磐师诞辰百年之年，厦大举办了隆重的厦门大学纪念韩国磐先生诞辰100周年暨韩国磐史学研究学术研讨会。我本来已做好了准备来参加，但因会期改动，与我在北京参加主持的一项国际学术活动时间冲突，而后者日期是早已确定的，无法改动。因此之故，未能如愿前往，深感遗憾。不过，得知此次纪念活动办得很成功，我深感高兴，也非常感谢众师兄弟为此付出的努力。相信国磐师天上有知，对此也会感到欣慰的。

自1978年初识恩师，不觉四十多年过去了。当年的青年学子，如今也成了古稀老翁。但是我每次去到厦门，总会走到恩师故居前，静静地伫立良久，觉得又回到了过去，依然是当年的那个青年学生，怀着敬仰的心情，走进恩师的书房，坐在他的对面，注视他清癯的面容，聆听他的谆谆教诲，那份温馨，那份情义，就像一股暖流，回荡在心头，感到无比温暖，无比幸福。

2019年岁梢于北京寓所

哲人虽去，教泽长存

——深切缅怀衣凌恩师

2021年是衣凌师一百一十岁冥寿之年，兹将此文谨作为一瓣心香，敬献于恩师灵前，略表对恩师的深切怀念之情。

一　良　师

我是1978年夏去厦门大学读研究生时才拜识恩师的。但是在此之前很久，我就已经从他的著作中受益良多，成为他的未曾谋面的学生了。

受家父的影响，我很早就对史学感兴趣。家父见状，就指导我学习历史。我经常到他的书架上翻阅他收集的史学著作，其中就有衣凌师的《明代江南市民经济试探》《明清时代商人及商业资本》等著作。出于好奇，我也浏览了这些书。初读了之后，虽然还不能真正领悟衣凌师的观点和方法，但一个突出的感觉是：它们与其他学者的著作颇有不同。这使得我对“什么是史学研究”这个问题有了新的认识。当然，衣凌师的思想和功力，还是要等到成为他的入门弟子，亲炙他之后，才能越来越深刻地领悟到。

我因“文革”而失学，因此格外珍视求学的机会。1981 年秋硕士毕业后，我决意要继续深造，完成博士研究生的培训。当时国磐师未能招收博士生，而主持答辩的王仲荦先生对我很满意，提出让我去山东大学，在他指导下攻读博士学位。但是厦大教务处处长刘振坤同志找我谈话，说这事学校领导已讨论过，认为我是本校培养的第一批研究生，成绩又很好，因此要我留在本校。如果我一定要继续读博，那么就读衣凌师的博士生。我决定遵从学校的意思，师从衣凌师读明清史。我做出这个决定并非完全是被动的，因为如上所言，早在“文革”之前我在初读衣凌师的著作之时，就感到无论是从研究的对象还是研究的方法、使用的史料等方面，他的研究都全然不同于我当时所见过的史学著作。他的著作虽然读起来比较吃力，但是读后觉得眼界大开，粗知史学研究天地之广，令研究有无限的发展空间。到了厦大读硕时期，衣凌师的课我也去听，因此对于我来说，衣凌师并不陌生。当我做这个决定时，有关心我的老师对我说：你先前没有念过明清史，一下转过来，实际上是从头念起，也就是说，你要用三年时间完成别人六年的学习。这个幅度转得过大，风险太大。但是我想，我对衣凌师的学术的确非常敬仰，希望从他那里学到更多的东西。如果自己尽到了努力，失败了也就算了，没什么好抱怨的；但如果自己的努力获得成功，不就更好吗？由于这是国家第一次招博士生，厦大在办手续上没有经验，因此从 1981 年夏硕士毕业到 1982 年秋正式入学读博士，中间隔了近一年。

我1978年入学后，初次见到衣凌师，那时他已经做了副校长。像许多初次见到他的后辈一样，我对他充满敬仰，但也感到很紧张。但见面之后，发现他话不多，但很和蔼，因此我的紧张情绪也就逐渐放松了下来。

我读硕士期间虽然学的是隋唐五代史，但当时因为历史系研究生很少，中国史的研究生课程，大多是学隋唐五代史和学明清史的同学一起上的，因此我在头一年也听了衣凌师的课。开始听衣凌师的课，觉得并不容易。一方面，衣凌师的福州口音较重，像我这样未曾接触过福建方言的人，听起来很吃力。虽然衣凌师随时把讲课中涉及的许多专有名词写了出来帮助我们理解，但我们常常还是感到似懂非懂。记得刘敏师兄（后为避免重名引起的麻烦，更名刘秀生）说过，有一次他陪衣凌师去中国社科院历史研究所做学术报告，为衣凌师板书。报告会结束后，一些听众对刘敏兄抱怨说："怎么你只写我们听得懂的，而我们听不懂的你都不写？"另一方面，如刘敏兄回忆所言："过去我们学习历史，接触的语言是历史唯物主义、社会发展史、经济基础和上层建筑、阶级斗争、农民起义等一套成形的教科书式的语言。傅先生的语言则是另一种语境，与教科书的语言格格不入，十分费解。如他著作中频现的乡族、乡绅、商人、市民、民变、奴变、佃仆、世仆、甲户、乙户、家生子、靛民、菁客、棚户、矿盗等，都是陌生概念。关于社会发展，语言也颇陌生。他说中国社会既早熟又不成熟，在发展过程中往往是死的拖住活的，有的可能被拖死而中断。关于中国社会发展的进程，他用‘迟滞’一词惟妙惟肖来形容，其含义是，有发展、有停滞，有倒退，有再发展，总体还是前进的，速度迟缓。他说，中国社会本身具有弹性。有弹性就是有自我伸缩力，既容得下发展，又容得下倒退。还有，农村人口外出经商的特点是‘离乡不离土，离土不离乡’，等等。这些都被时人视为另类观点。这些迥异的概念和观点构成了他的独特的史学体系。这个体系在那个时代和者甚寡，或被视为异类。……先生运用的史料也与众不同，除了经史子集、明清笔记以外，民间契约、文书档案、家谱族谱、地方志书、口碑资料等都被大量引用。”①

随着听课增多，特别是做了他的博士生之后，和衣凌师接触更加密切，上述两方面的问题逐渐得到解决，从而对衣凌师的学术思想和治学方法的理解也越来越深入，获得的教益也越来越丰厚。在过去，学者们总是以朝廷及朝廷制定的制度为出发点，“自上而下”地看中国历史及其变化。而在衣凌师的课上，我才第一次认识到应当“自下而上”地看中国社会。毕竟，绝大多数中国人生活在基层社会中，他们到底是如何生活的？基层社会是如何组织起来的？这些重大问题，都不是过去盛行的以阶级分析和阶级斗争理论为主导的中国史研究所能给予令人信服的解答的。绝大多数的普通中国人和高高在上的庙堂之间的关系也非常复杂，绝非过去我们假定的那样，一个

---

① 刘秀生：《师从傅衣凌先生》，原刊于中国民主同盟网站，转载于中国社会科学院、中国历史研究院古代史研究所网站 http：//lishisuo. cass. cn/zsyj/zsyj_shsyjs/201812/t20181225_4799805. shtml，访问时间：2021 年 3 月 1 日。

“高度中央集权”的国家就可以将其意志一直贯彻到基层的。同时，中国历史及其发展变化有自己的特点，套用从欧洲历史得出的“普遍规律”，并不能使我们清楚地认识中国自身的特点。他的这些观点，在当时都可以说是石破天惊的，使我受到极大的震撼，也使我开始认真重新思考中国历史。这种思考一直持续到今天。随着阅历的增加，我越来越体会到衣凌师思想的博大精深。幸运的是，他在课上讲的这些内容，后经整理，成为《明清社会经济变迁论》和《明清封建土地所有制论纲》这两部明清社会经济史研究的经典之作，使得更多学人得以受益。他开创的区域社会经济史研究，也给我重大影响。我后来几十年一直专力于明清江南经济史研究，就是这个影响的一个结果。

衣凌师的学术视野广阔，是少有的真正学贯中西、多学科兼通者之一，这是和他的求学经历分不开的。他对我说：你将来一定要走出国门，深入了解国外的学术，汲取其精华，用来研究中国历史。他说：做明清史，一定要学日文，日本学者的研究工作从来没有中断过，他们读汉文的能力是西方学者很难比得上的。遵从他的指教，我在厦大就读了三年日文夜校，当时学得不错，还翻译了一篇日本学者天野元之助关于中国农业生产工具史研究的长文，毕业以后发表了。我在衣凌师家里的书架上，第一次见到马克·布洛赫的《封建社会》、斯波义信的《宋代商业史研究》、藤井宏的《新安商人研究》等名著的日文原版，并借了其中一些去浏览，大大开阔了研究的眼界。“文革”之前在衣凌师极力争取之下，厦大图书馆从日本订购了一些史学研究的工具书和学术期刊。我做了他的研究生后，他叫我要经常查阅京都大学人文科学研究所编的《东洋学研究文献类目》，充分了解国际学界在我研究的领域中的成果，并且尽可能地去阅读日本的史学期刊上的相关文章。这些，都使我在未来的学术生涯中受惠良多。

1979 年，受美中学术交流委员会的邀请和安排，衣凌师到美国斯坦福大学、哈佛大学、芝加哥大学、耶鲁大学、普林斯顿大学、南康州大学、纽约州立大学阿尔伯尼分校、加州大学伯克利分校和洛杉矶分校讲学三个半月。这是当时学界的一大盛事。在讲学期间，他会见了诸多美国汉学家和历史学家、社会学家，如施坚雅、魏斐德、何炳棣、邹谠、谢文孙、孔飞力、牟复礼、刘子健、余英时、杜维明、郑培凯、陈明銶等学者，和他们进行了学术交流。回国之后，他在系上做了访美的专题报告，使得我们这些由于几十年的闭关锁国而对西方学界一无所知的年轻学子，感到眼界大开。他在访问纽约州立大学阿尔伯尼分校时，通过郑培凯教授，为厦大争取到一个博士生的全额奖学金名额。为此，厦大组织了一次全校研究生的英文考试，我的成绩第一，取得申请资格。衣凌师非常高兴，专门约我谈话，向我介绍这个学校以及美国的汉学研究情况，令我即着手准备去留学。后因厦大有关部门经办此事的职员不熟悉业务，以致办理手续迟缓，错过了申请的期限，最终未能成行。衣凌师对此非常生气，但也无可奈何，嘱我不要灰心，以后一定还会有机会。虽然我这次未能出去留学，但在读博期间，由于衣凌师在国际学界的名气，不少海外著名学者来厦大拜访他，其中我见过的就有孔飞力、黄宗智、滨下武志、滨岛敦俊等。滨岛敦俊先生更说来这里拜见衣凌师，是“学术朝圣”。王国斌等年轻学者，也是来厦大拜见衣凌师时，和我相识的。北海道大学博士生三木聪更是申请了日本学术振兴会的奖学金，专程来厦大，从衣凌师进修，和我们一起学习达一年之久。从这些学者身上，我学到了不少东西。我毕业后，依然谨遵衣凌师关于应当尽早去海外开阔眼界、学习新东西的教导。在此方面，总算没有辜负恩师的期望。

衣凌师对我们的关爱，也体现在他对我们的严格要求上。他对我们说：明清士子入国子监，要两耳不闻窗外事，一心只读圣贤书，这就是“坐监”。你们既然已经在读博士，就要专心“坐监”，心无旁骛。我和刘敏师兄都秉承师教，刻苦学习。厦大图书馆的资料不够，就利用暑假，到北京各重要图书馆查阅文献，收集资料。去得最多的是位于柏林寺的北京图书馆（今国家图书馆）古籍部。我们当时借住在中国社科院历史研究所的抗震棚里，每天清晨骑自行车去北京图书馆，从早到晚读古籍。中午图书馆工作人员午休，我们也走出阅览室，就着图书馆提供的白开水，吃带来的干馒头，作为午饭，然后又回到图书馆，一直看书看到闭馆，方才骑车回到住处。两个多月，天天如此，周日也到一些不闭馆的图书馆。这样的高强度工作和过于简单的饮食，使我的身体垮了下来，染上了肝炎，只好回到老家休养，而刘敏兄还在继续奋战。我们心中都有一个信念：决不能辜负衣凌师对我们的期望！

我原来是学隋唐五代史的，现在改学明清史，转弯幅度很大。我自知明清史基础薄弱，请衣凌师指点应如何补基础。他给我开了一个长长的书单，分门别类列出明清史籍上百种。他说：你既然要做明清社会经济史，就必须打好明清史的功底。这些书，你一时读不完，可以慢慢读，以后将受用不尽。我1988年应黄宗智先生之邀，去加州大学洛杉矶分校历史系为研究生开明清经济史课。我把这个书单提交黄先生过目，征求他的意见，看看是否可以作为研究生的阅读书目。黄先生看后，说这个书目不适合于研究生，而适合于我们这些中国史教授。可见衣凌师对我们的要求和期望之高。

1984年，衣凌师被查出患有胃癌，学校安排他到福建省立医院进行手术，历史系教师和研究生纷纷去探望和陪护。我因1983年去北京查阅资料时染上甲型肝炎，后来虽然痊愈，但身体状况还是不甚理想。此时我放心不下衣凌师，要求去探望。系领导叮嘱我探望可以，但不可密切接触，以防有病传给衣凌师。我到福州后，为慎重起见，戴着口罩去见衣凌师。恩师手术进行顺利，但人很虚弱，讲话吃力。他见到我来，感到很高兴，但在简短的谈话中，仍然不离学术，要我抽时间去看一些外地看不到的资料。我抽空去了福州的鼓山，在那里的福州画院内看到一块《安澜会馆碑记》，记载说“［浙江］材木之用，半取给于闽。每岁乡人［浙江木商］以海舶载木出［福州］五虎门，由海道转运者，遍于两浙”。安澜会馆是浙江木商于乾隆三十八年至四十年在福州台江中洲建立的，到了嘉庆十年六月，这些木商立了这块碑。这段碑文清楚地说明乾嘉时期闽浙之间木材贸易的繁盛，是一段珍贵的史料。我向衣凌师报告了此事，他在病榻上虽然翻身都有困难，但听了我的报告，立即兴奋起来，告诉我说包含社会经济史史料的碑刻资料，各地都有一些，可惜学界注意不够，你以后应当大力搜寻，作为重要史料来源。可惜的是，我后来没有像陈支平、郑振满、陈春声等师弟那样谨遵恩师的指示去做田野，收集碑刻资料。这是我至今仍然感到有愧于恩师教诲的。

衣凌师对学生具有高度的责任感，这也表现为他对学生“爱之深，责之切”。他招收的第一批硕士生中有一位黄君，自学成才，报考中国社科院历史研究所的明清史专业的研究生，专业课考得不错，但外文成绩较差，未能录取。中国社科院的那位前辈惜才，将其推荐给衣凌师。黄君先前未接触过社会经济史，这方面的知识比较欠缺，入学后虽努力学习，然因方法不甚得当，加上性格有些固执，因此未能顺利进入明清社会经济史的学术领域。到了硕士论文写作阶段，他和衣凌师讨论论文选题。他提出一个题目，衣凌师认为不合适，要他重新选题。黄君未能认真考虑衣凌师的意见，而是自作主张，依照旧有题目和思路擅自动笔写作。我们都劝他要与衣凌师商量，但他仍然固执己见，认为写好后再呈交衣凌师一定可以通过。他很快写好了，交给衣凌师。衣凌师看后，感到问题严重，亲自来到我们宿舍找黄君谈话。当时历史系中国史专业 1978 级和 1979 级两个年级的几位研究生都住在一间大宿舍里。那天晚上大家都在宿舍里学习，忽见衣凌师来到宿舍，坐下后，对黄君进行了严厉批评。我们从来没有见到过衣凌师如此生气，都感到震惊。事后仔细想想，体会到衣凌师如此生气，乃是由于他对学生学业的高度负责，即古人所说的“爱之深，责之切”。倘若衣凌师不是出于这种责任感，就不会如此生气。正如今天我们常见的那样，许多导师根本不在乎学生学习情况如何，听之任之，落得师生彼此皆大欢喜。

衣凌师严格要求学生，但绝不是一位专制霸道的老师。他是社会经济史的一代宗师，是采用社会学方法来研究社会经济史的“社会史学派”的奠基者。我的一些师弟在此方面都学得很好，研究农村、农村家族结构、宗族等，取得很大成就，后来成为新兴的“华南学派”的中坚人物。我一直对生产力研究感兴趣，而进行生产力研究，更多需要采用经济学的方法。为此，我和衣凌师多次讨论，我应当选择什么学术路子。他说：你要做生产力研究，要采用经济学方法，这就更接近吴承明先生的研究特点，因此你应该多向他请教。为此，他还为我安排专门去拜见吴先生，我的博士论文答辩，他也特别邀请吴先生来主持。由此可见，衣凌师的胸怀何等宽广！

衣凌师在开创区域社会经济史研究时，因为各方面的原因，选择福建作为主要研究对象。这为全国各地的区域社会经济史研究树立了典范，但因衣凌师奠定的基础，福建仍然是在厦大做地方社会经济史研究的首选之地。我到衣凌师门下后，也考虑过做福建地方社会经济史。但是要做这个研究，必须进行田野调查和对地方（特别是农村）社会有相当的感性认识，而这就需要研究者具备较好的语言知识和一定的基层社会（主要是农村）实际生活经历。而我在这两方面都欠缺。福建的五大方言，我完全不会。我曾经试图学习闽南语，但在厦大招收的头两批研究生中，外地同学占多数，都不会福建方言。少数福建同学，也因福建五大方言之间的巨大差别，彼此之间基本上也用普通话沟通。由于缺乏语言环境，虽然在厦门七年，福建的几大方言，我依然未能学会。同时，我在昆明城里长大，“文革”中被送到云南西南边疆的德宏傣族景颇族自治州瑞丽县农村插队，所在的农村是一个典型的傣族村寨，村民们都不会汉语，生活方式和社会状况与内地全然不同，可以说是另外一个世界。因此我虽然在那里生活了三年，学会了傣语，并和傣族老乡打成了一片，但对内地农村却基本上不了解。不会方言，对农村缺乏感性了解，如要到基层做田野，搜集和解读具有地方特色的民间文书，当然很困难。而不做这些工作，就无法对地方社会进行深入的研究。因此对于我来说，做福建地方社会史困难太大，况且读博三年，时间短暂，学习负担很重，也不可能抽出大量时间从头学习方言和到农村住下深入了解农村生活。而当时几位在读硕的师弟陈支平、郑振满等都是非常出色的青年学者，在语言和实际生活经历两方面也具有天生优势。如果做福建的地方社会经济史，我肯定比不上他们。如果我主要依靠文献资料来研究地方社会经济史，那么资料条件最好的地区当然是江南。而且我对江南地区的历史关注已久，早在“文革”中就写过一本小册子《北宋方腊起义》。后来做的硕士论文，内容也是关于唐代江南农业的，所以可以说对江南是“情有独钟”。在正式师从衣凌师之前，我就从他的《明代江南市民经济初探》《明清时代商人及商业资本》等著作中获取了许多知识和观点。如果主要依靠文献资料来研究明清生产力问题，江南无疑是上选之地。因此，我想博士论文继续以江南为对象。对此，和衣凌师讨论之后，他很支持我的想法，鼓励我选择江南经济史作为自己的研究对象。

到了读博的第二年，应当开始准备博士论文了。选择题目是做论文的关键。我觉得很难选题，向衣凌师求教。衣凌师说：对于一个学者来说，最重要的是要有独立思考的精神，你可以根据自己的情况，选择最合适的题目，而我作为老师，将帮助你判断这个题目是否有较高的学术价值，是否有充分的史料来源，以及依靠你现在的能力，是否能够做下去。考虑到我的情况，他支持我的想法，以明清江南的生产力问题作为研究方向。这个方向决定后，我经过反复思考，拟出了七八个方案，逐个和衣凌师讨论，逐个排除，最后剩下一个研究工农业生产力的方案，但想不出一个合适的题目。衣凌师说那就实事求是，写成一组专题论文吧，因此定名为《明清江南工农业生产六论》。文章写作过程中，衣凌师患了胃癌，身体虚弱，但仍然不时召见我，了解我写作中遇到的困难，并提出针对性的指导意见。论文答辩时，答辩委员会由吴承明、王仲荦、韩振华、陈诗启和衣凌师五位著名学者组成，答辩委员会主席由吴先生担任。衣凌师身体虚弱，由助手搀扶入会，坚持全程参加了我和刘敏兄两个学生的答辩。看到衣凌师羸弱的身体端坐在答辩现场，我不禁心潮翻滚不已。此情此景，永远留在我们的心里。

毕业时，衣凌师希望我留校工作，并得到学校的大力支持，学校教务处处长刘振坤同志到宿舍来看望我，对我说：

“你是我校傅、韩两位名师培养出来的学生，大家对你的看法都很好，学校希望你留下来，传承和发扬傅、韩两位名师的学术，你的爱人学校将把她调到厦大，安排她先去进修法医学，然后在厦大新成立的法律系工作。”我非常感激恩师、校系领导和师友们的盛情，但是我太天真，觉得如果研究江南，就应当到江南去生活一段时间，否则做的研究就有“纸上谈兵”之嫌。因此之故，还是坚持要去江浙工作。彼时浙江全省尚未有博士，得知我有这样的意思后，浙江省社会科学院即派了人事处处长程雪蓉同志到厦大，动员我去那里工作，并且登门拜见衣凌师，恳请他允许。学校和衣凌师一直未松口，程处长就一直住在厦大招待所，反复做工作，最后病倒在厦大。衣凌师见此情况，叫我去傅府深谈，见我还是坚持自己的想法，颇为伤感地说：“你既然执意要走，我也留不住。你去到那里后，如果觉得不合适，欢迎你随时回来。”我当时心里非常难过，感到对不起恩师的一片深情，打算到浙江工作几年，待做出些成绩后，再考虑回来侍奉恩师。不料这一去，竟成永诀。

到杭州后，虽然我很喜欢杭州，浙江省社科院领导对我也很好，但是我很快发现这并非我想象中那样的做学问的好地方。但此时返回厦大，一则浙江方面绝对不会放我走，二则我先前决意要走，现在什么成绩也没做出，回去愧对恩师，因此也就暂时不做此打算了。不过衣凌师要我努力争取机会出国学习和工作，我倒是做到了。到杭州后不到半年，1986 年 1 月 2 日，我就经吴承明先生推荐，得以赴美参加一个由经济学家罗斯基（Thomas Rawski）和历史学家李明珠（Lillian Li）组织，鲁斯基金会（The Henry Luce Foundation）、美国学术团体联合会（American Council of Learned Societies，ACLS）和美国全国科学基金（The National Science Foundation）资助的“为中国历史研究提供经济学方法”工作坊（The Workshop and Conference on Economic Methods for Chinese Historical Research），接着又应加州大学洛杉矶分校（UCLA）中国研究中心主任黄宗智先生之邀，在工作坊会议之后访问该中心。承蒙黄先生厚意，邀请我于1988年元月到该校任教半年。在那里上课结束后，我获得哈佛燕京图书馆、耶鲁大学图书馆、密歇根大学图书馆、普林斯顿大学图书馆的读书补助金，到这些图书馆去查阅资料。在耶鲁时，耶鲁大学东亚图书馆副馆长马敬鹏先生给我很多帮助，有一天忽然对我说：听说衣凌师仙逝了。我听后非常震惊，但当时因通信不便，无法证实此消息，而且因为不知真伪，也不敢找人打听。待回国之后，方得核实此噩耗，但恩师的追悼活动早已经进行过了，因此竟未能到恩师灵前，点上一炷清香。我的博士论文在毕业后继续增益修订，写成《发展与制约：明清江南生产力研究》一书，由台北的联经出版事业公司于2002年出版。本期能得衣凌师惠赐序文，作为师生情谊的纪念，但令我痛心的是，此心愿永远也不能实现了。

在衣凌师百年冥寿的2011年，师弟支平组织了纪念活动，并主编了《相聚休休亭：傅衣凌教授诞辰100周年纪念文集》。傅门弟子都来到了厦大，共同缅怀先师。恩师天上有灵，看到此景，当会深感欣慰。还令恩师欣慰的是，傅门弟子秉承恩师的教诲，努力治学，都作出了一定成绩。其中一件可以告慰恩师之事，是国务院学位委员会第六届学科评议组历史组成员共14人，来自中国史、世界史和考古三大领域，其中竟有3人是衣凌师的学生。这个“傅衣凌现象”也成为当日史学界的一段美谈。

二 良 史

1919年，马克斯·韦伯在慕尼黑大学作了《以学术为业》的著名讲演。在这个激励了几代人的著名讲演中，他对青年学生们说：一个真正的学者，必须有“我只为我的天职而活着”的信念，献身于学术而非利用学术谋求私利，“我们不知道有哪位伟大的艺术家，他除了献身于自己的工作，完全献身于自己的工作，还会做别的事情。……不是发自内心地献身于学科，献身于使他因自己所服务的主题而达到高贵与尊严的学科，则他必定会受到败坏和贬低”。只有这样，才会有对学术充满发自内心深处的热情。“没有这种被所有局外人所嘲讽的独特的迷狂，没有这份热情，坚信‘你生之前悠悠千载已逝，未来还会有千年沉寂的期待’……没有这些东西，这个人便不会有科学的志向，他也不该再做下去了。”①

韦伯的这段名言点明了一个真理：一个人只有以学术为志业，全身心地投入学术，甘愿为学术奉献一切，才能成为一位真正的学者。而恩师正是一位这样的学者。

---

① 马克斯·韦伯：《学术与政治：韦伯的两篇演说》，生活·读书·新知三联书店，2013年，第23、26—27、24页。

衣凌师于中国帝制灭亡的1911年出生于福州一个小康之家，五岁入私塾发蒙，同年不幸丧母，幸得继母的抚育，视同己出。1924年考入初中，毕业后，入马江海军艺术学校读书，因无意于军旅及艺术，半个学期后自动退学。1927年考入福州第一高级中学，读书期间开始接触新文艺，和邓拓（子健）等几个志同道合的同学，发起组织“野草社”，油印出版了《野草》刊物，并投稿福州报纸的副刊发表。他此时所写的第一篇论文《三民主义的人口论》，也被杂志采用。18岁高中毕业之年，父亲营业失败，因病去世，顿时家道中落。遗下弱弟稚妹，嗷嗷待哺。继母支撑门面，十分艰苦，但仍然想方设法让他继续升学，衣凌师考进私立福建学院经济系，兴趣也从新文艺作品扩大到新兴的各种社会科学。因为对历史特别喜欢，于是转学到厦门大学历史系。当时国内学术界正展开社会史的大论战，引起了他浓厚的兴趣，于是他和陈啸江、庄为玑等几个同学组织了历史学会，出版了《史学专刊》，附在《厦大周刊》内发行，其中有他写的《汉代番化考》等论文。学会经常举行学术报告会，除了同学轮流报告外，也请老师作报告。学会还组织去泉州参观，由林惠祥先生带队，从厦门坐船到安海，参观石井乡和郑成功遗迹，然后到泉州参观开元寺、清真寺及郑和行香碑等，以扩大眼界。大学毕业后，他在福州做了短期的中学教师，随后于1935年东渡日本，进法政大学研究院，师从著名学者松本润一郎博士学习社会学。日本著名图书馆东洋文库藏有许多中国古籍，他经常去那里看书，并常于周末去神保町旧书店，猎获了许多难得的资料。日本史专家宫崎龙介先生在东京开办经纶学社，衣凌师也去听他的日本史课程，并努力学习古日语。后因中日两国关系恶化，他提前回国，去福建省银行经济研究室工作，并积极投入救亡运动。在那个抗战和内战的动荡岁月，他先后在协和大学、福建学院、福建省研究院社会科学研究所等单位任职，虽然工作不断更换，但他的历史研究从未停止。中华人民共和国建立后，他一直在厦门大学任教。他在厦大工作数十年，也在各种政治运动中一再受到冲击。其中最早的是 1955 年在“胡风反革命集团案”中经受的无妄之灾。在此轰轰烈烈的“肃清胡风反革命集团”运动中，厦大也未能幸免，全校召开批判大会，会上点名厦大“胡风分子”有郑朝宗、陈碧笙、黄典诚、徐元度、傅衣凌、韩国磐等教授，他们随即被羁押于校内，勒令交代其“反党反社会主义的罪行”。在这些打击对象中，衣凌师又是重点清查对象。衣凌师和胡风素不相识，也从无往来，但因 1954 年，一位在新文艺出版社工作的青年人陈梦熊考上了厦大历史系。该出版社副社长俞鸿模先生和衣凌师是老乡和留学日本时代的好友，写信给时任厦大历史系主任的衣凌师，希望对陈梦熊在生活上和学习上能有所关照。等到“肃清胡风反革命集团”运动开始，俞鸿模先生被打为“胡风分子”，衣凌师也被牵连，成为“胡风反革命集团”在厦大安插的“钉子”①。

在此之后的 1957 年“反右”运动、1958 年“史学革命”运动、1959 年“拔白旗”运动等连续不断的政治运动中，衣凌

① 肖永钐:《发掘“文墓”和揭开“文幕”的学人——访中国现代文学史料专家陈梦熊先生》,《图书馆杂志》2005 年第 4 期。

师都在劫难逃，备受冲击。到了“文革”，他和王亚南校长一起，被打成厦大“三家村”，被羁押起来并反复批判。特别是因他和邓拓是同乡和中学同学，受到的冲击格外严重。1975年，衣凌师从厦大退休，其原因在今天听起来真是匪夷所思。衣凌师次子顺声，“文革”开始时还在读中学，随即被作为知青安排到深山农村插队多年，生活极为艰苦，更完全没有学习的条件。衣凌师无权无势，无法把儿子弄回城来，成为一家人的心病。当时国家出了一个政策，在职的国家员工可以办理提前退休手续，让出“名额”，让插队多年不能归来的子女回城，但不安排工作。为了让儿子回城，衣凌师只好申请退休。当时厦大的“革委会”完全不把衣凌师这样的“牛鬼蛇神”放在眼里，当即批准。顺声得以回城，在厦门大学食堂打零工，而衣凌师则成了一个普通的退休职工。到了“文革”结束后，中国迎来了“科学的春天”①，衣凌师才得以恢复工作。我初到厦大时，去傅府拜见衣凌师，看到衣凌师书斋里挂着一幅徐渭的《墨葡萄图》，上有徐氏题诗：“半生落魄已成翁，独立书斋啸晚风。笔底明珠无处卖，闲抛闲掷野藤中。”不知怎么，这幅图和这首诗从此就深深印在我脑海中。现在想来，这应当是衣凌师在那不堪回首的岁月中心情的表露吧。

生活的艰辛，并未阻止恩师求学的热诚。衣凌师回忆道：“对历史的研究，我从未停止过。有一次，因躲避日机轰炸，撤退到永安城郊黄历村，在一间无主的破屋里，我发现一个大

① 这是郭沫若先生1978年3月31日在全国科学大会闭幕式上讲话的标题。见郭沫若：《科学的春天》，《人民日报》1978年4月1日。

箱子，打开一看是从明代嘉靖年间到民国的土地契约文书。其中有田地的典当买卖契约，也有金钱借贷字据及分家合同等，还有两本记载历年钱谷出入及物价的流水账。这些都是研究农村经济史的可贵资料。于是我利用这批资料，再查阅一些有关地方志，从地权的转移与地价、租佃关系、借贷情况等方面系统地研究永安农村社会经济的结构。我发现明清时代农村虽然有些变化，但在山区农村仍然保持闭锁的自给自足的形态，一切的经济行为，差不多都是在血亲族内举行的。这一点是中国农村社会经济的秘密。后来我把这些资料写成《明清时代永安农村的社会经济关系》和《清代永安农村赔田约的研究》等文章。这种引用大量民间资料，即用契约文书、族谱、地方志来研究经济史的方法，以前还很少有人做过。"① 衣凌师在战火中做的这个开创性工作，是中国社会史研究的里程碑。在以后的逆境中，恩师也从未放弃过自己的学术工作。他在"文革"中饱受冲击，被迫退休，但学术工作从未中断。他后来给我们上课的主要讲义就是在这个时期写的，后来修订后成为《明清社会经济变迁论》和《明清封建土地所有制论纲》。"文革"以后的岁月，他新的学术成果不断推出，达到了他学术生涯的顶峰。

衣凌师怀抱着追求真理，"不惜以今日之我与昨日之我相战"的精神，在晚年的研究中，表现得更加清楚。这样做，需要广阔的胸襟和极大的勇气。他说："每一位有时代感和学术

---

① 国务院学位委员会办公室编：《中国社会科学家自述》"傅衣凌"，上海教育出版社，1997 年，第 807 页。

责任感的史学工作者都有必要重新反思自己的思维方式、学术观点和价值观念。”而他自己正是这样做的。在《中国传统社会：多元的结构》这篇临终前所写的大作中，他指出：“长期以来，人们坚信不疑：如果没有外国资本主义的入侵，中国也将和西欧一样，自发地依靠自身的力量进入资本主义社会。这一立论是从马克思关于西欧资本主义起源的历史概述引申而来的，但不一定完全符合马克思本人的观点。马克思指出：‘把我关于西欧资本主义起源的历史概述彻底变成一般发展道路的历史哲学理论，一切民族，不管他们所处的历史环境如何，都注定要走这条道路，……这样做，会给我过多的荣誉，同时也会给我过多的侮辱。……极为相似的事情，但在不同的历史环境中出现，就引起了完全不同的结果’。所以，关于中国传统社会结构的讨论，必须从中国历史发展的实际出发。”“鸦片战争以前的中国社会，与西欧或日本那种纯粹的封建社会（Feudalism），不管在生产方式、上层建筑或者是思想文化方面，都有很大差别。为了避免在比较研究中出现理论和概念的混淆，本文使用‘中国传统社会’一词。”[①] 衣凌师本是对“中国封建社会”（或者说是“具有中国特色的封建社会”）这一理论做出重大贡献的学者，但是经过一生的不断思考，最后提出了这个推翻他自己曾经信奉的学界主流看法的重要观点，是非常不容易的。这也表现了他以学术为志业、以真理为毕生追求目标的伟大精神。

---

① 傅衣凌：《中国传统社会：多元的结构》，《中国社会经济史研究》1988年第3期。

衣凌师的这种献身学术的精神，一直继续到他生命的终点。由于恩师最后的年月我未能随侍左右，因此有许多情况一直不甚知晓。近来读了杨国祯先生回忆衣凌师最后的日子的文章，深受感动。杨先生写道：他于 1988 年 4 月 11 日“乘机从北京返回厦门。行装甫卸，便去探望傅衣凌先生，禀报北京开会情形，告诉他《中国通史参考资料》古代部分第七册这个月由中华书局出版了，不过还没有收到样书。屈指一算，距离交稿已有 5 年，他叹了口气说：‘总算了结一桩心愿。’又说：‘《治史五十年文编》出版问题，叶显恩那里看来没有希望了，还是你出面和安徽人民出版社交涉好了。’由于我与安徽人民出版社素无来往，过去一年多我都不敢过问。傅先生可能想到我现在是全国政协委员了，说话不至于被不理不睬吧。于是，我用全国政协委员的名义写信给安徽人民出版社负责同志，询问《傅衣凌治史五十年文编》处理情况，并表示：如果贵社出版有困难，能否将排版好的铅板（版）奉赠，由我们另找出版社出版？结果，他们很快就答复，同意将铅版无偿赠送。我计划收到时，联系由厦门大学出版社出版，傅先生知道了，也很开心。顺手拿出一篇稿子，名为《中国传统社会：多元的结构》，是陈春声的笔迹，要我看看，帮忙润色。拜读之后，深感这次‘今日之我和昨日之我交战’跨度很大，唯恐‘风乍起，吹皱一池春水’。写作此文的来由，究竟是傅先生深思后授意，还是学生提议他接受？我不知道也不方便问，只有顺其意，在我认为容易引起误解的、有‘出格’之嫌的个别语句作了修正，并征得傅先生点头认可。到了 5 月，傅先生病情恶化了，逐渐陷入昏迷状态。14 日下午，他的挚友章振乾夫妇得知其病重的消息，从福州赶来厦门大学医院探望，他已说不出话来。18 时 15 分，一代史学大师与世长辞。”在恩师最后时刻守护在身边的师弟陈春声说道：“傅先生不幸于 1988 年 5 月逝世，他老人家直至生命最后一刻仍关心祖国学术事业、关怀后辈成长的精神学生将永远铭记。”[①] 衣凌师的这篇封笔之作，确如杨先生所言，“‘今日之我和昨日之我交战’跨度很大”，体现了衣凌师一生信守以学术为志业的初衷。我读后，深受震撼，认为这是中国史研究中最重要的著作之一，也更加体会到恩师那种博大的胸怀和服膺真理的大智大勇。

衣凌师是真正的学者，他和学生之间的关系也是一种完全以学术为基础的师生关系。我在厦大求学，和恩师交往密切，接触很多，他对我们几位研究生非常关心，我们也多次在恩师处吃饭。但是在和他的交往中，无论是上课还是私下谈话，其内容除了学术，还是学术，极少言及其他。因此之故，我们对恩师的身世和经历，基本上不得而知。一直到了他身后，才从许多回忆和追思文字中了解一些。这绝不是因为他把学生当作外人而不说，而是因为在他心中，学术高于一切，师生关系也是以学术为根本。他觉得导师就是传道、授业和解惑的人，而不是其他。和衣凌师有半个世纪之长友谊的章振乾先生，在衣凌师追悼会前一天（即 1988 年 5 月 17 日）写了《他不仅仅是一个历史学家》的悼念文章，其中说道：“衣凌是个历史学家，可他对于自己的历史却不感兴趣。从这点，我们也可感到他的

---

① 杨国桢：《大师遗爱惠我行》，澎湃新闻 2018-11-03（http：//m.thepaper.cn/rss_newsDetail_2522736？from=sohu，访问时间：2021 年 3 月 1 日）。

谦逊和高尚的品格。”[1] 恩师这种以学术为志业、一切以学术为重的人生追求，是他传给学生的宝贵精神财富。桃李不言，下自成蹊。尽管恩师从不对我们进行说教，但我们却从他的一言一行中深切地领会到怎么才能把自己培养成为一个真正的学者。

附录：《世界名人录》中的人物傅家麟

我国著名历史学家傅家麟（衣凌）教授，致力于史学研究，在中国经济史（特别是明清社会经济史）研究方面作出了卓越的贡献，成为当代国际上最重要的明清经济史专家之一。英国剑桥出版社编辑的《当代世界名人录》曾将傅家麟教授列入1984—1985年度的世界名人，现在再度将他收入该书1985—1986年版中。

傅家麟先生

傅家麟教授出生于1911年，早年曾在厦门大学和日本法政大学攻读历史学与社会学。在这期间，他开始致力于中国封建社会经济史研究。在半个多世纪的辛勤探求中，他先后发表了上百篇的学术论文和出版了六部专著，并翻译介绍了若干国外明清经济史方面的重要成果。

傅家麟教授在长期的学术生涯中，努力学习马克思主义理

① 转引自杨国桢：《大师遗爱惠我行》。

论，探索中国封建社会的社会经济形态与内在矛盾，以及中国资本主义萌芽何以难于顺利成长的原因。他率先把社会学、经济学的研究引入我国明清经济史研究，从而大大开阔了明清经济史的研究领域。同时，他不仅继承了我国传统史学重证据、重考据的优良风气，而且还大力发掘过去不为正统史学所重视的笔记小说、地方史志、契约文书等“杂著”中的宝贵资料，从而大大丰富了明清经济史研究的史料来源。他所创立的理论体系和研究方法，对我国以及国外明清经济史研究的发展有着重大的影响。一位著名的日本明清经济史学家曾经说：“我们日本的明清经济史学者到厦门大学来拜望傅家麟教授，是一种学术上的朝圣。”由于傅家麟教授在学术上的杰出贡献，1979年以来，他多次应邀出国讲学和做学术访问，对推动日本、美国、加拿大等国明清经济史研究的深入以及加强国际学术界对我国的了解，都起到了非常重要的作用。

良师难遇

——回忆吴承明先生

从某种意义上来说，人与人之间确实存在着一种缘分。荀子说："人虽有性质美而心辩知，必将求贤师而事之。"一个人能够遇到好老师，是他一辈子的福气。然而这种福气是可遇而不可求的，正如佛家所云：世间万物皆因缘而生，因缘聚则物在，因缘散则物灭。我本人在读书和工作时，有幸得到多位良师的指导，因此我是非常有福之人。在这些老师中，吴承明先生是给我指导最多、帮助最大者之一，他和我的师生情谊已有三十余年之久。

我很早就对经济史感兴趣。1978 年考到厦门大学，就是专门投韩国磐先生门下攻读隋唐五代经济史的。在此之前，我已在家父李埏先生指导下读了一些经济史方面的著作。在 1980 年以前的中国，基本上没有西方经济史理论和经济史研究著作可读，因此我在"文革"中开始学习经济史时，能够读到的只是 1950 年代翻译出版的一些苏联学者写的经济史学理论著作，如梅伊曼的《封建生产方式的运动》、波尔什涅夫的

《封建主义政治经济学概要》等。读这些书时，我写了不少札记和读书心得。到了厦大后，正值经济改革开始之时，经济学界对我国的个体经济问题展开了热烈的讨论。许涤新先生是我国最早关注这个问题的学者之一。改革开放开始后，他首先提出对于个体经济，不要再像过去那样要进行社会主义改造。对农民，要既肯定他们是公社的社员，即集体经济中的成员，又要恢复并适当扩大自留地，鼓励多种经营，发展家庭副业，承认他们是具有个体经济性质的经营者。许先生的观点引起我强烈的兴趣。"初生牛犊不怕虎"，我于是把原来的札记和读书心得整理成《封建社会中的个体经济与共同体经济》一文，寄给许先生，请他赐教①。1979年，厦大经济系举办了一个关于中国经济的会议。我忽然接到经济系一位老师转来的口信，说参加会议的吴承明先生要见我。我从未见过吴先生，感到非常意外和兴奋②，于是匆匆到会场去拜谒。到了那里，在会议间隙，见到了吴先生。因为时间紧，他只是很简要地说："你寄给许先生的文章，许先生读了，感到很高兴，并转给了中国科学院经济所经济思想史研究室主任朱家桢先生。朱先生读后觉得有

---

① 此文后来以《论封建社会中的个体经济》为题，刊于《漳州师范学院学报》1987年第1期。

② 吴先生与家父在抗战时期都在西南联大历史系读书，曾有两年的同学之谊。毕业后，吴先生去了美国，遂断了联系。到了1949年以后，吴先生被安排到中央外资企业局、工商行政管理局等单位，主要从事资本主义经济改造研究工作，与家父在研究方面的联系不多，加之他们各自在北京、昆明，相距遥远，因此竟然是数十年未能相见。到了"文革"之后，吴先生关于经济史的文章不断刊出，引起学界的高度关注。家父在昆明也读到了一些，深为赞佩，告诉我要特别注意学习。因此虽然一直没有机会拜识吴先生，但我对吴先生的学问早已"心向往之"了。

价值，因此请我就开会之便，在厦大见见你，并转达朱先生希望你毕业后去该研究室工作之意。”我听后感到非常振奋，感谢了许、朱先生的盛意，随后向吴先生做了自我介绍，请吴先生予以指导。但因吴先生这次来开会时间很紧，无法多谈，因此他叫我以后有机会来北京再详谈。这次见面，就是我初识吴先生。我当时的第一感觉是：这样一位大学者，待人却如此谦和，对后辈完全没有架子，因此决心一定要找机会到北京去求教吴先生。

1979 年暑假，我和师兄杨际平到北京去看书，为硕士论文收集资料。到北京后不久，我即去东大桥路吴先生寓所拜见他。到了吴府，只见房间狭窄，光线晦暗，家具简陋。由于空间太小，家中仅有一张书桌，堆满书刊和文稿。吴先生的许多著作，就是在这张狭窄的书桌上，在昏暗的光线下写成的。那时吴师母已中风多时，生活不能自理，虽然请了保姆，但是吴师母的生活起居，都是吴先生亲手料理，不要他人插手。尽管工作、生活条件如此恶劣，却不见吴先生有何不悦之色，谈起学问，依然侃侃而言，丝毫没有怨言。我心里不禁深深感叹：像吴先生这样的国际著名学者，真是像孔子赞颜回所说的那样：“一箪食，一瓢饮，在陋巷，人不堪其忧，回也不改其乐。”我感觉，刘禹锡《陋室铭》中的“斯是陋室，惟吾德馨”之语，其吴先生之谓欤？

在这间陋室中，吴先生和我谈起如何做经济史。他说：“做经济史，必须要对经济学有较好的理解。真正意义上的经济史研究，在方法上要进行数量分析，在研究对象上则要研究 GDP 等问题。政治经济学只是经济学中的一种，要研究经济史，特别是明清以来的经济史，只有政治经济学的知识是远不够的，还必须学习西方经济学。”他还说：“由于多年的封闭，在经济史研究方面，国内的做法和国外的做法有很大不同。你应当多读些国外学者做的经济史研究著作，特别是读原文。”这些话，对我震动很大。我请他推荐几本国外的书，他当即推荐了珀金斯（Dwight Perkins）的《中国农业的发展，1368—1968 年》（*Agricultural Development in China, 1368-1968*）和伊懋可（Mark Elvin）的《中国过去的模式》（*The Pattern of the Chinese Past—A Social and Economic Interpretation*）。他说：前一本书是经济学家写的中国经济史，而后一本书则是历史学家写的中国经济史，两者各有千秋，都应当认真阅读，从而了解西方的中国经济史研究中有代表性的研究方法。听了吴先生的话，我即去北京图书馆（现国家图书馆）查阅，找到了后一书。由于当时没有复印机，更没有数码相机，因此我只得一边阅读，一边随手译为中文。由于时间有限，我仅将该书第三编做完[①]。当时这两部书在中国绝大多数大学中无法找到。我后来对家父谈起此书，他即记在心里。1980 年，美国弗吉尼亚大学教授易社强（John Israel）来昆明，为他的西南联大研究收集资料，采访了家父。交谈中，家父谈到了此二书。易氏回到美国后，对珀金斯教授说起此事，珀氏即将其书寄了一本给家父。易氏又到书店购买了一本伊懋可的书寄给家父。家父将二书都寄给我，我才得从容读完全书。这两本书是我第一次接

① 这些译文，后来经整理，与王湘云博士翻译的上、中两编，成为一个全译本。经伊懋可先生、张天虹教授和陈怡行博士校阅，将由浙江大学出版社启真馆出版。

触的西方学术著作，也是我读得最认真的西方经济史著作，对我后来的研究影响至大。

1981 年冬，我通过硕士论文答辩后，转到傅衣凌先生门下，攻读明清经济史博士学位。就是从这个时期开始，吴先生的著作不断刊出，在经济史学界引起一阵又一阵的震动。我迫不及待地搜集他的文章，力求先睹为快。在学习这些文章的过程中，我更加深刻地体会到他一年前对我的教诲的深意。于是我遵照他的指教，开始比较系统地学习西方经济学。学得越深入，对吴先生研究的特色感受越深刻。不仅如此，吴先生精深的史学功底和优美的文风，也成为我学习的样板。因此我一直私淑他，他也时常给我具体的指导。1985 年，我的博士论文完成，傅衣凌师邀请吴先生来主持我的论文答辩。自此，我也得忝列吴先生之门墙。

我博士毕业后，到浙江社科院工作。1986 年秋，美国学术团体协会（American Council of Learning Society）决定举行一个中国经济史会议，旨在促进经济学家和历史学家之间的对话。这个会议包括两次会议：第一次会议于 1987 年初在夏威夷大学东西方中心（East-West Center）举行，主要是经济学家对历史学家讲可以用于研究经济史的方法；第二次会议则是 1988 年在图桑（Tusan，Arizona）举行，由历史学家向经济学家讲可以用于经济史研究的方法。会议筹备者罗斯基（Thomas Rawski）教授请吴先生推荐一位中国学者，吴先生即推荐了我。1987 年 1 月 2 日，我到了夏威夷，这是我第一次出国（也是第一次乘坐飞机）。在这两次会议上，虽然我由于英文听力不佳，大部分发言未听懂，但是把会议上的文章带回来阅读，收获还是很大，开启了我国际求知的过程。参加这两次会议的历史学家主要是治中国经济史的中青年学者，除我之外，还有李中清（James Lee）、王国斌（R. Bin Wong）、濮德培（Peter Perdue）、彭慕兰（Kenneth Pomeranz）等几位。这些学者都与吴先生有学术联系，后来都成为“加州学派”（California School）的中坚。

伯重世兄：

九月及十一月五日来信均拜悉。知已基本恢复健康返杭，至慰。上月刘敏来京谈及你在厦大时每每感不适，大约都是积劳所致。必须特别注意休息和营养，此事至要，千万不可大意。文章不必多写了，因你文章已发表不少，可谓知名；今后似宜长期积累资料与观点，留待专著。大约一个比较系统的史学见解非长期积累不可，其中必多反复，不能遽下定论，此亦古人慎言之道也。

留美事以讲学为主，不再读学位，我极赞成。可留出时间读些新著，不受学分限制。来信谓已定下月中旬机票，当指十二月中。尚有何事需我协助者，请即告知。大约治清史与黄宗智都熟悉，毋需我介绍了。美国学校一般月底才发薪，你如需垫款生活费我可开个支票带去，三五百皆可。

英国剑桥大学Peter Nolen教授曾两度来我所。他研究中国农业，对你论文（英文本）中江南钢铁、纺织一节至感兴趣，已复制去。今据你在《中国史研究》之文，我当复制寄给他。他想组织写一本剑桥中国经济史，包括当代，与我所合作，邀我作中方编辑。不过，

吴承明先生手教 1

他也谈到剑桥史自命"权威"，须委员会通过，拨款，准备事也。若事成，我想推荐你参加，最早也是1989年之事，此事未必有望，请不必对任何人谈及，到时候再说。

我现全力于中国资本发展史第二卷，已感焦头烂额，又有当代中国资本主义发展一书任务，人老力不从心矣。八月去南京，参加张謇讨论会，有文一篇，被人大《教学与研究》要去发表。寄上复印一件，表现我近年来的一种看法，请指正。

祝

健康！

吴承明

1987.11.17

吴承明先生手教 2

1988 年，多蒙黄宗智教授盛意，邀请我到加州大学洛杉矶分校讲学半年。当时我在杭州因为家累重，身体又很不好，加上经济窘困，因此感到犹豫。与吴先生商量，吴先生大力鼓励我去，并且主动提出借给我三五百美元，以帮助我解决经济困难。在当时，三五百美元是一笔巨款。虽然我谢绝了他借钱给我的好意，但是依然非常感谢他的厚爱。在他的鼓励下，我下决心去。这也开了我日后往来太平洋两岸教书和做研究的先河。

我后来在美国工作，1993 年决定回国，但是希望到中国社科院经济所，在吴先生和方行先生等前辈的指导下工作。吴、方先生为此积极努力，克服了各种困难，使得我终于如愿来到经济所。在经济所工作的几年中，有机会得以更多地拜见吴先生。

在经济所工作的五年期间，有幸和吴先生更多见面，更深入地讨论经济史的理论问题。吴先生虽然是一代宗师，但是在学术问题的探讨上却完全采取平等的态度。因此我们后辈在吴府上与吴先生可以天南海北，无所不谈，即使是与他观点相悖的看法，也可以直言不讳，提出讨论。

1995年，在上海举行了一次中国经济史会议。会上我提交了一份题为《现代中国史学中的“资本主义萌芽情结”》的论文，对我国的资本主义萌芽研究提出质疑，认为这是西方中心论的产物。这篇文章后改名为《“资本主义萌芽情结”》，刊出于《读书》杂志1996年第8期。文章发表后，引起国内外读者的热烈回应，《读书》随后发表了数篇看法各异的读者（包括黄仁宇先生）的来信，成为一时讨论的热点。

众所周知，吴先生在中国资本主义萌芽研究方面具有至高无上的地位。其研究代表了此项研究的最高水平。他读了我的文章后，和我进行了讨论，明确表示以往讨论的资本主义萌芽问题，事实上许多是市场问题，因此以后应当强调的是市场经济研究，而非资本主义萌芽研究。他后来在学术会议上也提出了这个看法，说自己将不再使用资本主义萌芽这样的词汇。他的这种做法，不仅表现了他晚年思想活跃不减往昔，而且更表现了他以学术为天下公器的大智大勇，如果自己“觉今是而昨非”，那么就不惜公开改变观点。这是何等令人崇敬的学者本色啊！

我后来从社科院到了清华，仍然继续得到他的指教和关爱。每逢节日或者出国回来，都去吴府拜见吴先生，他也经常留我便饭，借以畅谈。每到那里，总见他在阅读新出的西方学术著作，手不释卷，兴趣盎然；或者是在奋力笔耕，孜孜不倦，新见迭出。他到了八十多岁高龄还学习使用电脑，不久即能上网查阅资料，并和后辈通电邮。这使我非常吃惊，也非常高兴，因为这表现了他依然生气勃勃，心理上仍然年轻，充满活力。

2011 年 6 月，我从香港回北京。听说吴先生身体欠佳，于是立即去探望。彼时他已十分衰弱，但是见到我非常高兴，交谈达半个小时之久。他还想多谈，但是我怕他过劳，遂告辞而去。不意这竟是与他的最后一面。两周之后，我在上海得到噩耗，吴先生已驾鹤西去，留给我无尽的哀伤和思念。

1997 年吴先生八秩大寿时，我写了一篇《吴承明先生学术小传》，向大众介绍这位学界的传奇人物。文章中说：吴先生“本是性情中人，无论投身何种事业，都充满为追求真理而献身的热情。也正因如此，他才能在治学中达到‘不以物喜，不以己悲’的崇高境界。……尽管年事已高，又经历了悼亡、丧子等人生不幸，但吴承明在精神上依然年轻，不减当年。”这就是我心中的吴先生的完整形象：他不仅是一个杰出的学者，而且也是一个真正的人。我有幸遇到这位名师，是我一生的福气。他给了我宝贵的教诲和深切的关爱，是我在学问与人生道路上的引导与动力。对他的恩德，我是永远感激不尽的。1990 年代初，台北的联经出版事业有限公司准备出版我的博士论文《发展与制约：明清江南生产力研究》[①]；1998年我的英文专著 *Agricultural Development in the Yangzi Delta, 1620-1850* 完成[②]。吴先生为此二书写了序言，对我多所勉励。这些序言，今天也成为他和我之间三十余年师生之谊的永久纪念。

附录一：以学术为天下公器：吴承明先生学术上的大智大勇

“夫学术者，天下之公器”，这句话出于近代学者黄节（1873—1935）的《李氏焚书跋》，原文是“夫学术者天下之公器，王者徇一己之好恶，乃欲以权力遏之，天下固不怵也”。后由于梁启超极力倡导，遂广为流传，深入人心。然而，说起来容易做起来难，真正能够把学术作为天下公器来对待的人，实际上并不多见。

要以学术为天下公器，就要对学术有一个正确的看法。首先，学术是天下公器，因此我们每个人做出来的学术成果，都是学术共同体做出来的成果的一个部分，而不是个人的私有财产，可以像土财主那样死守不放。其次，学术总是在不断进

---

① 该书经刘翠溶教授审阅通过，并提出详细意见。但是后来拖到2002年方刊出。

② 该书由英国麦克米兰出版公司（The Macmillan Press Ltd., Houndmills, England）与美国圣马丁出版公司（St. Martin's Press, Inc., New York, USA）于1998年刊出。

步，而进步就意味着吐故纳新。一些过去取得的成果，如果发现有错误的话，必须扬弃；而一些新的不成熟的看法，如果被证明有道理的话，也必须采纳。只有这样，学术才能够前进，个人做出的成果也才能成为共同的学术的一部分，即使后来被修正甚至扬弃，也是一种贡献。

1919年，韦伯在慕尼黑大学为青年学生们作了《以学术为业》的讲演。在这个激励了几代人的著名讲演中，他说：

> 个人的研究无论怎么说，必定是极其不完美的。只有严格的专业化能使学者在某一时刻，大概也是他一生中唯一的时刻，相信自己取得了一项真正能够传之久远的成就。今天，任何真正明确而有价值的成就，肯定也是一项专业成就。因此任何人，如果他不能给自己戴上眼罩，也就是说，如果他无法迫使自己相信，他灵魂的命运就取决于他在眼前这份草稿的这一段里所做的这个推断是否正确，那么他便同学术无缘了。……
>
> 我们每一位科学家都知道，一个人所取得的成就，在10年、20年或50年内就会过时。这就是科学的命运，当然，也是科学工作的真正意义所在。这种情况在其他所有的文化领域一般都是如此，但科学服从并投身于这种意义，却有着独特的含义。每一次科学的“完成”都意味着新的问题，科学请求被人超越，请求相形见绌。任何希望投身于科学的人，都必须面对这一事实。①

---

① 马克斯·韦伯：《学术与政治》，商务印书馆，2018年，第11、15页。

韦伯的这些话，是对“夫学术者，天下之公器”这句话的一个很好的阐释和补充。但是要做到这一点却非常困难。只有那些真正以学术为天下公器的大智大勇之人才能做到，而吴承明先生就是这样的一个人。

我在过去的一些文章中对中国经济史学科的学术史做过讨论，指出：在20世纪后半期，我国经济史学的理论创新中最重要的是资本主义萌芽理论。这个理论体现了一种比较史观，即把中国历史纳入世界历史范围之中，把中国历史作为世界历史的一个部分进行研究。这个理论打破了长期以来盛行于西方的“中国停滞”论和“冲击—回应”模式的束缚，使得我们能够以发展的眼光来看待中国过去的历史，并且把研究的重心放到中国自身，而不是将近代中国经济的变化归之于外部因素。在寻觅资本主义在何时何处“萌芽”的过程中，中国经济学者们对于商品经济、雇佣劳动等至关重要的问题付出了巨大努力，并且取得了丰硕成果。而在资本主义萌芽的理论和实证研究方面，吴承明先生是最有建树者，可以说是集大成者。

然而，以往的资本主义萌芽研究中也存在着若干重大问题。到底什么是资本主义？资本主义与市场经济之间究竟是什么关系？近代早期欧洲的经济发展是否必然会导致近代工业资本主义？……不弄清这些问题，就不可能了解什么是资本主义萌芽。然而，过去我们对于以上问题的看法存在错误。因此建立在这些看法之上的资本主义萌芽研究，也日益暴露出破绽。

有感于此，我在二十多年前写了一篇《“资本主义萌芽情结”》的小文，对“资本主义萌芽”质疑。这篇文章在《读书》

杂志1996年第8期刊出后，引起了一场小小的风波。吴承明先生看到这篇文章后，不仅不以为忤，而且予以肯定，这使得我非常感动。之后，他在学术会议上提出不应当再提资本主义萌芽的问题，而应把注意力转到对市场的研究上。同时，他发表了一系列关于明清市场经济的著作，为我们研究20世纪以前的市场经济提供了指导。

作为资本主义萌芽研究的集大成者，毅然放弃自己多年研究得出来的观点，需要何等的学术勇气啊！在学界，有几个人能够做到这一点？但是吴承明先生做到了，这充分表现了他确实是以学术为天下公器，体现了他的大勇。

吴承明先生放弃原有的观点，但是过去的努力并未白费。在扬弃“资本主义萌芽”观点的同时，他提出了明清市场经济的新观点，从而使得自己的研究上了一个新的台阶。的确，在“资本主义萌芽”理论难以自圆其说的诸多方面，市场经济理论都能解释。布罗代尔把资本主义和市场经济做了分别，并认为“作为社会生活中间层的市场经济”与“作为社会生活顶层的资本主义”之间有不可混淆的界限。“市场经济”和“资本主义”是社会生活的两个不同领域，“市场经济”是竞争的领域，而“资本主义”是垄断的领域。这是两个相互反对的社会生活领域。因此“资本主义”是“不同于市场经济的一些活动”，它始终占据社会生活顶层。布罗代尔的这个区分是有道理的。市场经济就是商品经济的实现形式，其本身并不包括社会制度及意识形态内容。因此，吴承明先生提出不再谈资本主义萌芽而要研究市场经济，使得中国经济史研究摆脱了困境，进入一个更为广阔的天地。韦伯说“科学请求被人超越”，而吴承明先生自己超越了自己，这是真正的大智。

因此，吴承明先生从“资本主义萌芽”研究的权威转向“明清市场经济”研究的倡导者，确确实实表现了他的大智大勇。这种大智大勇，来源于他真正以学术为天下公器的信念和实践。他的这种做法，为我们提供了最好的榜样，是他留给我们的一份珍贵遗产。

附录二：吴承明先生学术小传

吴承明先生

1997 年是吴承明先生八秩大寿之年。在中国历史上，这八十年是一个变化最剧的时代。和他的同代人一样，吴承明经历了这些变化；但是和大多数学者相比，他的生活道路又尤富传奇色彩。这种非凡的生活经历使得他在治学方面也更具特色。

吴先生于 1917 年生于河北一个律师之家，幼年曾在私塾接受传统教育。因立志科学救国，遂于 1932 年考入北洋工学院预科，两年后考入清华大学理学院，但不久有感于研究中经济问题的重要，又转至经济系。时日寇侵华凶焰日长，国难当头，他作为一个爱国热血青年，奋起投入救亡工作，参加了中华民族武装自卫会等进步团体。“一二·九”运动爆发后，他成为北平爱国学生运动的领袖之一。因从事救亡运动，受到政府通缉，被迫离开清华，随后于 1936 年秋考入北京大学历史系。七七事变之后，他参加平津学生和医生、护士组成的战地服务团，随军服务。1938 年冬服务团解散，他到昆明西南联合大学复学。其时的西南联大，由北大、清华和南开三校组成，名师云集，吴先生亦得聆教于陈寅恪、钱穆等史学大师。1940 年毕业后，他任职于重庆中央银行经济研究处，并兼任当时国家总动员会议专员以及《新蜀日报》编辑。

为进一步加深经济学修养，吴先生于 1943 年冬赴美，考入哥伦比亚大学经济系。其时凯恩斯经济学盛行，但在治学方面，哥伦比亚大学仍有 J. B. 克拉克遗风，独树一帜。吴先生在学习期间，因成绩优异荣获“金钥匙”奖，并成为贝塔 · 伽马 · 西格马（Beta Gamma Sigma）荣誉学会会员，这是美国和世界著名高校的商学院的一个学术奖项，也是全球商学院（MBA）学生所能获得的最高学术荣誉。1946 年获硕士学位后，担任西蒙 · 库兹涅茨（Simon Kuznets）教授（1970 年度诺贝尔经济学奖得主）的助手。其时库氏受聘为国民政府资源委员会顾问，吴先生则任委员会经济研究处专门委员。1947 年初，他来到上海，担任中央信托处襄理并兼交通大学、东吴大学教授。

1949 年底，吴先生举家北迁北京，先后供职于中央外资企业局与中央工商行政管理局。1958 年，他主持由中国科学院经济研究所和中央工商行政管理局共同设立的资本主义经济改造研究室，并兼任经济研究所研究员。1966 年“文化大革命”爆发后，该研究室被解散，他也受到迫害，并于 1970 年春被下放到辽宁盘锦、河北固安等地的“五七干校”劳动，直到 1973 年底才获准离开干校，重新组建被解散了的研究室。

1977 年，吴先生转到中国社会科学院经济研究所，任专职研究员，并任该所学术委员会委员。随后又兼任中国社会科学院研究生院和南开大学经济研究所教授、博士生导师，并任美国加州理工学院客座教授。他还被选为中国经济史学会会长、中国投资史研究会名誉理事长、中国国史会理事、中华全国工商业联合会特约顾问等。

“九派末梢路难行，雨也泥泞，雪也飘零，一年难得半年晴，才罢南风，又是西风。”吴先生 1971 年 11 月作于固安干校的这首《一剪梅》，从某种意义上来说，正是他那一代学者坎坷生涯的写照。虽然时运不齐，命途多舛，但是吴先生生性豁达，世间荣辱一笑置之；努力探索，追求真理而终生不渝。他之留洋、归国、从政、教书，都是为了找到一条最适合于自己的报国道路。经过这一曲折的过程，他最后断定自己的事业是经济史。而他所经历的一切，又恰恰为他的经济史研究奠定了最坚实的基础。历史本是一个时间的延续，一个内外因素共同作用的产物，一个包罗万象的多面结晶体，所以要真正懂得历史，理解过去，绝非易事。而他丰富的人生阅历，深厚的中西学术功底，加上本人的资质禀赋，使得他在中国经济史研究中，能够独树一帜，不论在“史”与“论”、“中”与“西”还是“古”与“今”的结合方面，都具有特色。

吴先生的学术活动，开始于青年时代。早在 1930 年代，当他还是一个年轻学生时，就已经发表了关于中国土地问题的论文。到了1940年代，他又发表了若干历史考证的论文和一系列关于战时经济的文章。他在哥伦比亚大学的硕士论文《评美国战时公债政策》，以非凯恩斯主义的观点提出新见，受到学界的重视和好评。1946年归国后，他逐渐转入中国近代经济史的研究，代表作是1947年发表的《中国国民所得和资本形成》和1949年发表的《中国工业资本的估计和分析》二文。在后一文中，他已运用马克思主义的经济理论，来对中国工业资本进行计量分析。这在当时的中国经济史学中尚属首创之举。

1949年冬移居北京之后，吴先生在承担政府经济管理工作的同时，仍然结合工作实践，继续进行经济理论和经济史研究。在中央外资企业局和中央工商行政管理局工作期间，他着力于研究西方在华投资和中国民族资本两大课题，先发表了一系列专论和小册子，并在此基础上，于1955年出版了《帝国主义在旧中国的投资》一书，被教学和研究广泛引用。其节本《帝国主义在华投资》旋即为苏联科学院译为俄文出版。1956年他的长篇论文《中国民族资本的特点》刊出。此文无论在观点见解方面还是资料使用方面，均堪开创风气之作。他领导资本主义经济改造研究室之后，组织各方面力量，广泛收集资料，主持编写《中国资本主义工商业的社会主义改造》一书，于1962年出版，引起海内外重视，其日译本亦于1971年出版。

1960年以后，吴先生主要精力集中于中国资本主义发展史的编写工作。他首先组织人员，搜集、编写史料，主编出版“中国资本主义工商业史料丛刊”（已先后刊出八种），并组织了一系列专题调查。这些工作为“文革”所打断，恢复工作后，他将部分调查成果整理出来，主编为《旧中国的资本主义生产关系》，于 1977 年出版。

1977 年吴先生转到中国社会科学院经济研究所后，在以前所作的准备工作的基础之上，和许涤新先生共同主持了三卷本《中国资本主义发展史》的编写工作。这部中国经济史研究中具有里程碑意义的巨著，由北京、上海、天津等地的二十余位专家分章撰写，吴先生统稿修改，并执笔撰写导论等重要部分。此外，他还承担了全部计量分析工作。此书的编写，前后历时十五个寒暑，方得大功告成[①]，吴先生投于其上的心血和精力是无法估量的。书刊出后，引起中外学人的注目，先后荣获“中国社会科学院 1977 年—1991 年优秀科研成果奖”和“孙冶方经济科学 1994 年度著作奖”。有关此书的书评与介绍，屡屡见于中外学术杂志。为飨读者，英国麦克米兰出版公司也推出了该书第一卷的英译本[②]。

除了以上大部头的著作外，吴先生还发表众多的单篇专题论文。其中，1949—1983 年间所发表者，有八篇收入了其论文集《中国资本主义与国内市场》，于 1985 年出版。这些论文对中国经济史上的和经济史研究中的若干重大问题，提出了精

---

① 该书的第一、二、三卷分别于 1985、1990 和 1993 年先后出版。

② 追记：该英译本题为 *Chinese Capitalism, 1522-1840*，已于 1999 年由 Macmillan Press & St. Martin's Press 刊出。

辟的独到之见，引起中外学坛的关注。其中《中国资本主义发展述略》一文，以系统论述和计量分析见长，发表即受到广泛转载，并有英、日译本。此书关于明清及近代中国市场与流通的论文属开拓性研究，发表后，很快就有了日译本，在西方最具影响的人文社会科学杂志——法国《年鉴》杂志上也有专文详加评介。

1980年代初，吴先生任《中国大百科全书》经济学卷的“中国经济史”部分的主编。他撰写了“中国经济史”的详细词条，并提出了他对三千年来整个中国经济发展的看法。1984年以来，他主要精力集中于经济学理论、经济史研究的方法论、中国经济的近代化以及市场等问题的研究，其探讨范围从西方现代经济学理论的最新进展到明清中国的国内市场，从历史主义到近代中国的工业化道路，力图以史为鉴，对今天中国特色社会主义建设做出贡献。这些成果大多已收入1996年的论文集《市场·近代化·经济史论》，相信读者将会从中发现其价值所在。

除以上著作之外，吴先生还有作品散在各种出版物中。其中要特别一提的是，为了培养学生，奖掖后进，他近年来为许多年轻一辈学者（不限于他自己的学生）的专著撰写了序言。他写的每一篇序文都是一篇小型论文，不仅深入、扼要地评介这些专著在学术上的独到贡献和不足之处，而且也对该领域的学术发展作了精辟的总结。

这里，我还想提一提吴先生于1992年自己印行的诗文集《濯足偶谈》。这些诗文虽非经济史研究著作，但是细把玩之，不仅可以从中窥见作者兴趣之广、修养之深和品味之雅，而且使人得以窥见吴先生感情世界的丰富多彩。一位台湾友人读了这些诗文之后，感慨地说："此其吴承明之所以为吴承明也。"吴先生本是性情中人，无论投身何种事业，都充满为追求真理而献身的热情。也正因如此，他才能在治学中达到"不以物喜，不以己悲"的崇高境界。有两个例子，足以充分表现他的这种大家风范。其一，他主编的《中国资本主义工商业的社会主义改造》一书于 1962 年出版后，饮誉中外，但到了"文革"结束以后，他对这一改造重新作了探讨，于 1981 年发表了《资本主义工商业的社会主义改造是马克思主义在中国的胜利》一文，除了作出更系统的理论阐述而外，也提出了资本主义工商业的社会主义改造中的种种缺失。其二，他关于中国资本主义萌芽的研究著述，把资本主义萌芽研究推到了一个新的水平。但是在进行了更深入、更周密的思考之后，他在最近的两次学术会议上，提出了与自己过去观点不同的新见。这两个例子，不仅表现了他晚年思想之活跃不减往昔，而且更表现了他以学术为天下公器的大智大勇：一旦"觉今是而昨非"，那么就公开作自我批评，甚至放弃以前的观点。这是何等令人崇敬的学者本色啊！

吴先生四十五岁生日时，曾赋诗总结半生经历，并以这样的诗句自明其志："四十尚云壮，五十犹未迟。垦辛无老幼，执杖亦耘耔。春来多娇丽，江山在一麾。"从彼时至今，三十四年——中国和世界都剧变的三十四年——过去了。尽管年事已高，又经历了悼亡、丧子等人生不幸，但吴先生在精神上依然年轻，不减当年。每当有经济史、经济学的新著出版，他总是尽快找来，认真披览。由于学术事业已经成为他生命的一部分，因此他在经济史研究中新见迭出，表现了他在思想上确实依然生气勃勃。我们衷心期望吴先生健康长寿，为我国经济史学的发展做出更多的贡献。

中国学术史上一个时代的结束

——追忆何炳棣先生

2012年6月8日，忽然接到梁其姿教授的电邮，只有短短的一句话：何炳棣先生昨离世，并附有何公子可约（Sidney Ho）给友人们关于何先生辞世情况的信。读了来信，悲痛之余，许多往事也涌上了心头，在此谨将关于何先生的一些回忆写出，权作纪念。

我初次拜识何先生是在1986年，但在此之前就已从先父李埏先生那里得知何先生的大名。先父与何先生是西南联大时期的同学（先父是研究生，何先生是本科生），何先生在2000年出版的自传性回忆录《读史阅世六十年》中也提到他与先父的同窗之谊，并写道：当时他对“（北大）文科研究所只略有所知，对后来在文、史、哲、语言、校勘方面卓然有成的这批研究生，除李埏、汪篯、王永兴外，连姓名都不知道”。先父则说：何先生才气过人，同时也极富个性，在联大学生中十分活跃。当时有联大学生二十来人，有的是毕业不久的，有的是尚未毕业的；有的是学历史的，有的是学哲学或社会学的。大家相约组织了一个学会，闻一多、潘光旦等好几位教授也参加了。学会叫作“十一学会”，“十一”二字合起来是“士”字，意即“士子学会”。学会每两周聚会一次，轮流由一个教授或学生作学术报告。学会的召集人是丁则良、王逊和何炳棣三人。后来何先生考取公费留美，音讯遂绝。1971 年秋，何先生等一批海外学者访问大陆，先父从报端上见到报道后，方知何先生的行止。到了改革开放以后，何先生回大陆更经常了。1986 年夏秋，在中国社会科学院和美国国家科学院合作和安排之下，何先生至中国社会科学院、云南大学和复旦大学作短期访问。直到此时，两位老友方有机会聚首。何先生在云南大学访问时，我恰好在昆明省亲，因此有幸拜识这位心仪已久的学术前辈。

初见何先生，即感受到他特有的风度。何先生身材高大，声音洪亮，说起话来滔滔不绝，爽朗的笑声或者直率的质问声，远近可闻。在云南大学，他就中国农业的起源问题作了专题讲演。在讲演会后的答问中，云南省社科院研究员夏光辅先生说：在云南某处山洞里发现了上古时期的稻谷，比河姆渡发现的稻谷更早。何先生听后大喜，当即请夏先生日后提供相关考古报告等材料。以后不知何故，夏先生未提供这些材料，而何先生一直记挂着此事，后来见到我时还不止一次提及。

讲演会后，先父和家慈设便宴款待何先生伉俪。老友暌离四十年，一旦重逢，宾主都不禁感叹“人生不相见，动如参与商。今夕复何夕，共此灯烛光。少壮能几时？鬓发各已苍”。他们回忆起联大时代的生活和师友，都觉得那时尽管生活艰辛，仍然是他们一生中最美好的时光。他们谈到已故的同窗丁则良先生时，浩叹这位在反右运动中自杀身亡的才子的悲惨命运。先父提到：“当年丁则良曾对我说，留学考试并不怕何炳棣，就是怕他的英文。”何先生听了大笑，马上说：“这是我当时不知道的，他应该知道我何尝不怕他，特别是他中文下笔万言！事实上他学语文的能力比我强得多。”何先生后来在《读史阅世六十年》也记下了这件事，并写道：“此事虽小，却反映当时联大教员、助教、研究生之间彼此相敬相‘畏’，友谊竞争并存不悖，大的趋向总是互相砥砺力争上游。”以后，何先生还和他人多次提及此事，并以此深感自豪。

在席间，何师母邵景洛女士也与家母聊起了家常。她说：“我和炳棣有两个儿子，但无一人治史。虽然我们尊重孩子的选择，但是家学无传人，炳棣一直以为憾。如今看到令郎伯重治史，炳棣很高兴，也很羡慕，相信伯重一定能够光大家学，克绍箕裘。”

1988年，蒙黄宗智先生之邀，我到加州大学洛杉矶分校讲学半年。此时何先生已从芝加哥大学退休，到加州大学尔湾分校任历史社会科学杰出访问教授。虽然同在南加州，但是因为我不开车，只能靠电话向何先生请益。一日，友人王国斌教授开车从尔湾来洛杉矶，接我到他家做客。在尔湾期间，我造府拜见了何先生。何先生非常高兴，畅谈许久并留饭。何师母厨艺极富盛名，而何先生对美食的品位之高在海外华人学者圈中有口皆碑。因此，只有何师母的巧手才能满足何先生的美食之癖，也只有何先生的赞美才能给何师母的手艺恰如其分的评价。不过此时何师母身体不佳，因此我在何府一天，中午品味了何师母的手艺，晚上则随何先生去一家当地知名的中餐馆吃正餐。相比之下，何师母与餐馆大厨的烹调水平，高下立判。

在何府与何先生的畅谈，主要是学术。何先生读过我的一些文章，提出了中肯的意见。他强调：你治中国史，一定要多读西洋史，否则就会不识庐山真面目，或者夜郎自大。譬如说，你有一篇文章谈明清江南的建筑业，你应当去欧洲看看欧洲从罗马帝国时代到近代早期的建筑。在这方面，中国落后于西欧。一些中国学者对欧洲的历史缺乏深入的了解，把中世纪欧洲看得十分贫穷，但是如果你看看欧洲许多地方乡村中的建筑（特别是教堂），你就会发现情况可能并不如你先前所想。因此，不仅要多读西方好的学术著作，而且要到欧洲亲眼看看。古人说：读万卷书，行万里路。到了今天，要做第一流的学问，非如此不可。后来我到了欧洲，跑了不少国家，特别留心看古代建筑，深感何先生所言确实有理。

2000 年夏，应刘石吉、梁其姿两先生邀请，我到了台北，在“中研院”人文社会科学研究中心做为期一个月的学术访问。此时何先生恰好来“中研院”参加院士会议，会后还留些日子做研究。我们都住在“中研院”学术中心，因此见面机会颇多，除了谈学问外，也谈些往事。何先生虽然行踪遍及大洋两岸，但是他最怀念的仍然是在昆明求学的岁月，对昆明也充满感情。我是昆明人，因此何先生特别喜欢和我谈昆明。他说:“抗战期间最幸运的，是住在昆明。昆明真不愧‘春城’的美誉，夏日与南京、南昌、武汉、重庆等‘火炉’比，昆明真是天堂了。”他还以一位历史学家和美食家的眼光，对昆明地方美食加以品判，并对我进行了“考试”，看看我对昆明风土民情的了解。由于时代变迁，诸多昆明的传统美食自 1950 年代就已绝迹，因此我每每一问三不知。何先生一方面笑我无知，另一方面也感到这是一个严重的问题，后来写道:

> 今夏在台北“中央研究院”和在昆明长大的著名经济史家李伯重（云大李埏教授哲嗣，现为北京清华大学人文社会科学院教授）谈到昆明的常食和特食，很惊讶，他居然有很多东西都不知道。我本以为讲吃太琐碎，但从和他谈话中感觉到我所想谈的，可能具有些微社会文化史料价值；此刻不讲，真会逐渐湮没无闻了。

这些谈话的内容，我后来都忘却了，但何先生却清楚地记得，并写进了《读史阅世六十年》中。《读史阅世六十年》出版后，我读到这一节，方才猛然记起，回味起当时和何先生聊天的情况。此刻，其情其景犹在眼前，而斯人已去，心里不禁充满悲凉和惆怅。

2003 年和 2008 年，我应加州理工学院之聘，到该校任客座教授，又到了南加州。由于我不开车，依然是通过电话向何先生请教。2003 年时，何师母因健康不佳搬到温哥华和次子住，2006 年不幸仙逝。在这段时间里，何先生只身住在尔湾，每日要做饭，打扫卫生。对于从小就没有做过饭的何先生来说，这是十分艰难的时候，但是他依然情绪振奋，在电话中谈起学问就不能自已，往往一谈就是半小时、一小时。

何先生对清华感情极深。他对我说：他很羡慕杨振宁先生晚年回到北京，将终老于清华。何先生自己也很想叶落归根，在清华传道授徒，将自己一生的学问贡献给清华。清华历史系曾积极努力请何先生回清华短期讲学，但是由于经费等原因，事终未成。一直到 2010 年，蒙何先生老友杨振宁先生主持的清华大学高等研究院资助，何先生回母校访问的心愿方得实现。何先生在清华作了两次学术报告，一次是在高等研究院的“国史上的‘大事因缘’解谜”，另一次则是在历史系的“夏商周断代的方法问题”。何先生做讲演之事在学校内外引起轰动，年轻学子们都抓紧这个机会，力图一睹这位学术大师的风采。因此虽然何先生的讲演极为专业，但是讲演场所依然人满为患，许多学生只能站在门外倾听。在讲演中，何先生虽然耳朵有些重听，但是神采依旧，讲起话来声如洪钟，观点鲜明，完全看不出已是 93 岁高龄。

我参加了何先生在高等研究院的讲演，会后乘间与何先生做了简短的谈话。我谈到我即将从清华退休，他听后颇感愕然，随后说：“做学问是一辈子的事，与退休不退休无关。你看我现在已经九十有三，第二次退休也已多年，但每天读史写文，与过去没有两样。退休后，可有更多的时间用于研究，未尝不是好事。”因我此时马上要离开北京，未能参加何先生随后在历史系的讲演，因此 2010 年 5 月 13 日这次见面竟然成了永诀。

得到何先生仙逝的噩耗后，我即转告一些友人，大家都同感悲痛不已。龙登高、黄纯艳教授在给我的电邮中说："这几年，李埏先生、吴承明先生、何炳棣先生等老一辈大师相继仙逝，不胜悲痛，也不禁为经济史学的发展慨叹"；"那些令人景仰的前辈一个个离去，就像一个时代在拉上大幕，令人伤感"。是的，这批西南联大培养出来的学术大师相继离去，表现着中国学术史上一个时代的结束。至于中国史学将来将进入一个什么样的时代，则无人知晓。这，也是何先生的去世留给我们的一点深思。

附录："做第一流的学问"——浅谈何炳棣先生治史的特点

熊彼特（Joseph Schumpeter）说：经济史"只是通史的一部分，只是为了说明而把它从其余的部分分离出来"。克里吉（Eric Kerridge）则说："只有整合的历史才能使我们穿越现时，看到那已逝去的我们不熟悉的世界，更重要的是运用这种对那个已逝世界的知识，与当今世界做出对比，从而加深我们对现实的认识，这才是历史学家最伟大、最崇高的目标。"经济史也不例外，"经济史是从通史或总体史中抽取出来的，而农业史、工业史、商业史等又是从经济史中抽取出来的。这种专门化的目标只有一个，那就是集中思考总体史的某一具体方面，以揭示整体的发展"。然而现实是，"现在各门专业壁垒高筑，互不理会，经济史亦沾上了这种毛病"。这种"各门专业壁垒高筑，互不理会"的状况不止存在于经济史学，而且存在于历史学各学科，而各学科之间的壁垒，更是高不可攀，深不可测。

何先生的研究不断转向，从英国史到中国史：在中国史中，从商业史到人口史，然后到社会史、文化史，最后到思想史。虽然从领域来说，每一次转向都是一次剧变，但这些转向背后都有一个逻辑，即把中国史作为一个整体，转向只是从不同的方面来研究这个整体。他研究的重点从经济到社会，从社会到文化，从文化到思想，足以覆盖历史的主要领域，把中国历史的各主要方面都纳入了他的视野。汪荣祖先生在回忆何先生的文章《一个历史学家的历史》中评论何先生晚年的研究时说："从黄土的特性发见华夏原始农耕的特性，又从此特性发展出村落定居农业以及家族制度和祖先崇拜，可见自仰韶一直到西周其间'血缘链环'之形成，以及之后借宗法制度的推广以控制广土众民。秦汉大一统在政治形式上固然变成郡县，但在精神上仍然延续宗法，皇帝实乃超级之宗子。华夏文化中延绵不绝的'宗法基因'之发现，为作者近年最重要的创获；窃以为以此基因为主旨，足可写一部崭新的中国通史。"

在《三国演义》第四十三回中，诸葛亮有一句很精辟的话："儒有君子、小人之别。君子之儒，忠君爱国，守正恶邪，务使泽及当时，名留后世。若夫小人之儒，惟务雕虫，专工翰墨，青春作赋，皓首穷经；笔下虽有千言，胸中实无一策。"这段话区分君子之儒和小人之儒的标准是有问题的，但是从治学的理念和胸襟来看，确实有通儒和小儒之分。通儒的代表是司马迁，他在《报任少卿书》中说：他终生追求的理想，是"究天人之际，通古今之变，成一家之言"。司马迁以无比坚毅的意志和伟大史家的才能，做到了这一点，成为中国史学之父。做第一流的学问，就是要成为这样的通儒。“高山仰止，景行行止，虽不能至，心向往之。”不论才气如何，向着这个方向努力，是史学家的使命。在这方面，何先生也树立了一个榜样。

最后，回到“做第一流的学问”的话题上来。

何炳棣先生的研究多次转向，做出来的成果却都是第一流的。汪荣祖先生说：何炳棣先生“将其研究课题与特定的学术专业接轨，他的美洲作物论文发表在第一流的人类学学报上，他的早稻论文发表在第一流的经济史学报上……探讨任何起源问题，都是头等的难题，作者自选最困难的题目攻坚，而且还涉及专业以外的许多专业，其艰苦与毅力可以想见，然未能想见的是英文书稿完成之后，无论出版过程的曲折以及出版后的纷争，真可说是‘赞美’与‘攻讦’齐飞，毁誉绵绵无尽期”。

作为开创者，何先生的许多成果在学术史上具有重大意义。当然，如韦伯所言，“个人的研究无论怎么说，必定是极其不完美的。……我们每一位科学家都知道，一个人所取得的成就，在 10 年、20 年或 50 年内就会过时。这就是科学的命运，当然，也是科学工作的真正意义所在。这种情况在其他所有的文化领域一般都是如此，但科学服从并投身于这种意义，却有着独特的含义。每一次科学的‘完成’都意味着新的问题，科学请求被人超越，请求相形见绌。任何希望投身于科学的人，都必须面对这一事实”。何先生的一些研究，今天看来有需要改进和发展的余地，但是没有他所做的工作作为起点，改进和发展也无从谈起。陈寅恪先生在著名的《海宁王静安先生纪念碑》碑文中有言："来世不可知也，先生之著述，或有时而不章。先生之学说，或有时而可商。惟此独立之精神，自由之思想，历千万祀，与天壤而同久，共三光而永光。"由此而言，尽管何先生的一些研究会被超越，但是他的以学术为志业的人生追求，他在学术上的创新精神以及他的"大历史"史观，却永不会过时，值得后人敬仰和效仿。

本文写作参考了何炳棣《中国历代土地数字考实》台版序言，汪荣祖《一个历史学家的历史》（刊于《读书》，2002年02期）及拙作《中国学术史上一个时代的结束——追忆何炳棣先生》（刊于《中华读书报》2012年6月20日07版）

附　录

《春风化雨集》（名师书札）

昆明龍泉鎮
北大文科研究所
李埏先生

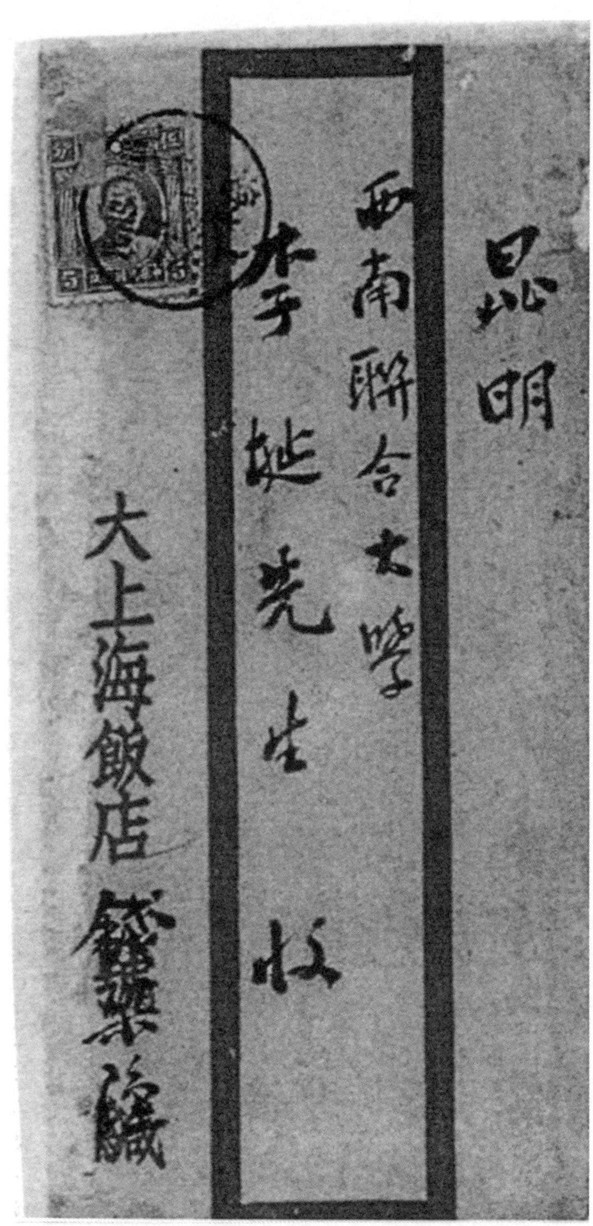
昆明
西南聯合大學
李埏先生 收
大上海飯店

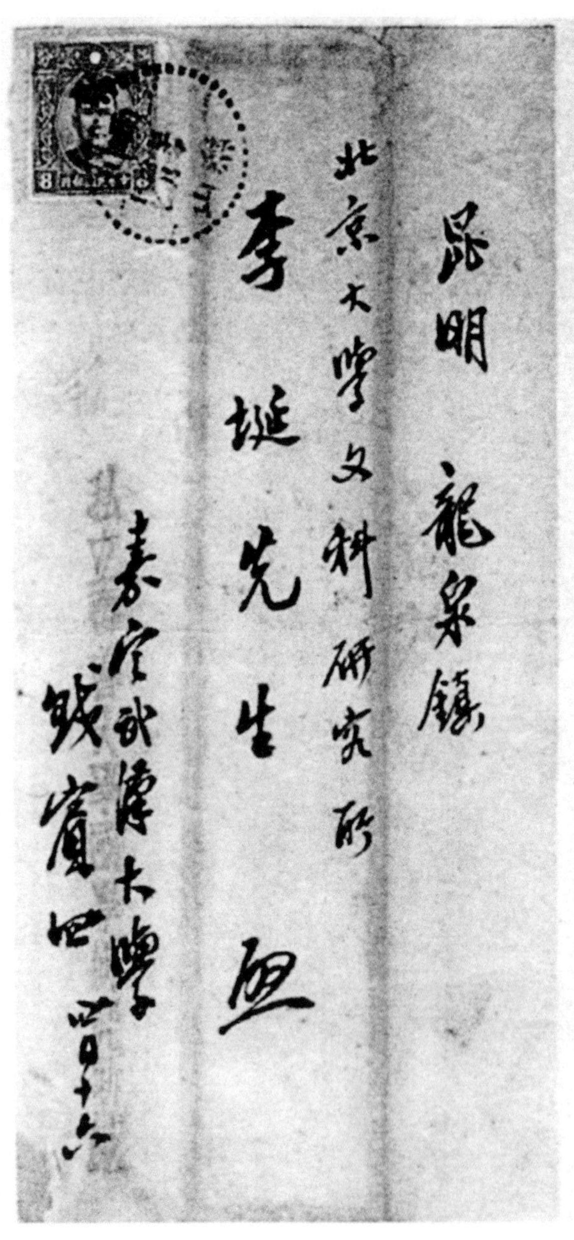
昆明 龍泉鎮
北京大學文科研究所
李埏先生
回
嘉定武漢大學
錢賓四
四月十六

昆明東郊龍泉鎮

青雲街靛花巷三号

北大文科研究所

李埏先生收

敘永西南聯大分校

吴晗寄

钱穆致李埏（民国二十八年八月廿六日）

大上海飯店旅客用箋

電話 九四〇五〇至九四〇五九號 九四一五〇至九四一五九號

埏弟如面：七月初一別，轉瞬將及三月。前接 弟書，欣

悉近況。僕此次回歸里，本擬兩月即出，奈家慈年高，自

經變亂，體氣益衰，舍間除內子（在北平）心兒一小部分外，嘗

有婦孺十餘口。兩年來避居鄉間，一須老人照

顧，更為損耗。僕積年在平，家慈以多病不

克迎養，常自疚心。前年自平經自南奔，亦未

能一過故里，此次得拜膝下，既睹老人之顏色，

復慮四國之環境，實有使僕不能恝然遽去

電報掛號 有線無線 二八八三號

上海英租界 天津路浙江路口 大馬路香粉弄內

大上海飯店旅客用箋

之苦。頃已向校懇假一年，奉親林門，不
再來滇。弟志力精卓，將來大可遠到，青年傑
往來，宜良師明，間常恨少暇，未能時相見面，方期
此次來滇可以稍多接談之机會，而事與願違，
諒弟亦深引為憾也。惟師友夾輔，雖為學
者一要事，要之有志自能努力向上。吾望弟好自
努力，益勵勿懈，見面之期亦不在遠。同學中
關念及僕者，均請以鄙况轉告。弟書欣在

上海英租界 天津路浙江路口 大馬路香粉弄内

電話 九四〇五〇 九四〇七八號 九四一八〇號 九四一五九號

電報掛號 有線無線 二八八三號

大上海飯店旅客用箋

滬購四庫提要一種已另託在滬門學張君遵
購如能購到彼十月中來滇可以面交也刻離開
學期已不遠想有一番預備課外餘時以進
修所得見告爲盼 此詢
近祉 穆手啟 首廿六晨
來信或寄上海愛麥虞限路一六二號呂誠之
先生轉或寄蘇州海紅小學轉均寄錢
穆收可也

電話 九四〇五〇至九四〇五九號 九四一五〇號九四一五九號

電報掛號 有線無線 二八八三號

上海英租界 天津路浙江路口 大馬路香粉弄內

钱穆致李埏（民国二十九年一月八日）

埏弟如面：接誦來書，豈勝愴悵。自顧德薄，於 弟等無可裨補，並與有志者相從講貫，不有利於人，亦有利於己。此次杜門遂成索居，不僅使 弟等失望，即穆亦同此孤寂。惟有志者能自樹立為貴，雖此隔絕，精神 自相流貫，甚望 弟弟好自磨礪也。張蔭麟先生本年來專意宋史， 弟論文經其指導殊佳。在此無書抑，短札不足剖謂，不能有所匡正矣。歸時經滬，曾攜一小影，大可為此行紀念，即以一幀相贈，嫌太小，可來愛讀書中，懸壁則不稱也。專此順頌

近祺

小兄穆手啟 一月八日

此係文史四李埏 並附小照一張

（此係廿九年一月在聯大往從六時所訂 埏注）

钱穆致李埏、王玉哲（民国二十九年一月廿日）

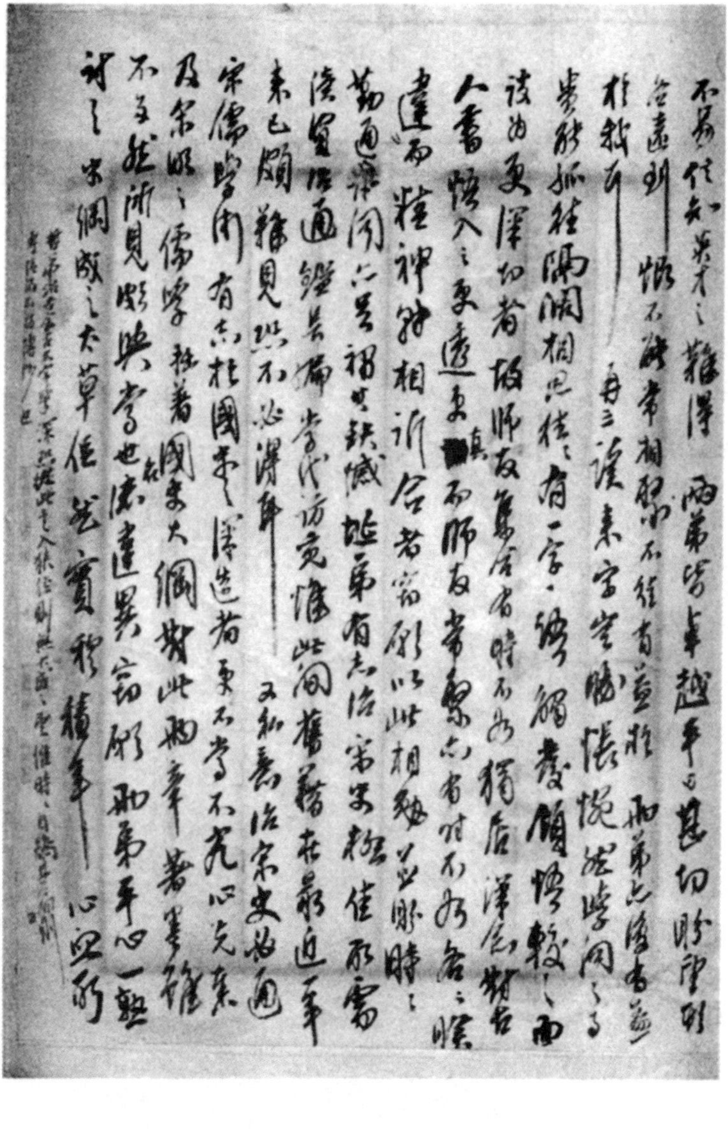

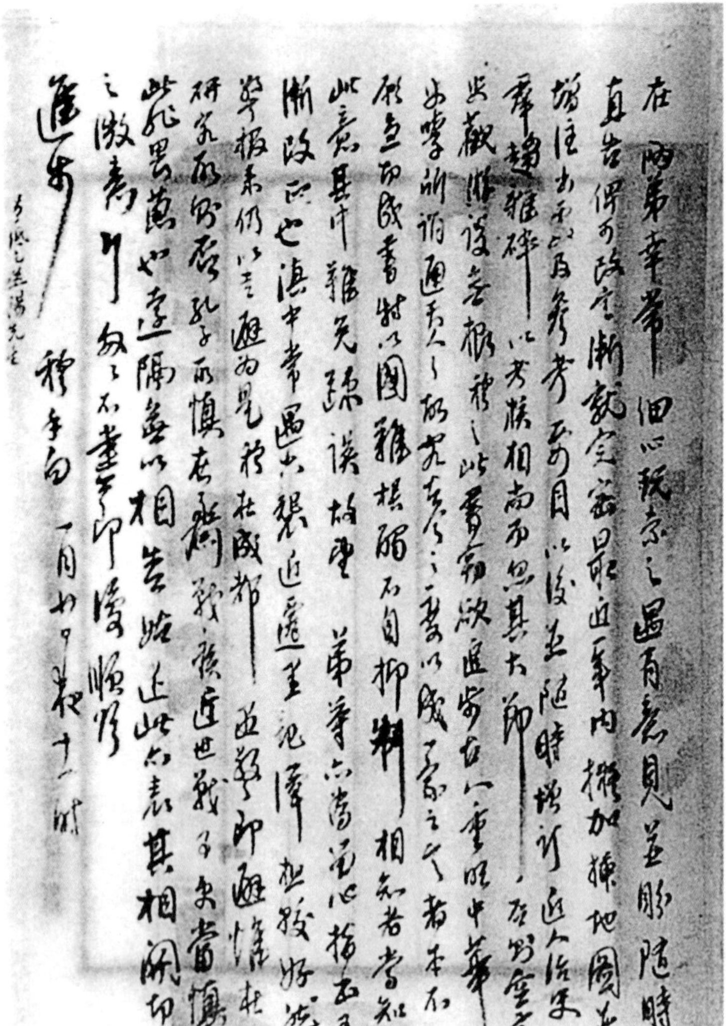

钱穆致李埏（民国二十九年四月十六日）

[illegible]武大研究所[illegible]下学年[illegible]
清华研究院如能代询相当更好，因此间[illegible]

延弟如面：两函先后读到。穆以武汉大学邀约，亦欲借兹
一游山水，稍陶哀思，因于三月中旬转来此间，拟于四月杪返蓉。
在此间两星期讲课两门，一中国政治研究，一秦汉史，均于清晨
七时起讲，听者踊跃，积日不倦，[illegible]边塞外，归至西山，时不
[illegible]学弟二十人，青年向学之忱，殊为可感。惟恨[illegible]
日甚，平日所学殊不足真有所贡献耳。弟能研
讨宋儒学术，此大佳事。鄙意不经治宋史必通宋学，
实为治国史必通知本国文化精意，而此等尤于研精
学术思想入门。弟正可自宋代发其端也。欧范两家皆为
开宗，惟论学术方面，欧集包孕较广。弟天姿不甚
近，不意即欧集亦可泛览大意，不如于宋学初期[illegible]

程以前作一包括之探究，大體以全氏學案安定、泰山、高平、
廬陵四家為主，敘至下及荆公、温公，求從大處下手，心胸識趣
較可盤旋，庶使洽浹不落褊小，此層可再與湯先生商之。
弟論國史大綱最精警有見地，書中於唐宋以下西南開發及海
上交通擬加廣記述，其他如宋以下社會變遷所以異於古代，若
尚擬專章發之，使讀者可以憬然於古今之際，至[illegible]國族
神之衰頹於何維繫、防止，此事體大，要書亦有暢發，
似是一憾，並此書只有鼓勵與發揚，此層當別為一論之
也。鄙意擬於一兩年來再為國史新論一書，分題七八篇，
於學術、政治、文學、藝術各門略有闡述，此則胸中未有全稿，尚不
願下筆也。專此，順頌 學祉 [illegible]弟穆手啟 四月十六日

张荫麟致李埏（民国二十九年九月八日）

並無了解之體，不會費多少，看困難。北大文史
研究所餘取出書來，據說也可利用史
語所書籍，但閱書已裝箱。研究工作恐
須暫一時無可著手，惟有精讀基本書。
我為您讀哲學書，可先讀休謨（Hume）
之論人性及悟性兩書，次讀格林（T.H. Green）對
休謨之批評（書長不礙讀，只看其中休謨部
份）見格林全集中，聯大哲學系或當有

士平阁下（石僧先生）仔细读此三书而通

其意则于西洋哲学已得门径矣。近人

哲学概论一类书不足看也。自当思

在此意顺道：越南缅道，致电问题

滇南不久将成战场，就此而言，恐要

尊遗义一册不妨广出兼求为其计较多

作续译此间

迎祈

贺麟 九月八日深夜

附笺请致 郑毅生先生

（[illegible]九年九月[illegible]）

张荫麟致李埏（民国二十九年十一月十五日）

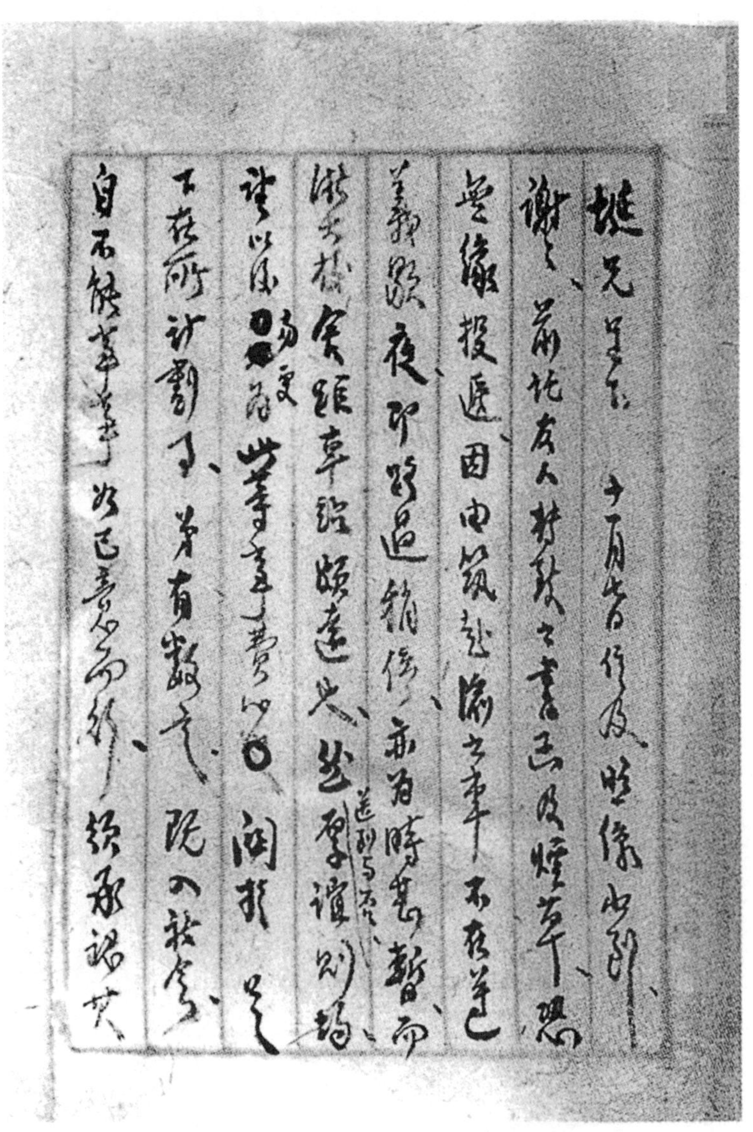

若干限制、而加以適應、否則徒自苦耳、
姚先生意亦有相當理由、故取宋代（宋史與其他）主要史
料精讀一遍、自於宋事深熟、而於研宋代
史樹立之基礎、惟以此施於全部宋史、恐
非兩三年所能竟之功、而兩三年間專做此事、
未免枯燥耳、何不商之姚先生、用此計
劃而縮小範圍、暫以北宋為限、至於畢
業論文、如欲寫法、可聽憑姚先生意旨

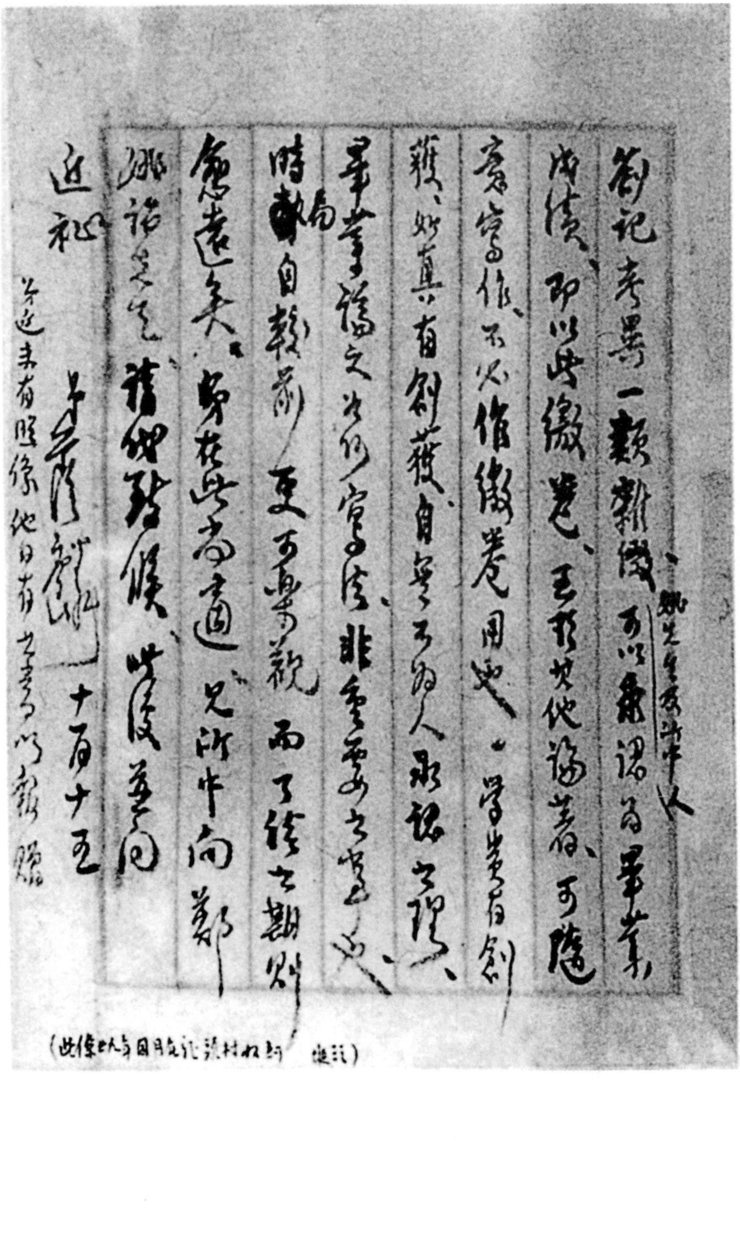

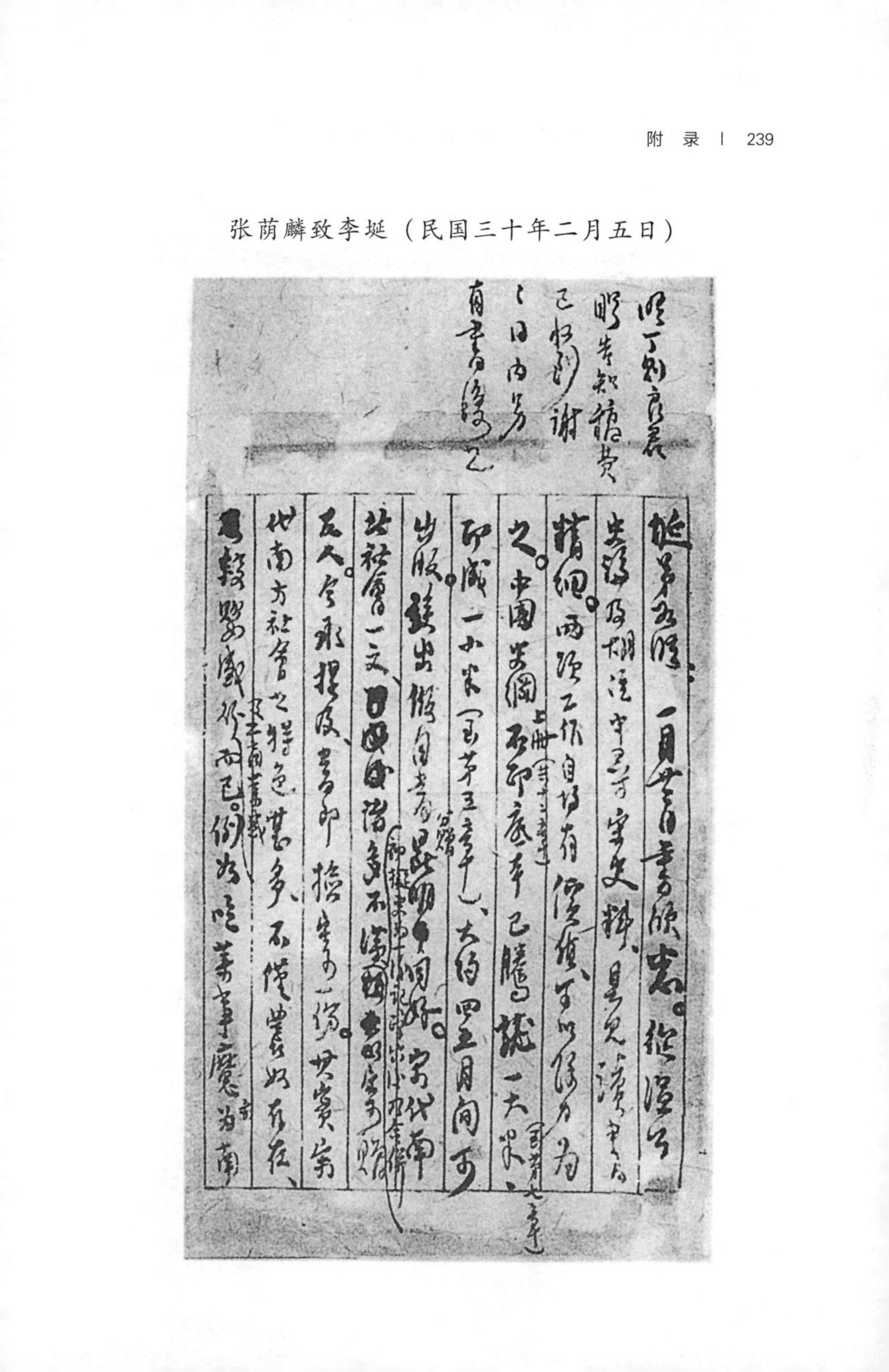

张荫麟致李埏（民国三十年二月五日）

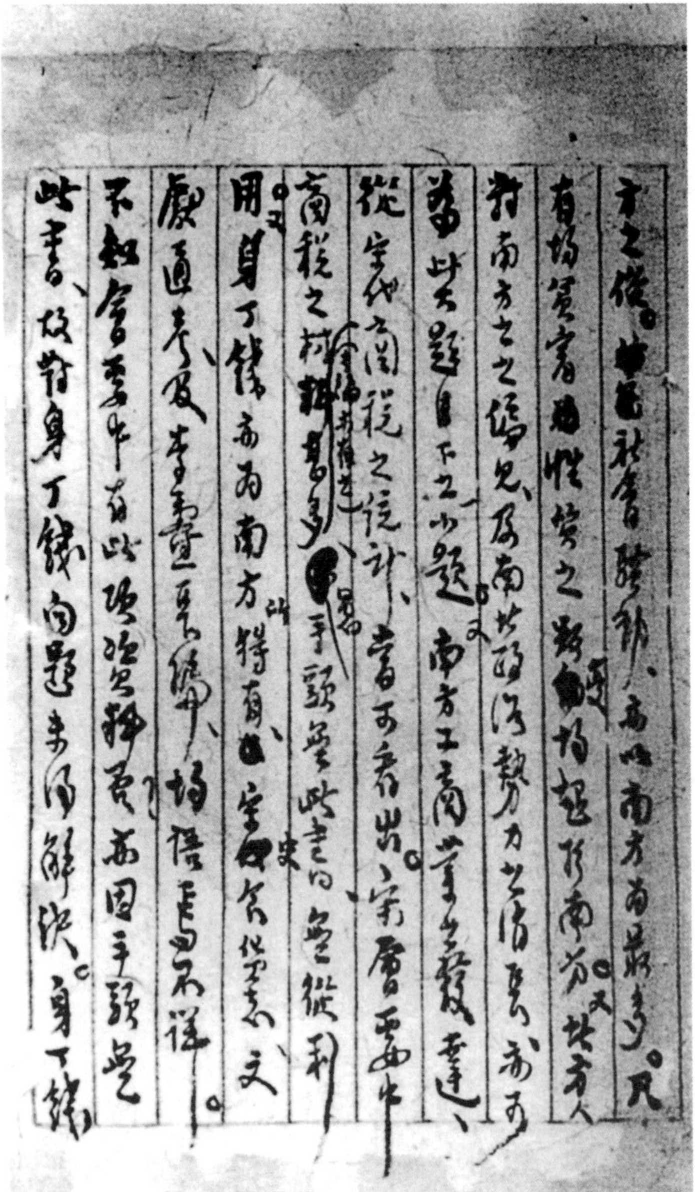

上、錄賦役習俗之關係甚大、其文字輕輕摘置、乃最不自然之點。吾等有當要在手、何不先作一宋代身丁錢考？蓋對此問題之見解其要點下：宋代之身丁錢乃沿自五代。只南方有之者、因在五代時本只南方諸國有之也。各地輕重不等者、亦沿五代之舊額也。何以五代時只南方諸國有身丁錢？蓋自兩稅法行後、本已無計口之稅。北方五朝猶沿唐制。此五朝者、皆以北方人而統治北方、因鄉土關係、過度之括歛有所顧忌、且地廣財豐、無須藉此苛稅。

南詔國則不然。李以鎮防之將而據地自[illegible]。其上
唐統治者亦原事初不復將校及士兵，本自
方（此為假說，須待證實）。此等人於所駐之地
以殖民地視之，自然與鄉土之觀念不同，而治治意
精斂。且地狹兵多，財用甚絀。故計口之稅及徭
出於此也。因近謝身丁錢之類甚承，而精想到
五代時南方統治者之善異者能證
實此說，亦五代史中一重要發現也。其另有
有意義為之者？除身丁錢問題外，兩宋
代類似之資料，亦中所採有未備。此文即成

戲又陸續發現許多。此亦不自覺之一點。此亦只能視為大類之標錄(?)。弟某(?)對此大題目感覺無趣。與其分工合作、將其所包涵之小題目、一一解決、先為零篇發表、將來合併寫為一書也。

近戲之寫考寫總說考實、一篇、擬覓謄寫(?)、已屬人錄副、擬日請錄畢、即寄上、是否一商榷之。

此問
近好
蔭麟(?) 月五晚

张荫麟致李埏（民国三十年三月三日）

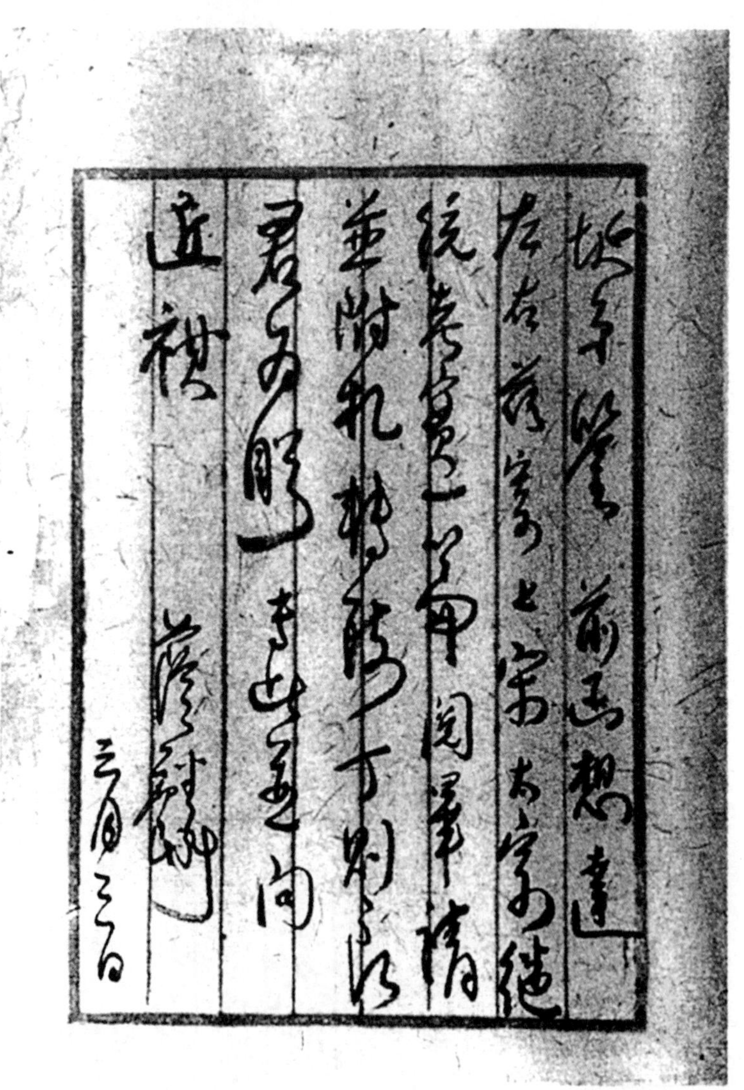

张荫麟致李埏（民国三十年三月四日）

埏弟足下：三月廿一日书悉。宋代身丁
钱，李明先为之，为此考时自可不必详
及。然边远略无此形式上之区别则须提
及。其中当注意下列各事：
(1)各地轻重不一
(2)各地征收方式不一，或征钱，或征实
物
(3)各地蠲免之条件不一

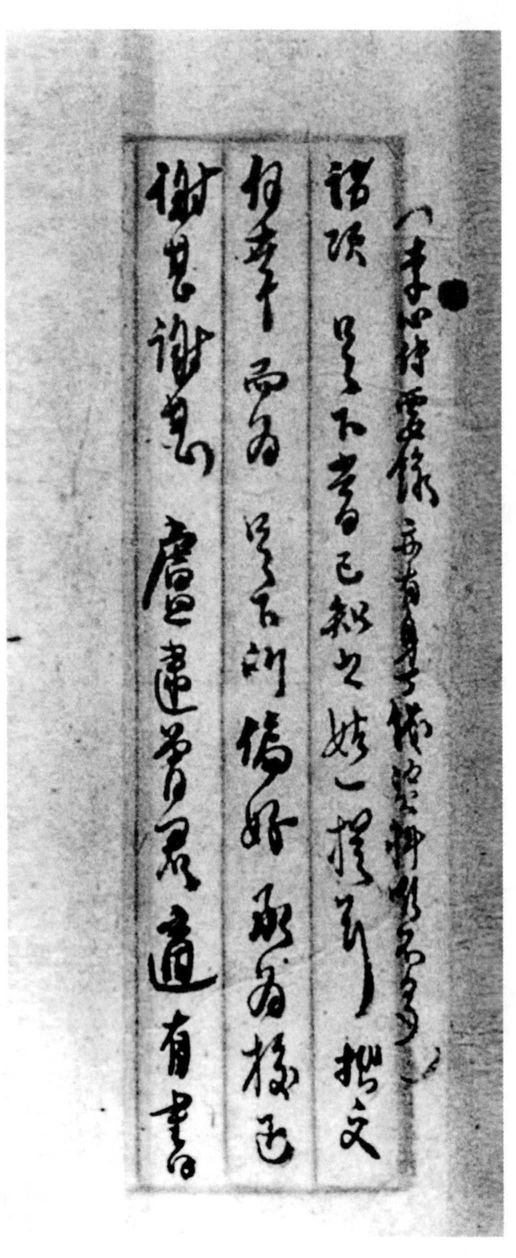

三

承為文史徵稿，愚已草《宋太祖誓碑及政事堂刻石考》一文，意在使初學當[illegible]上一窺考覈文字[illegible][illegible]樣，中請向孫君取閱[illegible]，擬寄[illegible]來，因當有待增改之處也。史綱抄印甚慢，現只印成八章（有十二萬餘字），即以此八章為第一冊先出版，數日內可有若干冊裝訂好，當即寄上一冊。此頌

學祺

蔭麟[illegible]

[illegible]月[illegible]日

（[illegible]）

张荫麟致李埏（民国三十年五月廿日）

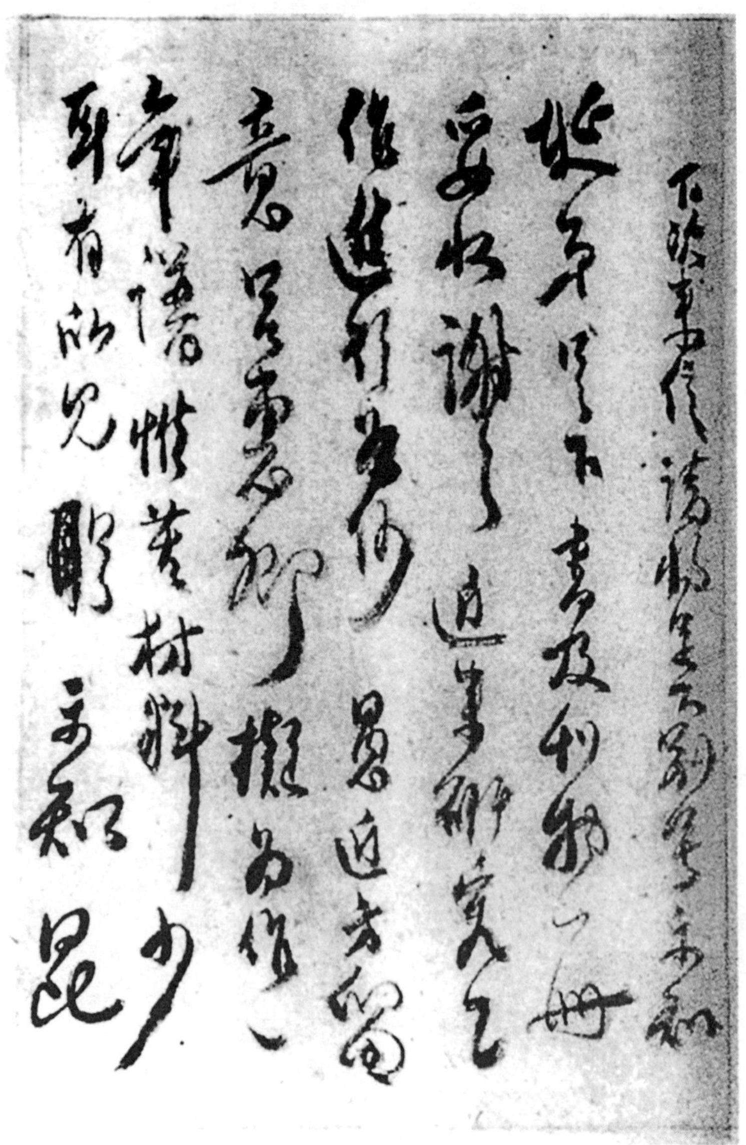

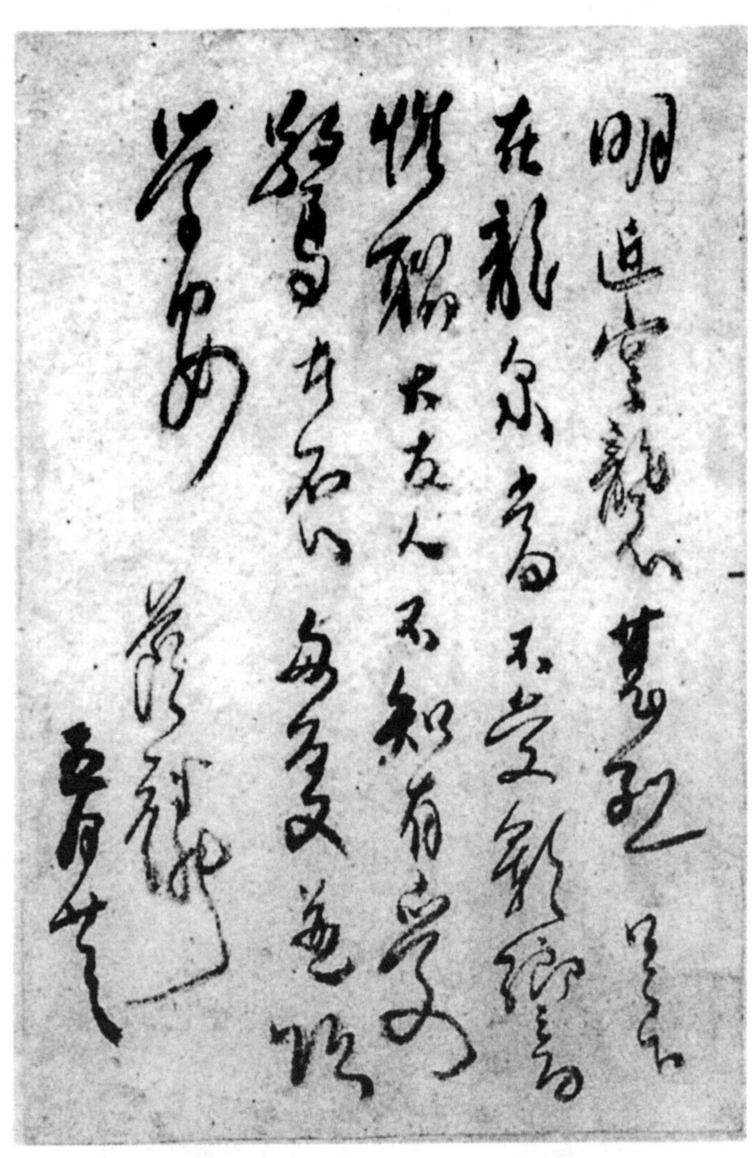

张荫麟致李埏（民国三十年七月廿八日）

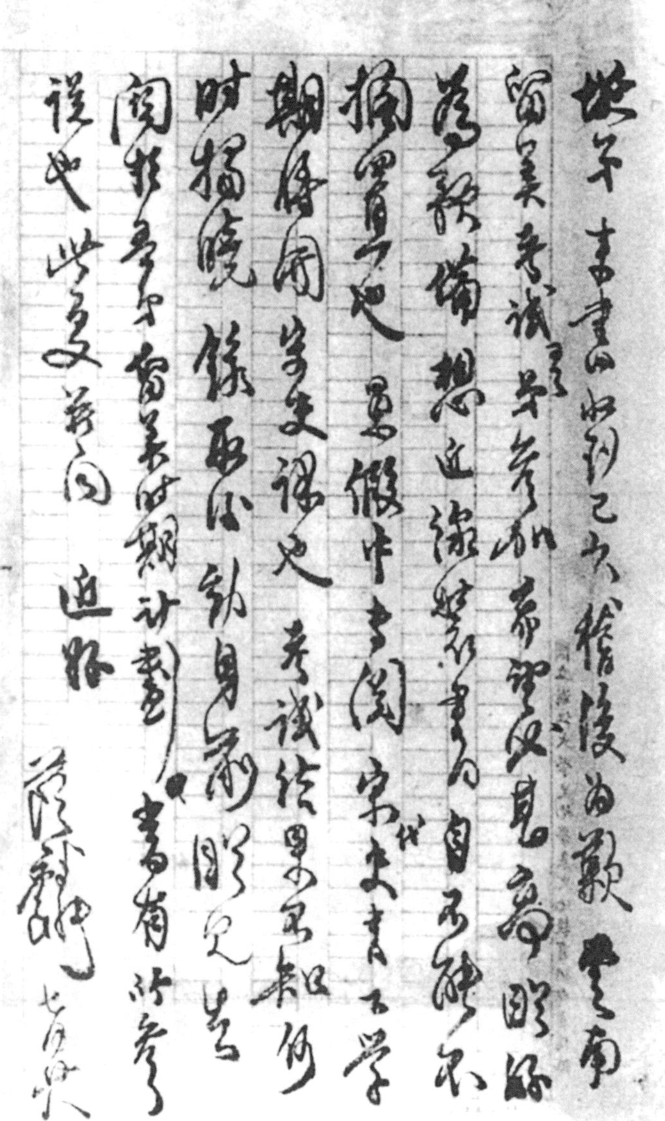

张荫麟先生信旁注

一九四一年夏，一日见报载消息一则，大意谓云南省府将考选一批学生，公费送美国留学。我亟欲一试，即以告荫麟师。师遂复以函。然不久确悉，报考学生资格以高中生为限。我不可能参与，于是作罢。

继志。

吴晗致李埏（民国二十九年八月）

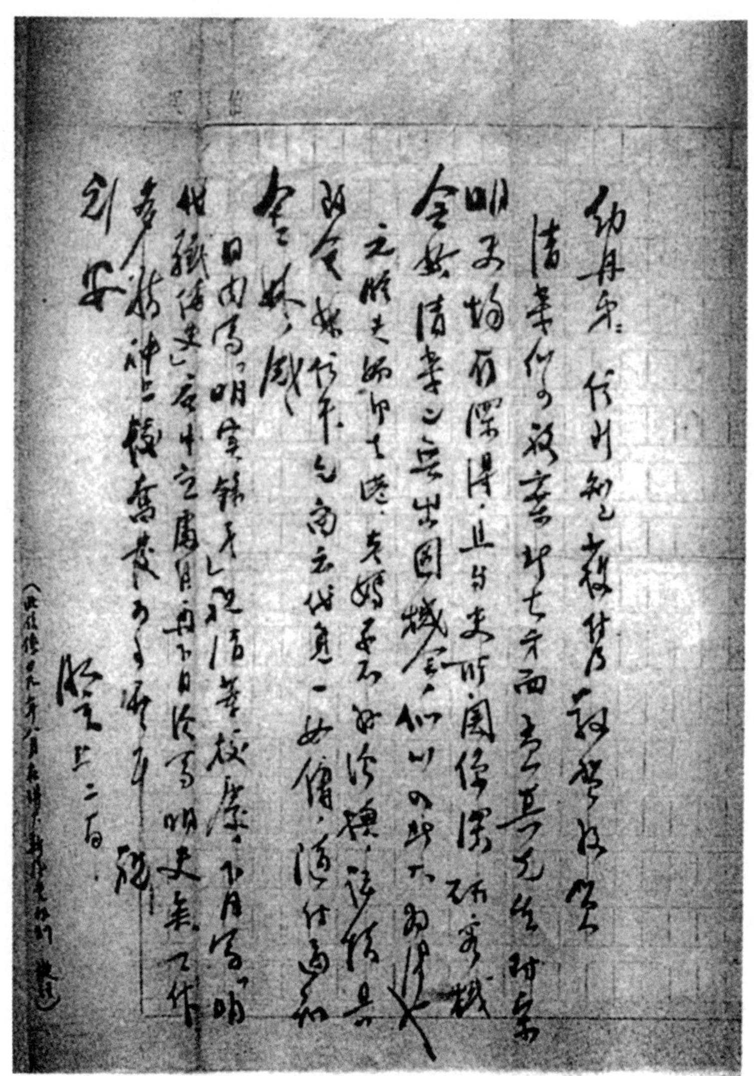

吴晗致李埏（民国二十九年九月十三日）

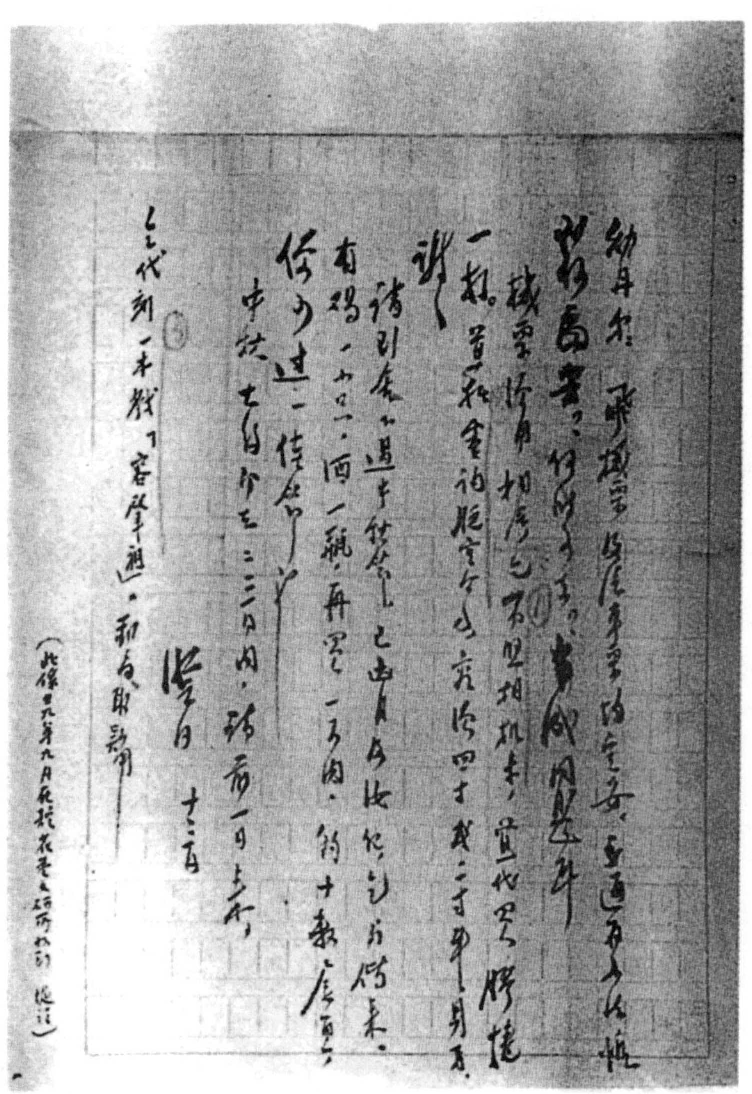

吴晗致李埏（民国二十九年九月或十月）

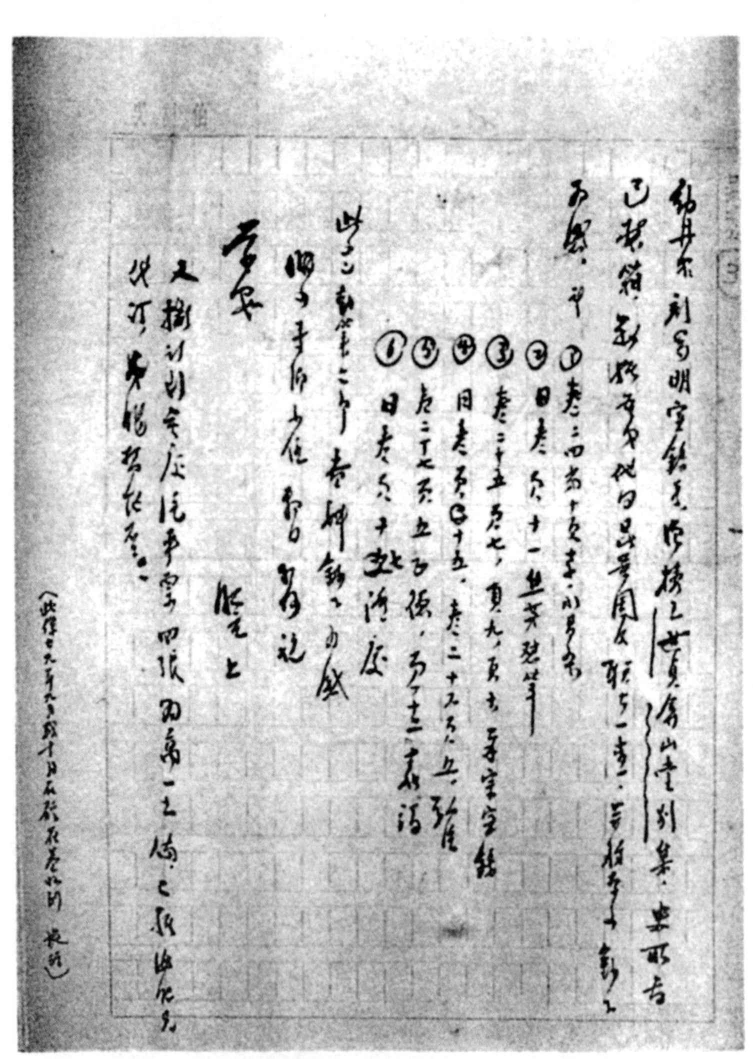

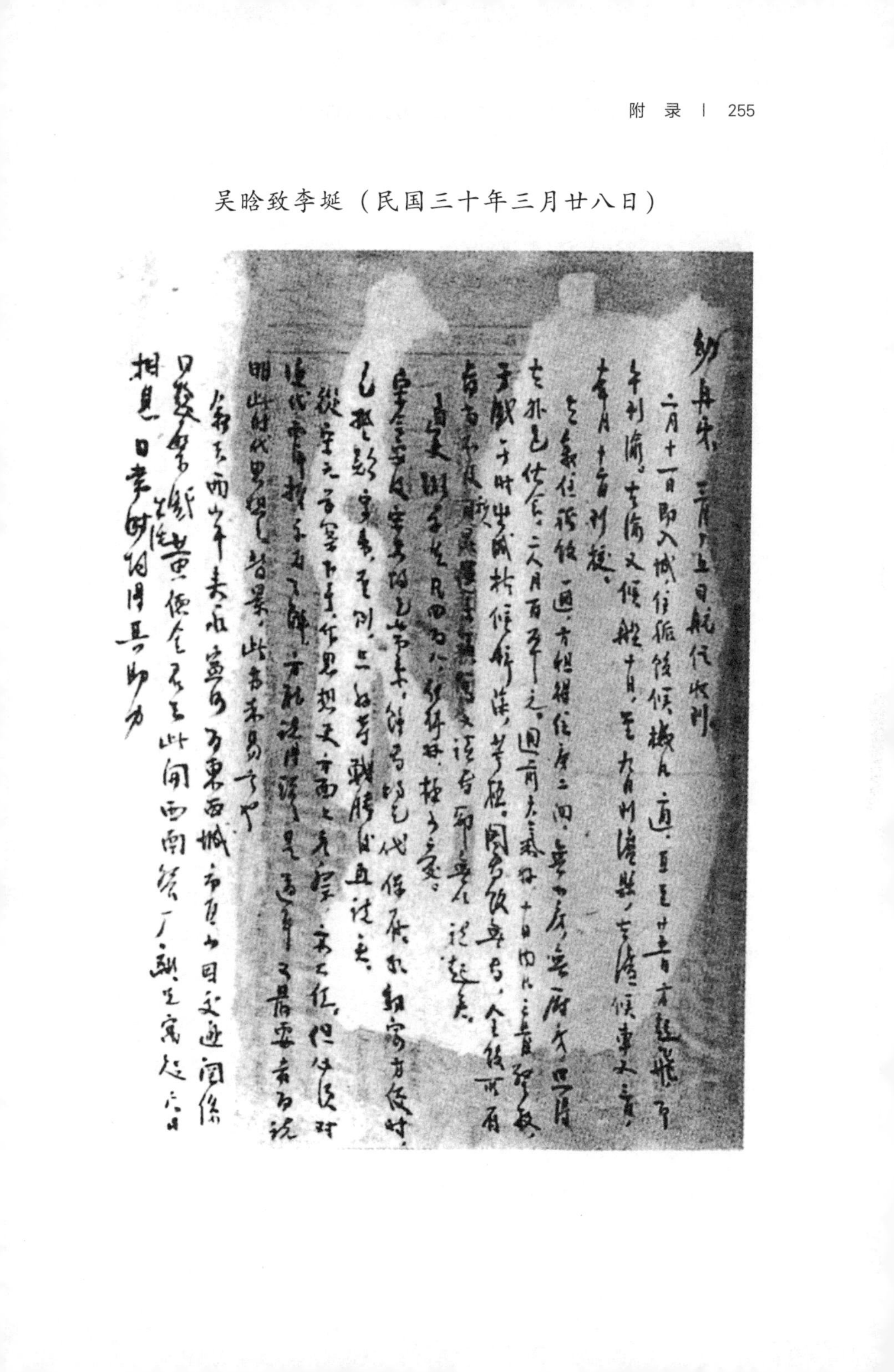

吴晗致李埏（民国三十年三月廿八日）

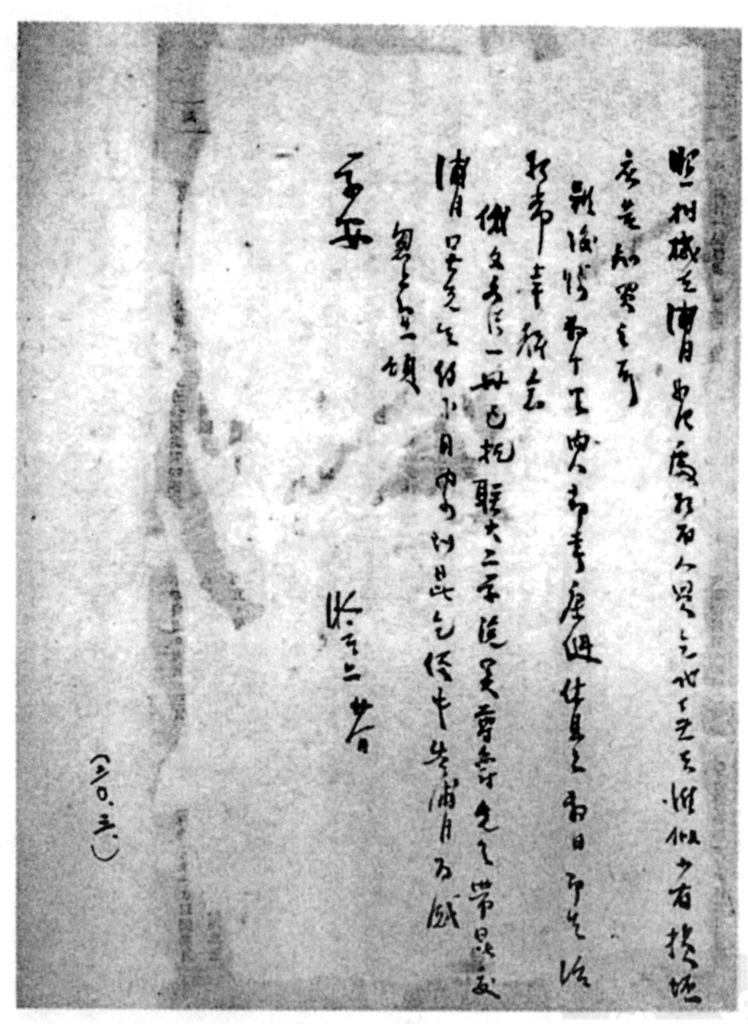

顾颉刚致李埏（民国二十九年一月八日）

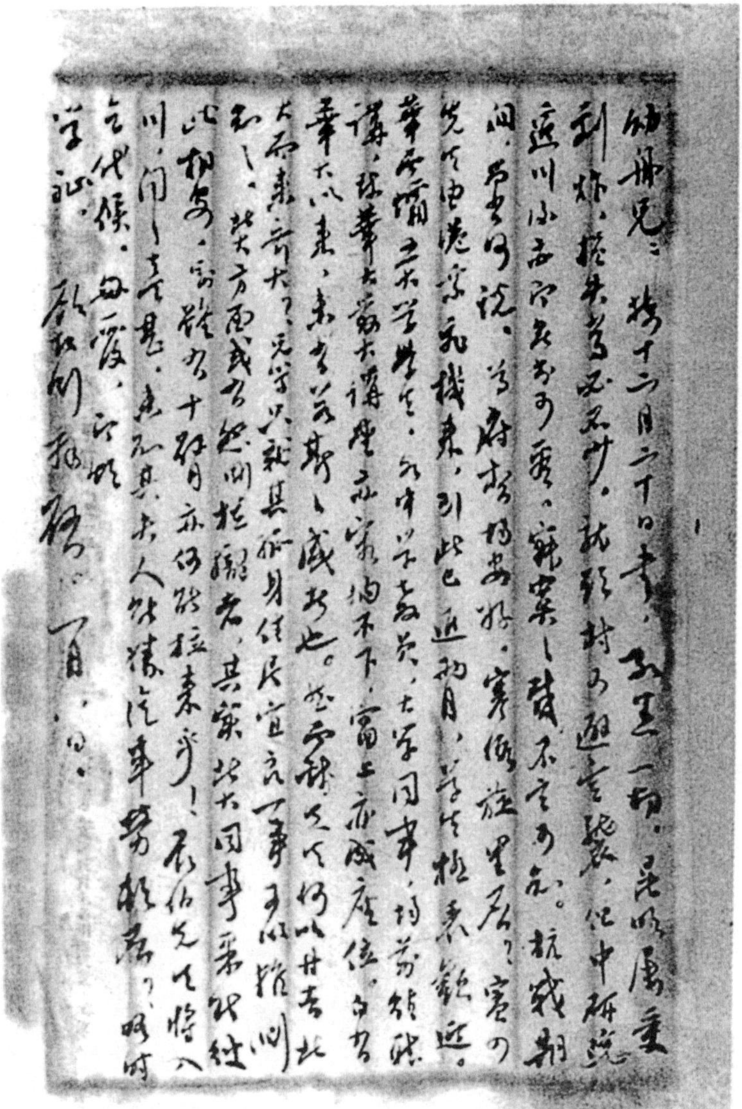

幼雄兄：接十二月二十日书，敬悉一切。是时属重
到昆，接来书后，就彼时之邀宴盛，但中研院
迁川后分居可较远，难案实难，不宜前来。抗战期
间，当无问题。弟前接来书，实[illegible]
先生由港来此机票，到此已近两月，弟已极表欢迎。
华西[illegible]大学史学系。今年中学为[illegible]，大学同事，均[illegible]
讲，故华大[illegible]讲座亦缺，均不下，当亦成座位，[illegible]
华大不来，来者皆感成就也。然兄等之何以甘去北
大而来前大？兄学以就其本身经历宜于立事，不[illegible]
知之。其方面我可然则极难者，其实此大同事，[illegible]
此相处，可能于十数月亦得[illegible]来矣！[illegible]
川，闻之甚是，[illegible]人[illegible]
可代候，毋忘，即颂
学祉。颉刚敬启 一月八日。

姚从吾致李埏（民国三十年二月廿七日）

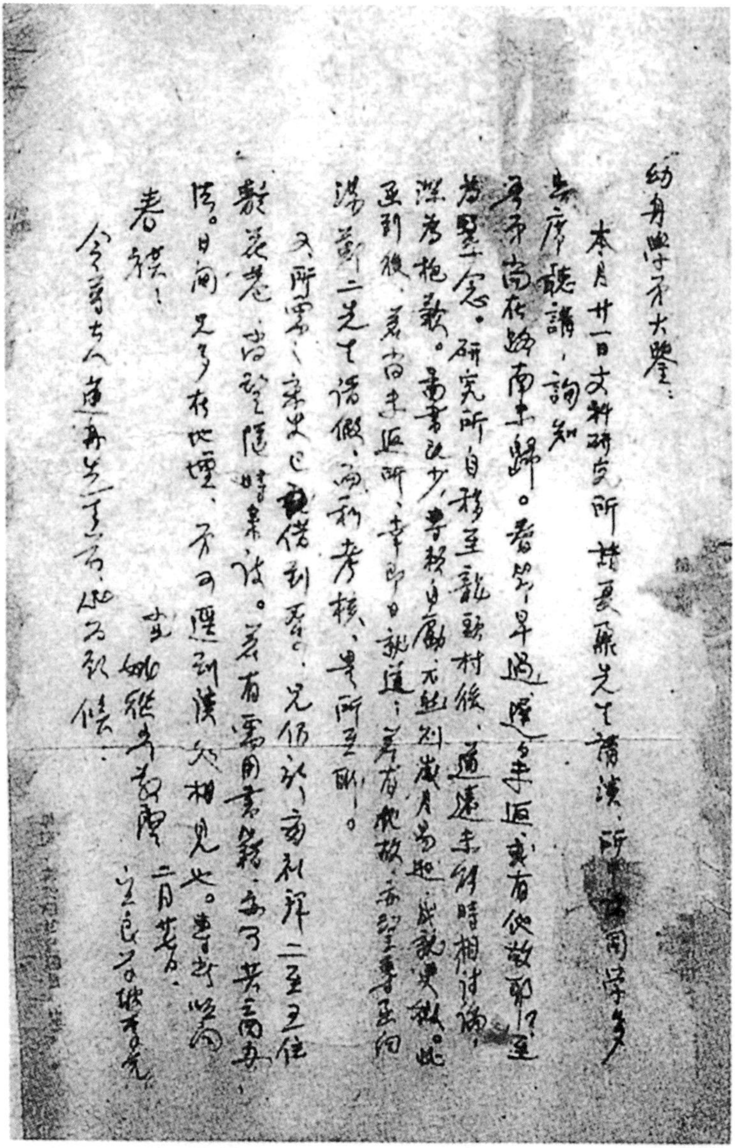
幼舟學弟大鑒：

本月廿一日文科研究所請夏鼐先生講演，所中同學多未曾聽講，詢知足下尚在路南未歸。吾弟早過[illegible]，或有他故耶？望為[illegible]念。研究所自移至龍頭村後，通信未能時相討論，深為抱歉。而書亦少，專賴自勵，不然則歲月易逝，成就更微。此函到後，若尚未返所，幸即日就道；若有他故，亦望專函向湯、蔚二先生請假，而利考核，是所至盼。

又所需之宋史已設借到否？兄仍於每禮拜二至五住數花巷，尚望隨時來談。若有需用書籍，亦可[illegible]。日間兄多在北碚，亦可逕到[illegible]相見也。專此，順頌

春祺！

兄 姚從吾 敬啓 二月廿七日

令尊大人[illegible]先生[illegible]代為致候。

[illegible]

方国瑜致李埏（民国三十年二月十五日）

埏兄尊鉴：久未获晤，驽马失侣，为怅！西南边疆杂志，可继续出版，惟不能按期耳；若有 大著光篇幅，则幸甚！幸甚！今后出刊，当奉赠请 教也。前月，翻宋会要稿，搜录有关滇事者，因时间不许，仅竟第一九七—一九九数册，即外国门。其馀诸册中，亦当不会大理国及蒲甘国事。我 兄精研宋史，希随时查翻，若有可取，代录一目。仅记册数页数足也，不必录文。又李焘续通鉴中，曾倩友人代录宋如愚来轩录一条，记杨佐至大理议买马事，疑即出剑南须知，惟不记李書老教，祈便中代查，若有宋代資料，希告為盼！宋代，雲南與中原交涉事少，紀錄亦不多，瑞僅查宋史及談部中札記之書，涉獵最少，仍希我 兄隨時代為留意，即得隻字半句，亦可貴也。通志館已限期結束，再兩三月須編竟，至時擬將清理殘稿，刻為一書，期再五年成之，至少有二百萬言 新著讀書太少耳，想近況清适！甚盼 教言為禱，敬請

撰安！

弟 方國瑜 謹上 二月十五日